李正栓
主编
名家游记

[美] 约翰·缪尔 著
（John Muir）

南方　陈世杰　庞艳 译

阿拉斯加之旅

Travels in Alaska

长春出版社
国家一级出版社
全国百佳图书出版单位

图书在版编目（CIP）数据

阿拉斯加之旅 /（美）约翰·缪尔（John Muir）著；
南方，陈世杰，庞艳译. — 长春：长春出版社，2018.1
（名家游记 / 李正栓主编）
ISBN 978-7-5445-5082-6

Ⅰ．①阿… Ⅱ．①约… ②南… ③陈… ④庞… Ⅲ.
①散文集－美国－近代 Ⅳ．①I712.64

中国版本图书馆 CIP 数据核字 (2017) 第 300900 号

阿拉斯加之旅

著　　者：[美] 约翰·缪尔（John Muir）
译　　者：南　方　陈世杰　庞　艳
责任编辑：程秀梅
封面设计：清　风

出版发行：长春出版社
　　　　　发行部电话：0431-88561180　　　　总编室电话：0431-88563443
地　　址：吉林省长春市建设街 1377 号
邮　　编：130061
网　　址：www.cccbs.net
制　　版：长春市大航图文制作有限公司
印　　刷：吉林省良原印业有限公司
经　　销：新华书店

开　　本：787 毫米×1092 毫米　1/16
字　　数：186 千字
印　　张：14.75
版　　次：2018 年 1 月第 1 版
印　　次：2018 年 1 月第 1 次印刷
定　　价：38.00 元

目 录

序　言

　　四十年前，约翰·缪尔在给朋友的一封信中写道："我自始至终都是一个无可救药的山野之人……所谓文明与一时狂热以及种种质疑和批评，都未曾黯淡我的双眼，消磨我对冰川的钟爱。我存在的目的只有一个，那就是引导人们发现大自然的魅力。"现在看来，他竟是如此出色地实现了当年的夙愿！一时间，众多美誉纷至沓来，但缪尔始终保持着谦逊的品质和山野人的本真。一些志同道合者，也是那个时代的伟人巨匠都曾跟他有过接触，并为能与他交友而备感荣幸，有些人甚至慕名来到他在山中的木屋。拉尔夫·瓦尔多·爱默生就曾催促他去康科德游玩，好让他从对内华达山脉孜孜不倦的研究中解脱出来。但任何事情都无法转移他的注意力，他依旧兴致勃勃地继续着对内华达山脉冰川问题的研究。他曾说过："这些力量之伟大，其成果之辉煌，让我顶礼膜拜，并在我内心深处扎了根。无论是醒着还是睡着，我都难以停歇，就连做梦都与冰川有关，不是在研读语焉不详、模糊难辨的资料，就是追踪条条裂谷，或者为一些奇形怪状的岩石而绞尽脑汁。"

　　在他记录后来游览康科德的手稿中，有这样一段话："自我们于瓦乌纳山一别已有十七年。而今他（爱默生）却已长眠在断头谷山中的一棵青松下，我只能站在他的墓碑前，想象着他在高高的内华达山脉上，又一次向我招手微笑。"字里行间饱含悲伤和惋惜之情。如今，约翰·缪尔也已追随着昔日友人的脚步，登上了"高高的内华达山"。他的遗体就安葬在他亲手栽种的树林之中。阿罕布拉谷阳光明媚，红杉树像守护者般与断头谷山上的青松遥相呼应。

约翰·缪尔第一次去阿拉斯加是在 1879 年，那里的大型活动冰川激起了他无限的兴趣，因为他可以借机验证他的冰川作用理论。后来，他又去过很多次，那里俨然成了他的大陆地貌实验室。如今，壮观的流动冰川便是对他最好的纪念。缪尔将人生中的最后光阴献给了这本关于阿拉斯加之旅的书稿，成书之际，他却意外辞世。为保护赫奇赫奇山谷免受商业行为破坏，缪尔积极投身到一项注定命运多舛的保护大自然的运动中，写作过程受到严重影响。他为阿拉斯加的写作累积了三十多年经验，谁知正当他埋头工作之时，疾病却不期而至。

本书所载事宜至 1890 年之旅就戛然而止。缪尔对 1890 年之后的旅程所做的记述还未找到，如果他去世前已经完成了这部分内容，那对于他如何为本书结尾的任何推测都变得毫无意义。不过，无论是谁，只要读过缪尔对北极光的动人描述之后，都会觉得，把他对极光的描绘作为他最后一部作品的结尾再合适不过了——在他眼中，极光是"上帝在人间最伟大的创作"。

翻开缪尔的手稿，每一页都能感受到他在文学创作中的艰辛努力，以及他在科研领域为自己定下的崇高目标。至于那些伪造事实或经历的事情绝不可能与他有任何瓜葛。缪尔不知疲倦地奔走在追求地形学意义的道路上，而他超乎常人的体力支撑着他不断追本溯源，直至找到最终答案。每当讲到阿拉斯加的大冒险，他眼中总会闪烁着青春的激情。若有可能，他一定愿意再度体验这段"有形荣耀与无形收获"的激情岁月。

在他辞世前数月，马里恩·兰德尔·帕森斯夫人曾向他伸出援手。她对缪尔的原稿非常熟悉，也非常清楚缪尔用铅笔所做修订的意图和安排，所以她是负责终稿出版的最佳人选。完成这项任务所需要的不只是才能，还要有献身精神。因为工作量很大，既要确保终稿能够完整地展现缪尔这位大师的绝笔之作，又要保证所有文字都出自缪尔的手笔。这本书的每位读者都会对她的不辞劳苦心怀感激。

我深知故友约翰·缪尔不喜欢别人对他评头论足，所以在为这部作品作序时我备感惶恐。是他的女儿托马斯·雷·汉纳夫人和比埃尔·阿尔文·芬克夫人委托我将原稿寄发出版，后来又邀我和她们商讨如何整理出版缪尔尚未面世的文稿。同时，她们希望通过我向与约翰·缪尔一直保持友好合作的霍顿·米夫林出版公司致以衷心的感谢。

威廉·弗雷德里克·贝德

1915 年 5 月于加利福尼亚州伯克利市

第一部分

一八七九年之旅

普吉特海湾和不列颠哥伦比亚省

在对加利福尼亚州内华达山脉及大盆地山脉区为期 11 年的研究和勘探中，我专门关注了那些地区的冰川、森林和野生动物，尤其是对该地区的古冰川及其对岩石的雕琢进行了考察。冰川流水的强烈冲刷形成了新的地貌和风景，美不胜收，又如此神秘不可言说地影响着人类，甚至是所有生灵。现在我渴望对北方的普吉特海湾和阿拉斯加有更多的了解。带着这一愿望，我于 1879 年 5 月离开旧金山，未做任何明确的计划，便登上了达科他号汽轮，除了俄勒冈州的几座山峰和森林，整个北方荒野对我而言是全新的一页。

对于登山人而言，航海犹如变换口味，宏伟壮观，让人振奋惬意。一改平日鲜花遍野、果实累累这些司空见惯的森林和平原、鲜花和果实，现在眼前是全新的景色，是各种新生命的律动，还有岩石海浪亘古不变永不停歇地起伏澎湃。

当船驶过金门大桥，开始在一望无际的海面上飘摇之时，我留意到，游客们脸上洋溢的热情瞬间冷却，这变化很是奇妙。由于很多乘客晕船，起初拥挤不堪的甲板上一下子变得冷冷清清。说来也怪，几乎每个饱受折磨的乘客竟都或多或少有些难为情。

次日清晨刮起了大风，灰白色的海面碎浪滚滚，达科他号疾驰而过，激起半船高的水花。留到甲板上领略这一狂野景致的乘客寥寥无几。一排排浪花急不可耐地向岸边冲去，一时间彩浪翻腾，飞溅的水花使得海风也有了几丝清凉。浪花跌宕跳跃，在色彩斑斓的阳光下欢舞。风浪中还能瞥见海鸥和信天翁矫健而欢快的身姿，它们乘风破浪，似乎毫不费力，轻拍一下翅膀就滑出一英里开外，优雅地于风浪中蹁跹，精准地追逐着层层波浪的弧线，不时地弄潮于海峰浪尖之上。

不远处几头鲸鱼在斑斓浪花中熠熠发光，更加动人心魄地展现着这片荒寂汪洋中的温暖生命。它们宽宽的背脊就像巨大的花岗岩冰柱一样在眼前起起伏伏，起劲地喷出一股水花，做个深呼吸，而后矫健惬意地纵身一跃，潜入海底。忽然，一群小海豚映入眼帘，它们大约占据了一平方英里的海面，充满力量无限欢快地跃向空中，在浪涛中激起层层白色泡沫，使得本就苍茫的海面愈发汹涌不羁。每个人都会对同在这个世界中生活的这群英勇"邻居"心生仰慕和自豪，因为它们像我们一样努力拼搏。而我们这艘做工精良的汽轮仿佛也有了生命，它的钢铁心脏不断搏动，穿越海洋，无论是风平浪静还是电闪雷鸣，当真蔚为壮观。但是想想那些鲸鱼之心吧，它们已经不分昼夜在明暗交替的海浪中温暖地跳动了多少个世纪，而每次跳动又会有多少热血在奔涌沸腾！

我在航行中欣赏到了四次日落景观，其中一次那极纯净绚丽的云霞尤为值得一提。在高出地平线少许的地方有一大团堆积云，轮廓清晰。白色的积雨云浮游其上，绵延千里，垂下长而弯的流苏和低处的堆积云重叠在一起，为其遮上了部分面纱。不过阳光还是会时不时从狭窄的云缝中倾泻而下，给露出来的云朵镀上一层金黄，在水面的映衬下，很是宏伟壮丽。然而，不管大海的景致有多么波澜壮阔，在我们这些旱鸭子看来似乎总是比陆地景观要略逊一筹。但若是我们将整个地球视为一颗巨大的露珠，上面点缀着陆地和岛屿，飘飞于太空之中，和其他星球一起欢唱闪耀，融为一体，那么整个宇宙就会呈现出无与伦比的美丽。

从汽轮上望去，加利福尼亚海岸的山脉和悬崖看起来光秃秃的，了无生气，茂密的森林隐藏在海风吹不到的地方，无踪无影。而俄勒冈州和华盛顿的山峰上种满了松柏，几乎延伸到了岸边。北部地貌有一个显著特征就是孤岛很多，即便这些小岛也是绿树成荫。沿胡安·德富卡海峡顺流而上，没有海洋性季风的影响，雨量充沛，在奥林匹克山脉这片由冰川雕刻而成的峰峦中，森林枝叶繁茂，郁郁葱葱。

第四天的傍晚，我们到达距维多利亚三英里的爱丝奎莫特海港，随后驱车进城。途中经过一片茂密的道格拉斯云杉林——林中开阔地带低矮的灌木丛生，还有橡树、浆果鹃、榛子、山茱萸、桤木、绣线菊、柳树以及野玫瑰。树林周围环绕着高高低低的岩石，刚刚封冻，上面长满了黄色的苔藓和地衣。

维多利亚是不列颠哥伦比亚省的首府，位于温哥华岛南端，1879 年还只是一座英国老式小城。据说有六千多居民。尽管市政大楼和一些商贸大厦非常引人注目，但游客们还是对这里整洁的乡间小屋，以及爬满墙壁无比芬芳的蔷薇和忍冬情有独钟。对于加州人来说，让他们引以为豪的是自家的蔷薇，白红相间，从洒满阳光的游廊上爬到房顶，像瀑布般沿着山墙悬垂下来。但这里总是结有很多雾气和露水，或是下着毛毛细雨，一些常见的园林植物便更为出众。英国忍冬似乎最适合在这里生长。而野玫瑰丛的景致更美，在林间小路两侧盛放，花冠有两三英寸宽。阵雨过后，空气中就会充满这种玫瑰以及绣线菊的馥郁芬芳，那一刻，二百五十多英尺高的树下生长的红色山茱萸浆果，映衬在绿叶中间，该是多么灿烂鲜艳。

说来奇怪，所有这些茂密的森林和花卉植被都长在新生的冰碛石上，这些冰碛石几乎没有移动或是被冰期后的外力作用侵蚀过。城镇的花园和果园中，桃子和苹果纷纷掉落在被冰川磨得发亮的岩石上，就连街道也是由冰碛石沙砾铺就而成。此外，我还注意到，那些沟沟壑壑的岩石丘同海拔八千多英尺高的加州内华达山脉一样，竟然未经风化。这表明维多利亚海港起初就是由固体冰川风蚀而成。港内星罗棋布的岩石小岛早在冰川时代就已出现，历经沧海桑田未有丝毫改变。海港沿岸却被冰川冲刷腐蚀得千沟万壑，无论从哪方面看，都与新生的冰川湖并无两样。众所周知，随着海浪的冲刷侵蚀，海域范围不断向陆地扩展，然而在这个新生的冰川区，由于海岸被海浪冲刷侵蚀的时间较短，几乎还未被风化。后冰川时期海水自身对海域扩大的作用还不及冰河时期冰川对海域扩大作用的百万分之一。冰盖是这个神奇之地的主要特色产生的根源，总体看来，冰盖一直在向南流动。

离开这座静谧的英国小城后，我踏上了一次短途之旅——沿海岸上行至纳奈莫，到现在加拿大太平洋铁路的终点布勒内湾，从这里前往普吉特海湾，再由弗雷泽河上溯，最终到达新威斯敏斯特和耶鲁。一路上为这些自然而又新奇的景致陶醉不已。其中最有趣也最让人依依不舍的便是普吉特海湾地区。此地因沿岸生长着参天大树，林木繁茂而闻名遐迩。它恰似海洋的一只手臂和长着很多手指的手掌，从胡安·德富卡海峡一直向南延伸约一百海里，直到地球上最大针叶林之一的中心地带。这里景色宜人，像河面一样宽阔的河段在海湾、海角以及突出的海岬间蜿蜒，然后向四处展开，形成蔚蓝如同湖泊般平静浩瀚的区域。各种小岛点缀其中，覆盖着高高尖尖的常青树，在明亮如镜的流水映衬下更是美轮美奂。

从维多利亚起航，首先映入眼帘的便是高耸入云的奥林匹克山，在蓝天的映衬下轮廓分明，山峰错落有致，从6000英尺到8000英尺不等。而山下便是小片的冰川以及高低不平的雪原，像圆形剧场般一直延伸到长满树木的山谷中。这些山谷见证了奥林匹克冰川最为庞大的扩张进程，它们曾从最北部温哥华岛的冰盖中漂过，涌入温哥华岛和大陆之间的海峡。

那时奥林匹亚还是一个充满生机的小镇，坐落于海湾最长分支的一端。去往这里的途中总会让人联想到太浩湖，该地最广阔区域的景致尤为优美，水面如同湖水般明亮沉静，四周绿树成荫。经过无数海岬和小岛后，全新组合的景致闪现在面前，变化无穷，足以让喜爱荒野之美的人大饱眼福，一生不忘。时而乌云压境，一切都茫茫然不知所踪。待到乌云稍稍散去，可以看到几座小岛孤零零耸立在那里，树梢在一片灰蒙蒙的雾气中影影绰绰，渐渐地一排排傍水而生的云杉和雪松映入眼帘。而最终乌云尽散天空放晴之时，就能见到雷尼尔山上格外洁白的巨大圆锥形火山，从五六百英里的高处俯视黑压压的森林，尽管它如此高大雄伟轮廓分明，此刻却如同一片仅有几英里宽的小树林脊梁一般。

雷尼尔山，又名瑞尼尔山，是最雄伟的火山锥，随喀斯喀特山脉延绵而上，从拉森峰和沙士达山一直延伸至贝克山脉。这一带最引人注目的便是塔科马周遭的风景。从小镇后面的陡峭处，可将此地的美景一览无遗。冰川河积雪沿着山脊的优美弧线一直延伸到绿树环绕的山脚。迄今（1879年）为止，只有一人登上这座山。据山顶一个无液气压计的测算数据显示，这座山约有14500英尺高。而北边贝克山脉高约10700英尺，很是雄伟。亚当斯山、圣海伦斯山以及胡德山也都是如此。其中胡德山最为著名，登上山顶便可将整个波特兰尽收眼底。雷尼尔山同沙士达山高度相仿，却因其冰雪盛景而更胜一筹，迄今为止是我见过的最雄伟的孤山。我凝望它的目光有多热切，我有多想攀登它，研究它的历史，或许只有登山的人才会明了，但我不得不先折回来，静待良机。

树林中生长的大部分都是花旗松（黄杉属），是西部最高的乔木之一。我在奥林匹亚附近测量的一株标本高约 300 英尺，高出地面 4 英尺的地方直径为 12 英尺。这个树种遍布各地，北至不列颠哥伦比亚省，南至俄勒冈及加利福尼亚州，东至落基山脉。花旗松常用于造船，做桅杆和桥桩，搭建房屋以及桥梁的框架等。在加州的木材市场，这种树被称作"俄勒冈松"。在犹他州的瓦萨奇山，这种树也很常见，当地人称之为"红松"。在加州内华达山脉的西侧，它和黄松、兰伯氏松、翠柏一同形成了一条轮廓分明的缎带，飘扬于海拔 3000 英尺到 6000 英尺之上。但只有在俄勒冈或华盛顿州，尤其是在普吉特海湾地区长势最好——高大、挺拔、粗壮，傍水而生。

普吉特海湾内所有的小镇都有其生机盎然的一面。风景如画的汤森德港坐落在一个草木丛生的峭壁上，是驶往外国船只的通关港口。西雅图因其煤矿而闻名，据称要发展成北太平洋沿岸首屈一指的城市。作为竞争对手，已被选为北太平洋铁路终点站的塔科马，对此雄心勃勃。1878 年冬天，在卡本河发现了储量惊人的煤炭，矿脉一直延伸到塔科马东部，据说其中一个厚度超过了 21 英尺，另两个分别是 20 英尺和 14 英尺，还有很多小煤层。所有煤层的总厚度加起来约一百英尺。此外，还发现了大片的磁铁矿、褐铁矿以及石灰岩矿藏，位置离煤矿都很近。这样一来，矿藏与无与匹敌的木材资源、优越的地理位置及便利的铁路交通一起为普吉特海湾地区筑就了光明的前景。

我们同一位旧金山的朋友在普吉特海湾逗留了数周后，在一艘名为"哥伦比亚号"的小邮轮上计划下一步行程，经俄勒冈州的波特兰市前往阿拉斯加。邮轮驶过哥伦比亚河开阔的下游区域，经过满是泡沫的沙滩，绕过福拉德利角，驶入胡安·德富卡海峡，旅途轻松而愉快。在维多利亚港和汤森德港稍作休息后，我们再次扬帆起航，前往冰原覆盖的阿拉斯加。

第二章

亚历山大群岛和阿拉斯加之家

对于热爱自然生态的人而言，阿拉斯加是世界上最棒的去处之一。从亚历山大群岛到兰格尔堡和西加堡沿途可以欣赏到迷人壮观的新生景致。在我看来，历次远足所见都不能称之为美国式荒野，并且无法与这里媲美。驻足甲板，凝望四周，只觉自身稳稳置于平静的蓝色水域之上，航行于星罗棋布郁郁苍苍的岛屿之间。因为整个漫长的航程都在河流和湖泊般波澜不惊的内陆水域行进，所以没有海上航行时通常会产生的不适感。岛屿不计其数，像是播撒的种子一样密密麻麻。每两个大岛屿之间形成了狭长海景，向四面八方延展开去。

连日来，天气晴好，我们似乎踏入了真正的仙界，景致一处连一处，越来越美丽，其中邂逅的一幕最为赏心悦目，让人喜出望外。此前我从未置身于如此妙不可言的景致之中。如今面对如画风景，速写一二还相对容易，但所绘之处很是有限——林间湖泊，冰川绿洲，倾泻而下的山涧瀑布，或者是翻山越岭登高绝顶后才能俯瞰的峰峦全貌。或许已经有人做过这些尝试，也有画作多少得其神韵，但这里的海岸景观绵延伸展，无边无际，景点众多却又丝毫不让人感觉重复厌烦；海岸线巧妙交织延续，连绵不绝，整体看去巧夺天工，尽显温柔之势，尽现空灵之感，任何语言描绘都显得苍白无力。一路上沿着波光粼粼的峡湾行驶，穿过森林和瀑布，绕过岛屿和山川，惜别碧蓝色海角，几乎可以肯定，我们一定能到达诗人笔下的天堂，神赐的居所。

Hanging Valley and Waterfall, Fraser Ranch
悬谷瀑布，弗雷泽牧场

　　阿拉斯加的海岸线绵延 26000 英里，比美国其他海岸线总和的两倍还多，此处景色之丰富由此可见一斑。亚历山大群岛的岛屿、海峡、航道、运河、海湾、通道和峡湾形成了一个错综复杂的陆地和水域网，围绕着高耸于普吉特湾与库克湾之间常年积雪的山脉，足有七八十英里宽。虽然亚历山大群岛地貌多样，但已融为一体，浑然天成，延展将近 1000 英里。从这里开始，便进入一个狭窄的海峡，两边山峰耸立，林木茂盛，从上到下直至水边皆是绿荫。吸引人的不再是远景，而是身边的事物——绿色山坡上，簇簇云杉和铁杉树一浪高过一浪，其中有些地带因为冬天雪崩时树木折断枯萎，而绿草和杨柳借机得以生长而呈现出淡绿色。瀑布在灌木丛和树林间时隐时现，蜿蜒曲折。窄而陡的峡谷隐藏在赤杨和莱萸林之中，只闻喧嚣水声而不得其踪，唯有到了长满褐色水藻的岸边才现出真面目。还有空寂的山谷上未曾消融的白雪，在标明古老冰川的源头。我们的轮船常常靠近岸边，甚至可以清楚地看到悬于树尖的串串球果以及伏于树脚的蕨类和灌木。

但画面如魔术般转瞬即变。绕过凸出的海角，我的目光便被远处的景色所吸引，只见两边海岬整齐划一，一个接一个优美地下沉，距离越远越多了一分缥缈和空灵之气。当中航道如河流般伸展，偶尔会有鲑鱼跃出海面，溅起银色的水花，或是一群白鸥如睡莲般栖于粼粼波光之上，就此打破这里的宁静。甜美柔和的阳光流淌过万物，天空、陆地和海水融为一体，呈现出淡而朦胧的蓝色。你若正出神望向这条分流众多的远洋航路深处，就会发现这艘看似与鸭子一般大小的轮船，正驶入一些几乎看不到的小通道上，直到拐进去才忽然意识到滑入了一个广阔的空间——那里满是岛屿，时而星星点点，时而密密匝匝，形状与组合唯有造化使然。一些岛屿很小，生长在上面的树木像是在旁边林子里挑了几棵后，为了保持新鲜才放在水中一样。如果岛屿相隔较远，你可能就会发现许多刚好露出水面的岩石，恰似小小句号点缀在这篇宏伟浪涌的岛群美文之间。

我们发现岛屿的轮廓和排列之所以如此千变万化，主要源于其中岩石结构和组成的不同，以及海岸各个部分所经历的冰层剥蚀程度不同。在冰河时代末期，主要冰原开始逐步分裂成一个个小冰山，此时冰川对海岸的冲刷尤其剧烈。此外，较大岛屿上的山脉也滋养了当地的冰川。其中有些冰川侵蚀了整个山峰和山脊，因而体积相当庞大，就此形成了宽阔的冰斗，峡谷或山谷顺势而下，一直伸入航道和海峡之中。在这里，自然所钟爱的神秘多变大多是因为这个缘故。然而，只有细致入微的观察者才能发现深藏于其中的和谐之美——除去因附属山麓和山脉而多少出现差异，这些岛屿的总体走向还是与海岸山脉主冰幔的流动方向一致。此外，大大小小的岛屿以及陆地的海岬和海角由于侵蚀严重而呈现出来的圆形地貌，都是冰川在最高峰时期对其过度冲刷而形成的。

　　冰川状况决定了陆地板块的形态、运动趋势和分布，而运河、航道、海峡、通道、海岬的形态、运动趋势和程度也同样取决于此。它们的流域在前冰川时期是大陆边缘的一部分，后经侵蚀变为海平面以下高低不平的深谷。当冰雪融化，海水自然会流入其中。假设整体的冰川剥蚀作用没这么强大，那我们行驶过的海路就应该是山谷、峡谷与湖泊，岛屿也会绕过丘陵和山脊，形成的地貌特征与海平面以上岩石和冰川状况相似的地方并无差别。一般而言，岛屿环绕的航道如同河流一样，从轮船甲板上不仅能看到一些分散的区流，而且对于一些延展千里的航道来说还会持续如此。潮流、新鲜的浮木、流入的溪水，以及岸边斜生大树的枝繁叶茂，都使海上航道与河流更加相像。从船上望去，无论哪个角度，大型岛屿都像是陆地的一部分，但远处数量众多的是小岛，可以目测它们的长度还不到一米，更像是岛屿。人们轻易就能捕捉到这些美丽的景色，为所见之物而欣喜，感到从未有过的愉悦。从它们相互之间的关系来看，在一组岩石中，每一块明显都是由相同种类的岩体变化而来。无论下沉的有多突然，就其外形而言，从来都看不出一点儿破损或残缺。逐个望去，它们好比一首诗中的不同段落，散发着各自的美丽，但从其完整的线条和树木的排列方式上看，每个小岛本身又像是一个独立的诗节。这岛上的树木给人一种奇特的印象，大小像是一束束鲜花，经过精心裁剪，风格浑然一体。一些簇状的小岛中心生长着锥形的云杉，个儿矮些的均匀等距地分布在两侧。或者是成片生长，边缘一圈色调交错搭配，引人注目，向四周延展开去，就像是瓶口弯出的花枝。这些树木的和谐之美始终如一，就像鸟儿的羽毛，或是鱼儿的鳞片，都是自然的造化。

　　因此，这些神圣的常青岛美轮美奂，这便是青春之美。虽然温暖的洋流是其长葆翠绿清新的奥秘，但是这些岛屿的存在，它们的特色、成型、分布都要首先归功于刚刚结束的冰川之冬里的冰层作用。

7月14日，我们到达了兰格尔山脉，稍作休息之后，继续向锡特卡挺进，再回到兰格尔山脉已是20号。一眼望去，这是我见过的最不适合人类居住的地方。在游览诸多岛屿的美妙旅行中，这艘小小的轮船已经成了我的家，取完邮件后，它开始返程波特兰，看着它在雨中渐渐模糊的身影，我感到一阵莫名的孤独。那位曾经陪伴我航行了那么远的朋友也返回了在旧金山的家，跟他一同离开的还有另外两名有趣的同伴，对他们来说，旅行是为了锻炼身体和观赏风景。而其他传教士、乘客径直去了古堡中长老派的家。在这乡下，没有像样的客栈或是住宿的地方，直到我发现进入荒原的路径开始进行研究，也没能在这树桩遍地、满是岩石的沼泽之地找到能露营的干燥之处。这里的树木早被砍光去做建筑木材和柴火，因此镇子方圆一二英里内的任何地方看上去都荒凉得不可思议，简直无处藏身。不过我想，大不了在小镇的后山坡上用树皮搭个棚子，那里乌云中若隐若现的似乎是个森林。

还在船上时我便远远看到了这白雪覆盖的高高山脉，迫不及待地想要踏上这方土地。但村里几个白人跟我交谈时，告诫说这里的印第安人是群坏蛋，不可信任，森林是万万不能踏足的，而且没有木舟我哪里都去不成。然而这些自然的困境使得这里对我来说更具吸引力，凭着自己一贯的好运气，我决定带上一袋干粮，进到森林中央去探个究竟。目前的困难是得先找个地方落脚，山上成了我唯一的希望。等我漫步到古堡，恰巧遇上了一名传教士，他好心地询问我打算在哪宿营。

"不知道。"我回答说，"还没找到任何住所。那座小山的山顶似乎是我唯一的去处了。"接着，他向我解释布道院的房间已经满员，尽管如此，他觉得我应该可以到布道院管辖的一个木匠铺去将就将就。我道过谢，踏着泥泞一路小跑，拿了行李，赶到那家店铺安置了下来。能偎依在干燥且味道香甜的刨花中，自然很是高兴。

这位木匠在建造一座新的长老会修道院大楼，他回来后，我解释说是杰克逊博士（谢尔登·杰克逊博士，1834—1909，于1877年成为阿拉斯加长老会负责人，1885年荣升为美国教育总代理）建议我睡在这儿的地板上，我还向他保证，绝不会动他的工具，或是妨碍他做事。他很友好，允许我在铺子里自由活动，还让我去他的私人小房间找一个洗脸盆用。

但我只在这儿住了一晚。商人范德比尔特先生拥有堡内最好的房子，他一听说晚到的客人中有一位因为无处安身不得不睡在了木匠铺里，而且没人知道他因何来此，就以撒玛利亚人的方式好心地探望了我。在简要了解我对冰川和森林的研究后，非常热情地为我提供了一个房间，并邀我一同进餐。在这里我有了一个真正的家，只要有机会就可以自由去各处远足。他的女儿安妮·范德比尔特，只有两岁，但已经很懂神学，经常在家里进行爱心布道，因而这里总是充满温馨。

范德比尔特先生把我引见给了探矿者、商人和一些最具影响力的印第安人。我还参观了教会学校和由麦克法兰夫人管理的印第安女孩之家，游览了附近的森林和河流，研究了不同树种的增长速率。当年军队修建堡垒时曾开辟大片空地，遗留了很多树桩，根据上面的年轮我可以推测出树木的年龄。据范德比尔特先生说，我这一系列行为引起了兰格尔人的种种猜想。

"那家伙能有什么出息？"他们问道，"他大部分时间都在跟树桩和杂草打交道。一天，我还看到他双膝跪地，盯着一个树桩，好像准备在这儿找到金子，怎么看他都不像有什么正事儿。"

不仅是迷信的印第安人觉得奇怪，在一个暴风雨的晚上，我还在不经意间让白人也对我产生了浓厚兴趣。当时我急于想看看暴雨中的阿拉斯加树木是何模样，听听它们在风中的呼啸，于是趁没人注意，悄悄穿过湿乎乎的灰色村庄，绕到了后面的小山上。我出门时，夜幕已降临，等到达山顶已是一片漆黑。暴风雨酣畅淋漓地穿林打叶，引吭高歌。这对于身体淋雨很是不适的我来说是最好的补偿。但我需要火，一个大火堆，在听到暴风雨和森林咆哮的同时，我也想看到它们。经过长时间的耐心摸索，我终于在一个空树干里找到了一些火种，把它们小心翼翼地堆在了火柴和一截大约两英寸长的蜡烛旁边，因为在衣服内兜里放着，火柴和蜡烛幸好未被雨水打湿。紧接着，我折下一些枯枝削成细块，把它们和火种放在一起，还用树皮搭了一个大约一英尺高的锥形小棚子。然后俯下身，尽可能不让暴风雨影响到它。随即折了许多枯枝，堆在一起，将蜡烛点燃放在小棚子里，再小心加入一小撮一小撮的火种和细木屑，一团小小的火焰终于亮起。借着火光，慢慢加入较大块儿的木屑，最后把树枝横放在内火上燃烧，小棚子也随之变得更高更大。很快光线就足够亮了，这样我就可以捡到最好的枯枝和大块的树皮，不停地把它们加入火中。火焰越烧越旺，把一大片区域都照得亮堂堂的。后来我又捡了很多木柴，不断投入进去，直到燃起冲天的火焰，喷薄出的火柱足有 40 英尺高。尽管是在雨中，它仍然照亮了一大圈地方，连飘过的浮云都被映上了几许耀眼的红光。我虽在其他地方点燃过无数次篝火，却没有一次像今天的火焰这样，在暴风雨中还能充满力量地曼妙欢舞。这一切真是太美妙了——云雨交织，熠熠生辉，树木也在漆黑的夜幕中幽幽发亮。它们的躯干长满青苔，雷电中闪亮的涓涓雨流沿着树皮纹路倾泻而下，甚至连最年长的古木这一刻都在深深鞠躬向风雨致敬，满怀热情地放声歌唱！

火堆在午夜时分烧到了最旺，之前因为我用树皮搭了个棚子，来遮风挡雨，已经差不多烘干了身上的衣服。现在无事可做，就只管欣赏、聆听着周围的一切，与树林共同吟唱赞歌，齐声祷告。

由于火堆隐匿在山脊后面的一条羊肠小道上，前面还有树木遮挡，从镇子上根本看不到这里耀眼的白色火心和红色长矛般划破长空激情摇曳的烈焰。但是风雨交加的空中，映在云间的火光却煞是引人注目，居住在格兰尔山脉的人们从没听说，更没见过这般景象，因此他们认为这是大凶之兆。几个还没有入睡的印第安人恰巧在午夜时分看到了火光，他们极为警觉地叫醒了民俗收藏家，求他去找布道者，让他们用祈祷的力量驱走可怕的征兆，还急切地询问白人是否见过这样的天空之火，不仅没被雨水浇熄，反而越燃越亮。收藏家说他听说过这种奇异的火光，这也许正是白人口中所称的"火山，或是磷火"。杨先生也被人从睡梦中叫醒，并拉去做祷告，他对此同样感到非常惊讶，无法做出解释。他承认从未在这么阴冷潮湿的天气里，在任何地方见过天空如此这般。他认为可能是某种自燃现象，也就是白人所称的"圣艾尔摩之火"，或者叫"鬼火"。这些解释之辞，虽然不够清楚明白，令人信服，却已然可以掩饰说话人自己内心的讶异，减轻当地居民心中由于迷信而产生的恐惧。但据我所知，那些碰巧看到奇异火光的白人同印第安人一样万分迷惑。

我在各种各样的天气和地方无数次享受过篝火所带来的乐趣。塞拉高山花园开阔的场地中，是温暖的火心，小簇的火焰，在黑暗中散发着友善而美丽的光芒。有的篝火周围有雏菊和百合环绕，像是着了魔的孩子在痴痴凝望。也有银杉森林中的大火，火苗如身旁树木一样高耸参天，散射出无数火星，璀璨了星空。而冬日山头的熊熊烈火更是能将寒冬转为夏日，使得霜雪变成白色花床，云盛之时迅速跳动的火星还能和晶莹剔透的雪花融为一体，共同在天际间飞舞。但我在阿拉斯加的第一场篝火，这场兰格尔篝火，却总让我记忆犹新。我会永远记得火焰与暴风雨对抗时的欢欣与壮丽，也会记得火光掩映中，长满苔藓的树木唱响赞歌时那令人惊叹的美。

第三章

兰格尔岛和阿拉斯加的夏日

兰格尔岛长约十四英里，一条狭长的航道和峡湾将它与大陆隔开，沿着古冰盖的方向伸展而去。同周围岛屿一样，兰格尔岛也是草木繁茂，树林一直延伸到水边，百年来，这些植被似乎从未遭遇过干旱、火灾或是采伐。它们在柔云的笼罩下，沐浴着充足的雨水，茁壮成长为屹立不倒的参天大树。半阴半晴的温暖秋日中，只要连续几个艳阳天便可让百果成熟，树种四处飘散，动物们因此衣食无忧，森林也得以生生不息。

兰格尔村是个荒凉的小村庄，不论是加利福尼亚淘沙谷中的矿工，还是任何一个我遇见的偏僻村庄的村民，都不曾到过这风景如画而又漫不经心的"不毛之地"。村中的茅舍和房屋在搭建时丝毫没有考虑方位和任何建筑法则，杂乱无章，歪歪扭扭，沿着沼泽海岸绵延了大约一英里远，看上去像个大写的 S。树桩和原木因为潮湿，两侧都位于沼泽线以下，浸满泥泞，像一座座珍贵的古迹，装饰着两旁的街道。总的来说，这里的地面走起来还比较舒适，基本上是参差的岩石，尽是沙坑点点，偶尔会有长着苔藓的沼泽。但路中央这些岩石、沼泽或是凸起的树桩却都不是很碍事，因为这里没有马车经过，整座岛上也见不到一匹马。只有几只鸡、一头奶牛、几只羊和几头猪，像是故意踱来踱去，使原本泥泞的道路更加混乱。

　　大部分兰格尔的永久居民都从事贸易工作。有的经营些小买卖，做打鱼和皮毛生意，最活跃的地方企业都源自卡西阿尔金矿，经由斯蒂金河和迪斯湖，往内陆方向走 250 英里到 300 英里。两艘装有尾轮的汽船在兰格尔和 150 英里外的终点站特利格拉夫克里克之间穿梭，载着货物和乘客，与岸上运送矿石的列车形成对接。1874 年，人们在麦肯齐河的支流，发现了这些砂矿。据说，1879 年就有 800 名矿工和勘探者经过兰格尔，其中将近一半的人来自中国。通常斯蒂金河的河面一直结着厚厚的冰，直到四月末都不融化，所以近三分之一的矿工都会选择二月从兰格尔出发，穿过此河。而大部分矿工要到五六月份才开始乘上汽船远行。由于此处冬天极其寒冷，矿工们在九月末就不得不离开矿山。大约三分之二的人会到波特兰、维多利亚和普吉特海湾的城镇过冬。其余的人仍留在兰格尔，在迷迷糊糊的瞌睡中打发漫长的严寒。印第安人大部分来自斯蒂金部落，他们占据了城镇的两端，四五十名白种人住在城镇中部，但是他们之间并没有什么明确的界限。大部分印第安人和白种人一样，都用原木和木板建造大房子，非常宽敞牢固，有些外面还装饰着高高的图腾柱。

　　这个要塞古堡整体呈四边形，四周用石砌栅栏围起。主要商业区后面地势渐高的地方有十几座框架结构的房屋，是美国政府购买阿拉斯加后不久建造的，于 1872 年荒芜，1875 年军队重新占领了这里，最终在 1877 年被遗弃卖给了私人。古堡里面和旁边有一些干净的房屋，在周围黯淡的环境映衬下显得更加明艳照人。古堡所在之处有一部分曾是沼泽，后来人们精心地将土地压平，把水排干，由此可见，不用费太大力气就能把这里改造一新。虽然到处充斥着肮脏混乱，但这里总是飘着厚厚的云层，饱经大雨的冲刷和海风的洗礼，一年到头空气都很清爽。房子跟泥泞的岩石和树桩混在一起，看上去颇不自在，七歪八扭，好像被大地震摧残过似的，毫无章法可言，顶多算是散落在冰碛巨石之间，然而，兰格尔却是一个宁静的地方。我从未听到过嘈杂的吵闹声，或是一声雷响，就连波浪拍打海岸也不过是低鸣耳语。夏日的雨倾泻而下，空气温暖而潮湿。云彩通常簇成一团，布满天空，但绝非乌云压境滚滚而至，让人惧怕，而只是带来温和之水，使万物沐浴其中。万里无云时，天空平静似水，看上去是珍珠灰色，深浅不断变幻，呈现出几分平和与安宁；水面清澈明亮，岛屿像是漂浮其上，昏昏欲睡；林中的叶子也纹丝不动，万籁俱寂。

兰格尔的晴天与加利福尼亚人口中的晴天有所不同。温和的阳光透过潮湿的空气，一点儿也不耀眼夺目。这座村庄也如同其他风景一样，沉浸在朦胧寂静的印第安夏风中，一片安宁。在这里，白昼最长的时候，太阳大约3点就会升起，破晓已经提前到午夜。因此，公鸡一睡醒便打鸣，不会非等黎明的曙光，再说这里也没有名副其实的黑夜。兰格尔大约有六七只成年公鸡，负责叫醒全村，此时你才会想起这里也是文明社会。日出之后，便可见到袅袅炊烟懒洋洋地升起，人们开始骚动起来。不久，到处都会看到三三两两的印第安人，站在谷仓形状的小屋门前，还有的商人已经准备开张营业。但这里几乎听不到一点儿声响，在一种乏味低沉的氛围中，小镇渐渐喧嚣起来。到目前为止，在这儿我只见过两个白人婴儿，而那些印第安婴儿睡醒后，吃点东西，从来不哭不闹。再过一会儿，就会听到渡鸦的呱呱声和用斧头砍柴的响动声。直到八九点钟，小镇才彻底醒来。许多印第安人，尤其是妇女和儿童，开始聚集在仅有的六七个商店前面的平台边，随随便便拉过毯子一坐。每个人的脸都非常黑，尤其是眼睛周围一圈更是明显，颧骨和鼻子应该也是黑的，但好像已经被擦掉了。一些小孩晒得黑黑的，穿得都很单薄，只是一件印花布衬衫轻飘飘地盖到腰间。十来岁的孩子们，有时披件矿工们穿剩的衣服，对他们来说又宽又大，破破烂烂，透气得很。年纪大一些的女孩子和年轻的妇人则身着鲜艳的印花服饰，俏皮地戴着绑有华美丝带的草帽，同皮肤黝黑、身形瘦弱的老太太们坐在一起，显得格外突出，就像是黑压压的一群乌鸦中冒出了几只羽毛猩红的唐纳雀。坐在商店台阶上的妇人们并非无所事事，她们在兜售浆果，一篮篮的橘子、橙色的大浆果和沼泽边采摘的覆盆子，这些东西在周边污浊环境的对照下，看起来极为新鲜干净。她们耐心地等着顾客的光顾，饿了就用剩下的果实充饥，然后再去采摘。

往远处看，有木舟从岸边划出，上面载着一男一女和一两个孩子，所有人都自然随意地划着船桨。他们是去捕鱼，这并不是什么难事，只要捕到鱼，就完成了一天的工作。另一条船上的一家可能是去打捞水面上的浮木做燃料，这比到山间的丛林岩石间拖回一些木材要轻松得多。再晚些时候，岸边会出现一支船队，艘艘木舟风格相似，又高又长的船头和船尾像是鸟喙，船身弯曲得像是鸭脯的弧线。木舟对于生活在岸边的印第安人来说就好比墨西哥牧童的牧马。他们经常划船在岸边捕鱼、打猎、经商，或者仅仅是到邻居那里串个门。印第安人喜爱社交，对于自己的家族身份有十足的自豪感，经常嘘寒问暖，参加冬节舞会，或是聊聊丧葬嫁娶、人口添丁，等等。还有些人将紫色的水丁香高高地挂在船上，就是为了单纯享受船儿飘荡在水上的惬意。

这时，有一大家人坐船远远赶来，祖父母正带领子孙们径直奔向他们最喜欢的小溪和露营地。从他们手提的篮子可以断定，是去采集浆果。在我之前游历大江南北的所有旅行中，从没有像在这里一样，一次见过那么多浆果。森林、草场、低地、高山，到处都是。各种各样的越橘类浆果、美莓、黑莓、木莓，长在干燥开阔土地上的花楸果，还有沼泽边的蔓越橘，足以养活这里的每只鸟、每头动物和所有人，而且还会有成千上万斤的剩余。越橘类浆果尤其丰富，在山上长势茂盛的品种最好，直径足有半英寸左右，味道甘甜，通常生长在约有三四英寸到一英尺高的灌木丛里。最常见的浆果则要小一些，多生在低地约有六七英寸高的灌木丛。这是印第安人赖以生存的主要食物，他们常常大量采集浆果，打成糊状，再把果糊压成大概一英寸厚的糕饼，在小火上烤干，储藏起来作为过冬的食物。美莓和花楸果的储存方法与此相同。

兰格尔附近是最好的越橘产地，民俗收藏家组织大家郊游，我有幸在受邀之列，很是高兴。同行还有九名印第安人，大部分是去采摘越橘果的妇人和孩童。我们选在鳟鱼溪岸边露营，一到目的地，所有人都冲进灌木丛吃起浆果来，说说笑笑，享受着大自然最原始的乐趣，根本没有人准备露营的事儿。收藏家沿着小溪逆流而上，去检查一下草地尽头是否有可以喂牛的干草，顺便钓鱼。两个年龄大些的孩子跟他一起去了，其他人都留在了浆果丛中。

这三个渔夫运气很差，他们说全怪阳光太好——很少听见有谁会这么抱怨晴天。但他们至少好好锻炼了一下，踩着湍急溪流中光滑的石头前行，在滑溜溜的原木上或是岸边的灌木丛中不停奔跑，在瀑布脚下打着旋涡的水塘中上下甩钩，模仿飞虫跳跃旋转，垂钓的牧师对此很是熟悉，但对两个印第安男孩儿来说更是小菜一碟。收藏家检查完干草之后，带领两个棕色皮肤的随从沿湖泊盆地走了一圈，到湖口去碰运气。而我则在宜人的植物中采集标本，感觉像极了威斯康星和加拿大沁凉的苔草和沼泽泥炭藓。在这儿，我找到了许多钟爱的老朋友，有石楠、鹿衔草、伏地杜鹃、越橘果、蔓越橘，等等。草地边缘的漂亮的北极花正在怒放，盛开的紫色锥形草没过了我的头，还有一些苔草和蕨类植物也这么高。我还在林边看到了野生苹果树，这是我第一次在阿拉斯加见到这种植物。野生苹果个头很小，入口发酸，印第安人常用来给他们的鲑鱼调味用。在任何地方都不曾有如此众多的沼泽和草地。这里的主要树种有铁杉、云杉和黄扁柏，草地尽头还有几棵松树，其中一些将近100英尺高，树枝上垂下灰色的松萝，树皮上爬满了灰色的地衣。

除了看守露营地的人和一个小女孩之外，我们在湖边碰到了其他同行的浆果采摘者。每个人都乐开了花，开心地低声哼着小调，似乎这一刻、这个地方、这些浆果都是为他们特意准备的。清风吹动的灌木丛霎时欢乐无限。孩子挎着小篮子，装了两三夸脱的浆果，妇人肩头顶着两个大篮子。下午时分，等所有的篮子都装满了，人们便开始往泊舟的露营地走。我和大部队在湖边分开，打算沿着溪流穿过树林回去。我第一个到了营地，没一会儿，其他人也到了，哼唱着小调，就像一群满载而归的蜜蜂。有趣的是，采摘归来的人们都大把大把地抓起最好的浆果送给看护营地的小女孩儿。这个小姑娘一一迎接大家，满脸笑容，嘴上还说着一些吉祥话儿。我虽然听不懂，但也知道那无疑是纯净温厚的善良天性。

同乘一艘游轮到此的旅伴中，有三位神学博士和他们的夫人，来这儿的目的是为了建立基督教长老会。我在兰格尔的时候，斯蒂金部落的族长和头领们为这些尊贵的客人准备了丰盛的晚餐和欢庆活动。我受邀参加了晚宴和舞会，还取了一个印第安人的名字，叫作 Ancoutahan，据说是"被接纳的族长"之意。我本以为这个名字没什么实际价值，但范德比尔特先生、杨先生以及其他人都告诉我，在这个岛屿上游览时，这个名字会成为我在各个部落的护身符。因为游客若没有印第安名字，很可能被杀或是遭到抢劫，只要白人没有听闻这些事件并展开调查，罪犯就能够一直逍遥法外。由于我已被斯蒂金部落所接纳，其他部落就不会有人敢攻击我，因为他们知道如果有人攻击我，斯蒂金部落是不会轻易善罢甘休的。

晚餐桌上颇为雅致地摆满了鲜花，整个布置大方得体，食物很是美味，但并没有印第安特色菜，大部分是波士顿风味的进口罐装食品。晚餐过后，所有人都聚集到沙克斯族长宽阔的石房子里，跳起了舞。舞蹈激昂神圣，既原始野蛮又是这个部落正式接见客人的一种方式，新奇得很。在我看来，这像极了美国印第安人的舞蹈，动作有些单调，人们随着沉闷的鼓声不停跺脚，同时击掌、甩头，还时不时突然发出哼哼声。领舞者将大量柔软的羽毛洒向空中，雪花般纷纷扬扬，作为对每个人的祝福。这时，所有人都唱起"嘿—呀—呀，嘿—呀—呀"，跳上跳下，直到大汗淋漓。

舞蹈过后，人们开始对不同情境下的动物步态、姿势和行为进行模仿，比如行走、追赶、抓取、吞食猎物，等等，简直惟妙惟肖。正当所有人都静静坐下来，等着看下面还有什么新奇事儿时，突然石门被撞开，一只黑熊跳了进来，不管是外形还是动作都十分逼真，大家都吓了一大跳。随后才知道那只是一个披着熊皮的年轻力壮的男子，由于平日里对熊了如指掌，所以才能以假乱真。只见黑熊慢悠悠地走到房间中央，假装跳进溪中，抓起地上早已准备好的木质鲑鱼道具，将它拖到岸上，又朝四周望望，看看有没有人来，随后把鱼撕成了碎片。一会儿又左听听，右听听，看上去是在担心猎枪。除了黑熊，还有模仿鼠海豚和小鹿的舞蹈，都是由一个印第安人披着这些动物的皮毛道具来表演的。表演者的模仿非常细致精准，像真的一样。

接下来是隆重的演讲，一位印第安妇人负责翻译："亲爱的兄弟姐妹们，这就是我们过去常跳的舞蹈，很久之前，当我们还愚昧无知时，非常喜爱这种舞蹈，经常这么跳起。但现在，我们已经步入文明开化的年代，伟大的上帝满怀慈悲之心，已经让他的儿子耶稣基督来告诉我们该做什么。今天我们跳舞只是为了向你们展示我们当初喜爱这么愚蠢的舞蹈是多么愚昧盲目，以后我们再也不会这么跳了。"

以下是另一段演讲的译文："族长说，'亲爱的兄弟姐妹，这是我们以前舞蹈和娱乐的另一种方式。我们不想再这么做下去了。虽然我们非常看重你们眼前这些表演服装，但我们还是会放弃它们'。他还表示能与这么多的白人兄弟姐妹一起就餐跳舞，感到荣幸之至。"

沙克斯族长在整个讲话中，曾数次停下做出简短解释，肃穆而又充满尊严。他在演讲结尾这样总结道："亲爱的兄弟姐妹，我们已经在黑暗中待了很久很久，是你们引领我们走向了光明，并教会我们如何生存，如何面对死亡，我谨代表自己和我的所有族人，向你们表示感谢和衷心祝福。"

欢庆即将结束时，进行了冬节赠礼活动。鹿皮、野羚羊皮、土拨鼠皮和紫貂皮做的长袍，以及萨满道士穿戴过的绮丽头饰被一一分发到人们手中。我也有幸得到了一件。

房间地板上撒满了新鲜的铁杉枝，墙上到处都是各种各样的野花，灶台上遍布越橘树枝和柳叶菜，看上去五彩缤纷，美不胜收。

我早就发现阿拉斯加东南部的村庄很适宜居住，有益身心。众多岛屿和大陆海岸常年气候温和，没有酷热或严寒等极端天气。但这里雨水很多，因此即便干草收割业可能跟矿产、森林、渔业一样前景光明，也无法得以广泛发展。不过这种雨天质量很高，是我所见过最好的一种。气温宜人，多数是绵绵细雨，补给河水的源头，滋润着整个岛屿，到处都湿润清新，硕果累累。更令人开心的是七八月份东边日出西边雨的景象，这种晴天在南部或是北部其他任何地方都很少见到。阿拉斯加的夏日整天都是白昼，没有夜晚。在最北端的巴罗角，太阳一连几个星期都不落山，甚至在这里——阿拉斯加的东南部，太阳最多也仅仅是落到比地平线低几度的地方。日落与日出时云霞的最高点常常混合在一起，不给黑夜留出任何空隙。子夜的天空就像午后刚过临近黄昏时分，有淡淡暮色。天空中飘浮的薄薄云层，这时变得红黄相间起来，愈发表明太阳将从地平线下冉冉升起，一天就这样缓缓拉开帷幕。太阳的弧形光线透过云层低处，悄悄向东北方向移动扩张，越来越高，越来越亮。等它终于跳出地平线的那一刻，既没有激动人心的难忘的壮丽景象，也不那么璀璨夺目，叫人意识清醒，欢欣鼓舞，并非像圣经中提到的日出，好比刚从洞房中出来的新郎，壮汉赛跑般欣喜若狂。朵朵红霞镶着金边，逐渐与朦胧的晨光融为一体。岛上萦绕着灰白的雾气，在波光粼粼的水面上投下点点碎影，整个苍穹也因而染上了一层淡灰色。日出后的三四个小时，并不见什么特别出奇的风景。虽是晴天，但阳光温和，甚至可以抬头直视。满是树林、白雪和各种美好建筑的岛屿、山脉还有些睡眼惺忪，沉默寡言。

快到正午时，阳光透过潮湿的空气一泻千里，照亮了天空和水面，一片波光粼粼。岛上灌木丛的边缘、岛屿之间羽毛状的水面上，圈圈涟漪快乐嬉戏，随即被微风吹散。温暖的空气悸动不安，似乎也成了孕育生命、能量无限的海洋，拥抱着大地，身处其中不由遐想联翩，记起了身边的生命与律动：潮汐，河流，从似绸似锦的天际倾泻而下的阳光，成群结队在海底觅食的鱼群，空中雾气般团团飞舞的昆虫，青色山脊上遍地的野绵羊和山羊，远处条条溪流中有海狸和水貂在玩耍，印第安人在岸边漂流、晒太阳，树叶和露珠畅饮着阳光，山脉中还有座座冰川，为新的河流湖泊开辟山谷、盆地，滋养着每一寸土壤。

下午直到日落，天色愈发美丽。阳光渐渐变得浓厚，却全然不失柔和圆润，越发光芒万丈。一切都自觉安静下来。风儿时而轻轻吹起，时而纹丝不动。空中仅有的几朵云彩，柔软泛光，轮廓清晰可辨。海鸥四处飞舞，轻扇翅膀划向长空，尤为惬意。印第安猎人划着独木舟一闪而过，桨动之处水花四起。极为偶然地，可以听到小树林里鸟儿的歌唱，为静谧的森林又增添了几分甜蜜。天空、大地、溪水融合成了一幅不可分割的迷人图景。不一会儿，太阳落山了，天空变成了紫金色，晚霞并非只是地平线上一条窄窄的弧光，而是将色彩染满了整个苍穹。天边水平的云朵边缘像是着了火，云朵间的晴空呈现出黄绿色或是淡淡的琥珀色，而经常飘在高处的小朵云霞一团一簇，层层叠叠，被染成了深红，就像东印度初夏时分的枫树林一样鲜艳夺目。柔和的紫色光芒渐渐映红了整个天空，空气里满是这种色彩，整座岛屿浸染其中，像是上了妆，湖水也衬得如同红酒一般美丽。太阳落山后，闪闪的金光也随之消失，因为是落到与地平线相同的高度，同南部相比，落日的余晖在这片天空中停留的时间更为长久。云霞缓缓向北移动，上端的颜色也渐渐褪去，又在东边逐步明亮起来，和晨光融汇到一处。

然而，我在阿拉斯加目睹的日落中，最为色彩缤纷、令人惊叹的一次是从波兰到兰格尔的航程中。当时我们置身最为密集的亚历山大岛屿群。刚下过阵雨，西边的乌云慢慢消散了，只剩下几缕停留在了地平线附近。那晚颇为宁静，晚霞渐渐浓郁，一点点延伸，颜色也慢慢丰盈起来，似乎要花去比平时更长的时间才能达到全盛。在大约30度仰角处有道厚厚的云堤，低处的边缘和凸出的部分已染成了深红色。云堤之下，与地平线等高的三道紫色霞光镶上了金边。这时，可以清晰地看见火焰般的云朵扇面状奔涌而上，穿过紫霞，在暗红稀薄的边际慢慢淡去。天空中这一幕自是美丽动人，但最让人感到新奇兴奋的还是当时的氛围，温润潮湿，浓墨重彩。四周升起一片透明的紫色薄雾，岛屿轮廓若隐若现，像是漂浮其中，唯有底部边缘环绕着一圈深红色的光晕，恰到好处地勾勒出了各自边界。远处的山峰、雪原、冰川和山谷中的团团雾气都蒙上了一层玫瑰色的晚霞，妙不可言。这一切，无论远近，包括我们的船在内，都成为这伟大图景和基本色调的一部分。在这一刻凝神观望的那些传教士，像是镀上了天国光辉，真的神圣起来。就连常年在海上抗击暴风雨的老船长和水手们也是如此。

我在兰格尔山脉地区度过的那段夏日里，有三分之一的日子多云少雨或者无雨，三分之一的日子下雨，还有三分之一的日子晴天。据有关记录显示，从当年 5 月 17 日开始，在其后的 147 天内，有 65 天下雨，43 天多云无雨，39 天晴天。6、7、8、9 月分别有 18 天、8 天、15 天、20 天是雨天。但有些只是下几分钟就停了的阵雨，算不上是真正的雨天。总体来说，通常都是绵绵细雨，温度也很宜人，没有几场暴风雨或是乌云密布的大雨。哪怕是在最阴冷的雨天，也会有晚霞或是朝霞奔涌而出，或是在正午时分映射出几缕白光，让人心情愉悦。在此之前，我从不知道雨可以这么润物无声，没有夏日狂风的呼啸，也没有隆隆的雷鸣，一次也没听到过。这种多雾潮湿的天气似乎非常有益身心，没有看到哪所房子发霉，阳光照不到的地方也没有一丝腐朽的迹象，居住在这里的人们体格健壮，就连植物也没有水肿松弛这一说，都是茁壮地成长。

9 月里很少见到晴天，超过四分之三的时间是多云或雨天。而这个月的雨略微大些，只有一次大得离谱。阵雨停歇时，云朵低悬在天边，层层叠叠，变幻莫测，但是并没有常见的山雨欲来乌云密布的迹象。

夏日里阳光最充裕的月份当属 7 月，这个月有 14 天都是晴天，其中 6

天连续放晴，气温在上午 7 时达到 60 华氏度，正午 70 华氏度，而 6、7、8、9 月中，每个月上午 7 时的平均温度分别为 54.3 华氏度、55.3 华氏度、54.12 华氏度和 52.14 华氏度，其中 7、8、9 月，每个月正午的平均温度分别为 61.45 华氏度、61.48 华氏度和 56.12 华氏度。

这里夏日可测量的最高气温达到 76 华氏度，但哪怕是最好的艳阳天，空气也会给人带来丝绒般的柔滑感觉，这是它最显著的特点。一年中的大部分时间，都很难在加利福尼亚群山上察觉出大气的存在。清晨薄薄的白色日光悄悄地洒满每座山峰和每座冰川，就像是上帝在人间降下了最纯净的灵魂，浮游于山间。阿拉斯加最清新的空气常常让人觉得很有质感，好像用手指轻轻摩擦就能体会出来。我之前从未见过在夏天还能出现如此柔和洁白的光线。

12 月末我离开兰格尔时，下起了冬季暴风雨，温度多在 35 华氏度到 40 华氏度，刮起的阵阵强风粗暴地拍打着岸边，甚至将海水吹进了树林。此时漫长的黑夜让人感到很阴郁，而能窝在温暖舒适的房间，听着炉子里柴火噼啪燃烧的声音，是再好不过了。虽然时不时会下雪，但雪量从来不大，停留时间也不会很长。据说自兰格尔人在这里定居开始，只有一次地面上的积雪厚度达到 4 英尺，除非有从大陆上吹来的冷气流，否则温度很少会低于零下五六华氏度。然而离开海岸踏上返程，在群山的另一边，冬日里则是天寒地冻。格伦诺拉的斯蒂金河海拔不到 1000 英尺的地方，零下三四十华氏度很常见。

斯蒂金河

在兰格尔堡的时候，我们有过多次郊游，最有趣的要数沿斯蒂金河溯源之旅。海岸的崇山峻岭从圣伊莱亚斯山开始延绵不绝，越过边界一直伸向陆地的最南端。途中被大峡谷拦腰截断，每座山间都有河水潺潺流过。因其最高源头远在距海岸线四五十英里的冰峰雪岭之中，大部分河流都相对较短。但这些奔腾咆哮的溪流当中有几条，像阿萨克河、奇尔卡特河、奇尔库特河、塔库河和斯蒂金河，等等，连同麦肯齐河和育空河西南部的一些支流一起冲出了群山的包围。

所有流淌于主峡谷的山间河流中，最大的支流仍被冰川所覆盖。这些引人注目的冰川层次分明，逐级下降。它们凌乱凸起的峰端仰卧在不远处的山阴之中，或是冲向河岸边的排排杨木林，抑或一路蜿蜒至整座峡谷。河流要经过，不得不另寻蹊径。

在流经海岸山脉的众多河流中，斯蒂金河最为著名，因为这是前往麦肯齐河卡西尔金矿的最佳路线。该河长约三百五十英里；可供小型蒸汽船航行至一百五十英里外的格伦诺拉，或是再多行五十英里到达特利格拉夫克里克。它的航道先是向西而去，穿过草原，草原上的云杉和松树林四处投下暗影；继而向南部蜿蜒，在容纳了众多从北而来的支流后，最终流入海岸山脉，从长一百多英里、深三五千英尺的大峡谷中席卷而过。峡谷两壁悬崖万丈，造型千姿百态，变幻无穷，冰川和瀑布恰到好处地点缀其间，处处生机勃勃。整个谷底像约塞米蒂一样，鲜花遍野。而最与众不同的景象便是悬在峭壁上的冰川，沿侧面的峡谷倾泻而下，奔流入河，为周围的自然美景平添了无限原始风采。

　　船沿着湍急的水流前行，眼前的景致瞬息万变，让人眼花缭乱。尤其是随着季节和天气的变化，实在是妙不可言。春天冰雪迅速消融时，无数欢腾的瀑布涌现，暖风在轻柔地呼吸，新叶和花朵色彩斑斓，蜜蜂在数英里的野玫瑰丛中、三叶草上、忍冬花间匆忙地飞来飞去，花香忽此忽彼，四处飘荡；河岸低矮的山坡上，冬季雪崩融化的地方生长着排排桦树和柳树；片片白色或紫色的浮游积云越过最高的峰尖，不断膨胀隆起，灰白色的雨云环绕着峭壁凸出的坡顶和城垛。倏忽雨过天晴，云开日出，但见树叶、溪流和晶莹的冰川熠熠发光，新鲜而芬芳的味道愈发浓郁，鸟儿欢快地歌唱，黎明和日暮时天空无比宏伟宁静。到了夏天，树林郁郁葱葱，花朵万紫千红；阳光照耀下，冰川迅速融化，瀑布尽显壮美，河水欢腾而有力地流淌；雏鸟展翅欲飞，小熊尽情地享用着鲑鱼和浆果，峡谷中所有生灵都如同溪流般散发出勃勃生机。到了秋天，万物休养生息，仿佛一年的活儿都干完了一样。充沛而朦胧的阳光洒在悬崖，唤醒了最后一拨龙胆草和麒麟草；小树林、灌木丛和草原上的植物叶子虽已变红转黄，却又再次繁茂起来；岩石和冰川也像植物一样在芳醇的金色阳光中重新焕发生机。鸟鸣声也是如此。美妙的季节和气候流转变幻，神圣和谐。

　　我初次沿河而上是在春天，到达兰格尔后不久与同行的传教士们一起完成的。我们下午从兰格尔出发，晚上在河流的三角洲上抛锚驻扎，第二天清晨早早起床，开始逆流而上。那时，"大斯蒂金河"冰川之上的山峰、平缓的圆丘和顶部以及峡谷峭壁上拱形的固态雪都还在晨光中灼灼发光。

中午前，我们抵达了斯蒂金冰川前的"勃克氏"，以前这里是个贸易港。船在此停留了很久，足够那些想渡河去冰碛的游客近距离看个究竟。阳光徜徉在冰峰雪岭间，映射出美妙的色彩。那辽阔而晶莹闪烁的草原，远方被冰雪覆盖的山泉异常迷人。我暗自祈祷能有机会去探索一二。

在宏伟的斯蒂金河峡谷中，有一百多条冰川点缀着峡谷的绝壁，其中这一条最大。它的源头在距海岸十五英里到二十英里的雪山中，流经一个约两英里宽、相对较窄的峡谷，水势壮观。随即扩展成约五六英里宽的冲积扇，冲积扇与斯蒂金河分割开来，中间是边缘生长着云杉和柳树的宽阔冰碛。斯蒂金河沿着精雕细琢的冰碛曲线流过，这些冰碛石显然是因为冰川才偏离了径直的航线。峡谷对面还有一个较小的冰川，曾和那条稍大的冰川面对面连在一起，起初这两条冰川都很大，能注满整个大峡谷中斯蒂金河冰川的分支，但如今这条小冰川在距河流四五英里远的地方便枯竭了。主峡谷的冰雪消融后，边缘的分支被截断，其源头多在三四千英尺到五六千英尺之处，当然就成了独立的冰川，占据了峭壁顶部、两侧冰斗和峡谷分支。在印第安人中有这样一个传说：这条河曾流经一个隧道，就坐落在之前提到的那两条大的冰川支流交汇处之下，隧道两边都能进入峡谷。有个印第安人想除掉他的妻子，便设法让她独自乘舟顺着冰川隧道漂进峡谷中去，试图将其置于死地。出乎意料的是，她竟然毫发无损。有关这两条冰川现状的所有证据都表明，它们确实曾经连在一起，后来一些小支流逐渐融化，与谷底持平时，还在河上形成过大坝。

虽然宏伟的大斯蒂金河冰川很难从视线中抹去，但不久就会邂逅另外一个，穿过常青树林，喷发出壮丽清澈的洪流。几乎每座山谷或是峡谷之中都有小型的冰川，规模取决于它的排水面积，大小不一：有的看上去跟雪堤相似，有的表面结了一层蓝冰，凭着凸出的巨大曲面和隆起，逐渐形成河流般的规模，穿梭于低矮处迷宫般的森林植物带，如此美丽迷人，即便是被金矿屑迷了眼的矿工，从旁经过时都会陶醉其中。

大斯蒂金河冰川上游 35 英里是"尘埃冰川"，规模仅次于前者。它的出水口是一条清澈的小河，盛产蛙鱼。河的对岸有五条冰川，其中一条通向下游，沿河伸展有 100 英里左右。

在格伦诺拉附近，海岸山脉东北侧，一个被称作"溪谷"的嶂谷之下，第一次出现了梯田。在这里，大量的冰碛石类物质席卷了洪水阻塞的峡谷，很自然地延伸沉积到其下第一层的开阔空地上。此地气候也发生着显著的变化，使得森林和乡村的整体风貌都有所改变。因为曾发生过毁灭性火灾，所以树木较为年轻，大都是直径约 1 英尺到 18 英尺、高 75 英尺的小树，以双叶松居多，这种树在成熟之后还能保有种子好几年。树林里看不到半点长年累月的苔藓、残叶或腐木的踪迹，原本这些东西可以把海岸森林弄得阴暗潮湿一团糟。整个山脉两侧的树林已被完全毁坏，长满了灰色的苔藓和地衣。河岸边上的三叶杨较小，还有桦树、扭叶松，与海岸铁杉、云杉自由混生在一起。桦树在低处的山坡上很常见，让人印象深刻，浅绿色的圆形树冠枝繁叶茂，同松柏树深黑细长的尖形树冠对比鲜明，是森林里的一道亮丽风景线。北美落叶松，或者称之为黑松，在这里被称作"扭叶松"，呈黄绿色，与长满地衣的深色云杉截然不同，格外引人注目。这些云杉在松树上端两千多英尺的地方生长，多见于未受到火灾和雪崩毁坏的树林或者林带。还有另一种挺拔的杉树，叫作北美白云杉，长得极为柔弱细长，同高山铁杉一样顶部低垂。在格伦诺拉山下的低洼处，我曾见过高 125 英尺的优质标本，树顶上长着密密麻麻的黄色和棕色的松果。

1 点钟左右，我们抵达位于格伦诺拉的老哈得孙湾贸易港，船长告诉我们在这儿歇歇脚，明天一大早再前往兰格尔。

码头东北七八英里远的地方，崇山座座，异常雄伟，海岸山脉绵延而来，在此形成尖坡，最顶峰高出海平面 8000 英尺。格伦诺拉山只有 1000 多英尺高，而要征服这座山需要爬 7000 英尺的高度。虽然时间很短，但我还是决定要登上这座山，因为这里是俯瞰东部群山峰峦和冰川全景的绝佳地点。

做出这一决定时已是下午 3 点 20 分，而且昼长在逐渐缩短，但我觉得如果爬快点儿，差不多能赶在日落前登顶，俯瞰众山，尽享美景，然后晚上返回船上。传教士杨先生请求与我同行，说他擅长步行和登山，绝不会耽误我的行程或是添麻烦。我强烈建议他不要去，并解释说这趟行程来来回回要走大概 15 英里远，还要翻山越岭，登上 7000 英尺的高度，通常得一天时间，有经验的登山者也得利用半天和晚上一点儿时间才能完成。但他坚持说是走路健将，半天就能走完登山者一天的行程，绝不会妨碍到我。

"好吧，我已经提醒过你了，"我说，"如果发生任何意外，我可不负责。"

事实证明，他确实是个步行好手，我们很快便穿过了一片灌木丛生、树木茂盛的平原，爬上了山坡。坡上有些空地到处是黑莓，其他地方长满了矮小的枞木。偶尔我们停下来歇歇脚，吃些黑莓提提神。

日落前 1 小时，我们已经接近山顶，顶峰是一簇正在剥落的尖岩。此刻，我早就不再担心这个同伴爬山的能力和技巧，一路全速前进。爬过最高峰的山肩时，我发现岩石腐蚀得很厉害，滑倒的危险很大，便大声提醒道："这儿很危险，千万要小心。"

杨先生离我大约一二十码远，但我看不到他。事后我一直自责当时只是简单地提醒他要注意安全，而没有停下来拉他一把，示范他如何踢开剥落岩石上的一些小石子，小步前行。发出警告仅仅几秒钟后，便传来呼救声，吓得我赶紧掉头回去，只见传教士脸朝下，胳膊张开，抓着岩沟边缘快要剥落的凸岩，而这个岩沟足有 1000 多英尺，冲向沟底一座小型残余冰川。我设法绕到了他下面，抓住他的一只脚，尽力鼓励他："我就在你下边，你现在没有任何危险。你不可能从我身上滑下去，很快我就能把你救出来。"

这时，他告诉我他的两个胳膊都脱臼了，想在陡峭的岩石上找到踩踏点几乎是不可能的，当时我绞尽脑汁也想不出什么办法能够帮他转过身来，或是把他拽到一个我能够到的地方看看他的伤势，然后想办法下山。我简单扫视了下崖壁，勉强找到个踩踏点，终于帮他转过身，把他搬到了一个不那么陡峭的山坡上。然后我试图还原他的胳膊，但发现在这样一个地方根本做不到，便只好用我的吊带和领带帮他把胳膊捆住，固定在身体两侧，避免运动造成炎症。我告诉他躺着别动，现在他很安全，不会打滑，我去去就回。之后我就离开了。我匆忙地观察了一下地貌，发现除了选择陡峭的冰川岩沟，根本没其他办法把他弄下山。于是，我爬上一个能够从上到下俯瞰整个岩沟的显眼地方，在确认没有悬崖绝壁之后，我觉得只要万分小心，给他挖一些小的踩踏点就能把他移到冰川那儿去，到了那里也许我就能让他平躺在地上，帮他的胳膊复位了。因此，我鼓励他说找到了一条路，但需要时间和耐心。我先在他脚下五六英尺处的风化岩石上挖了个落脚的坑，然后抬起手来，扶着他的一只脚，将其背部擦着岩石轻轻往下滑，把他的脚后跟放在踩踏点上。接着继续往下挪了五六英尺，挖个小洞，再把他往下滑一点儿。这样一来，整个距离就变成了一级级连续的窄小台阶，中间短暂地停停歇歇，差不多半夜的时候终于挪到了冰川。

这时，我把手绢绑在他的手腕上，以便起到很好的支撑作用，随后脱下一只靴子，把脚后跟放在他的腋窝里，顺利地帮他复位了一只胳膊，但我已经没有足够力气再去复位另一只。于是，我把他另一只胳膊紧紧绑在他身体的一侧，见他筋疲力尽，瑟瑟发抖，便问他是否还能坚持走路。

"能！"他勇敢地回答。

就这样，我用一只胳膊牢牢地搀扶着他，走走歇歇，趁着星光缓慢前行。由小冰川通向冰碛的路大概有一英里远，路面相对平缓。穿过冰碛后，帮他把头浸到一个河口的水流里冲了冲，又休整了很多次，终于找到了一个干燥的地方，利用灌木丛生起了一堆火。我自己又往前走了走，找到了一条穿过灌木丛的大路，捡了些大点的木柴，用含树脂的银杉树根把火烧旺，再在旁边用树叶铺了张床。随后，我告诉他我打算跑下山，去船上搬些救兵再赶回来，把他舒舒服服地运下去。但他绝不肯让我离开半步。

"不，不行，"他说，"我能走下去，别丢下我。"

我提醒他路途艰险，而且他的情况让人揪心，于是向他保证很快就会回来。但他坚持一试，表示无论怎样我都不能离开他。如此一来我只好扶着他走一会儿停下来，生火找地方休息，然后再往前走。在他休息的时候我就往前走走，找到穿过丛林和岩石堆的最佳路径，然后再折返回来，扶起他靠在我肩上，以防他站不稳摔倒。就这样脚步蹒跚，慢慢向前，从这个火堆到那个火堆，一直到日出后很久。当我们终于到了船边时，发现从岸边到甲板之间只架着一条窄窄的木板，两边没有护栏，很陡。杨先生的一个同伴正站在船上低头看着我们，于是我向他简单说明了一下情况，说杨先生在一次意外事故中受了伤，并请求来人帮我把他弄到船上去。但说来奇怪，他们没有立刻下来帮忙，而是先急着斥责杨先生和我一起干了一件"荒谬无功的事情"。

"这些愚蠢的冒险，缪尔先生干还好，"他们说道，"但你杨先生，还有工作、家庭、教堂，根本没资格拿你的生命在悬崖峭壁间冒险。"

因为船延误到很晚没能及时起航，碰上了嶂谷里险恶的狂风，船长纳特·莱恩（参议员约瑟夫·莱恩的儿子）骂骂咧咧、暴跳如雷，还威胁那些传教士说要把他们扔上岸去寻找他们失踪的同伴，他自己去下游做买卖。但听到我的呼救声后，他却急忙上前把那些牧师从梯板前推开，不耐烦地怒吼道："哦，该死！现在不是说教的时候，你们没看见那人受伤了吗？"

他随即跑下来帮忙。我从后面扶着一直打哆嗦的同伴，跟着好心的船长走上梯板。船长把杨先生带到船上的酒吧里，给他倒了一大杯白兰地。虽然他的肌肉和韧带都有炎症并伴有收缩，但我们请人按着他的肩膀，还是顺利地把他另一只脱臼的胳膊复位到了骨槽里。随后他们安置杨先生上床休息，他就这样在回兰格尔的途中睡了一路。

杨先生在东方布道讲学时经常说起这个故事。我本来没有在日记中对此事做任何记录，也从未打算提及此事。但看到一本有名的杂志上刊登了一则讽刺漫画，把这事儿刻画得卑鄙可怜、耸人听闻后，我觉得应该客观讲述这段经历，还我这位勇敢的同伴一个公道。

第
五
章

卡西尔号之旅

我们回到兰格尔后不久，传教士们便计划了一次宏大的布道旅行，打算沿大陆海岸线而上，前往奇尔卡特村。我非常开心地加入了他们的队伍。此次同行的还有范德比尔特先生和太太，以及一位俄勒冈的朋友。我们租下了卡西尔号内河汽船，船上的一切都由我们掌控：船只和船员听由我们调遣，说停就停，说走就走，因此每个人都觉得身居要职，充满期待。传教士们此行的主要目的是要搞清楚好战的奇尔卡特部落有何精神追求，并考虑在当地的村子里修建教堂和学校；那个商人和他的同伴此行则是为了生意，顺便欣赏美景。而我的心思则全在山脉、冰川和森林上。

那是 7 月末，正值阿拉斯加夏景最明媚美好的时候，冰山耸入珍珠般的天空，恢宏无比，山脚下的小岛好似浮游在明镜般闪闪发光的水中，瞌睡连篇。

我们的船驶过兰格尔海峡后，大陆山脉的景色便一览无余，它们身着冰雪盛装，蔚为壮观。一些河流般的较大冰川源头遥远而隐蔽，流过四面高峰环绕的宽阔山谷，像极了约塞米蒂国家公园。其他一些冰川的源头清晰可见，都是从最高点一直流向海平面。

种种担忧很快就被抛诸脑后。虽然卡西尔号汽船的发动机很快就开始呼哧呼哧地发出响声，像在沉重地叹息，暗示有麻烦即将到来，但我们正欢欣雀跃，根本无暇顾及其他。每个人的脸上都洋溢着对原始美景的热爱。从船上可以看到很远处的岛屿，上面一片墨绿色的森林最为显眼。岛屿呈现出各种深浅不一的蓝色，越往远处越为轻淡。雾气朦胧的港湾逐渐变得开阔，波光粼粼。巍峨的海岬背部拱起优美的弧线，下端则伸入发光的海水中。然而，每个人的注意力都被眼前的高山所吸引，此行去奇尔卡特的传教任务被忘得一干二净。人们看着这些象形文字般点缀天际的壮丽山川，像是读着上帝的每一道圣谕。一边细读沉思着自然"圣经"如此宏伟的一页，一边孩子般由衷地赞叹，让人很是欣喜。所有人都迫不及待地想对它有更多了解。

"那是冰川吗，"他们问道，"就是从峡谷中流下来的那条？还有，冰川全都是固态冰吗？"

"是的。"

"那它有多深呢？"

"或许有 500 英尺或 1000 英尺。"

"你说它能流动。可这么坚硬的冰怎么流动？"

"它就像水一样流动，只不过流得慢，难以察觉罢了。"

"那它源自何处？"

"来自每年冬天积聚在山上的积雪。"

"那么，雪又是怎么变成了现在的冰呢？"

"它由自身的重量挤压成冰。"

"那山谷中见到的一片一片白茫茫的也是冰川吗？"

"是的。"

"那从雪原上奔拉下来的浅蓝色的一团就是你说的冰嘴吗？"

"没错。"

"那它们所流过的山谷又是怎么形成的呢?"

"是冰川自身作用的结果,就像来回迁徙的动物有它们自己的印迹一样。"

"它们在那存留了多久呢?"

"无数个世纪。"我通常每答完一个问题都快速地给予评论,与此同时,还要忙着勾描风景,记下我自己的观察,有些漫无边际地宣讲着冰川福音。卡西尔号汽船缓缓地咆哮着,沿着海岸慢慢蠕动,不断变换方位。冰封的峡谷时而展开,时而合拢,一个接一个,如同翻翻合合的书页一般。

大概下午过半的时候,我们行驶到一座宏伟冰川群的正对面。大约十来条冰川,从一连串类似于火山口的雪山源头中涌出,顶部和两侧都环绕着参差不齐的山峰、山坳和褶皱的山脊。沿着每一处较大的喷泉都会发现有一个宽阔而陡峭的峡谷一直伸向大海。主冰川中有三条降到了距海平面仅几英尺的地方。其中最大的一条约有十五英里长,最终流向一个像约塞米蒂一样壮丽的峡谷中,形成了两面约两英里长、三五百英尺高的雄伟冰墙,似屏障横亘在山谷间。阿拉斯加冰业公司的运输船就是从这条冰川中采冰运到旧金山和三明治群岛的,而且我相信肯定还有部分运到中国和日本。为方便装载,他们只能扬帆行至冰川正面不远处的海湾中,将船锚抛在冰碛上。

另一条冰川坐落在前者南部几英里处,有两条大小相同的支流经过此处,然后向下穿越草木丛生的山谷,一直流到距海平面约一百英尺的地方。这座低走向冰川群中的第三条还要偏南四五英里,虽不如之前提到的那两条冰川那么宏伟,从海峡中也看不到其全貌,却也着实蔚为壮观。对于那些生活在低地、从没见过任何冰川的人们来说,为了它来阿拉斯加旅游一趟也是值得的。

汽船上的锅炉不能烧海水，所以人们希望途中经过崖畔溪流时能发现些淡水。然而，事与愿违。从兰格尔带上来的 50 吨淡水已经用光了，因此在到范肖海角之前的一两个小时里，我们不得不使用海水。更糟的是，船长和机械师还就引擎锅炉的运行产生了分歧。船长再三强调要增加蒸汽，而机械师不同意，认为应该小心翼翼地保持低压，因为锅炉中的海水冒泡了，溢出了锅炉，洒进气缸中了，致使每一个活塞冲程的末端都遭受重击，随时都有可能打破气缸盖。到晚上 7 点，我们只行进了 70 英里，这引起了诸多不满，尤其是那些牧师。他们随即在船舱里召开了一次会议，寻找更好的解决办法。在讨论中人们很是愤慨，花销问题也被摆上桌面。我们租这艘汽船每天要花 60 美元，整个行程往返需要四五天。但照目前的速度来看，这次旅程每位乘客的花销要比最初预算高出 5 美元到 10 美元。因此，多数人决定我们明天必须返回兰格尔，关键时刻，大家更在乎额外的花销，那些山脉和此行的使命似乎都化为了远方的尘土，被忽略不计。

在这次会议结束后不久，我们便在一处美丽的海湾靠岸了。由于北方的白昼时间长，还有几个小时才天黑，因此我很高兴能借此机会到岸上去看看那里的岩石和植物。一位印第安船员把我送到了河口处。潮水很低，能看得见海底长势繁茂的海藻，闻到大海恬淡清新的气息。海滨上的卵石，按照数量多少依次为板岩、石英和花岗岩。我在这里见到的第一种陆生植物是高茎草，有 9 英尺高，在森林前形成了一片草坪，犹如绿色镶边。我拨开草丛，走进森林，发现全是云杉和两种铁杉（北美云杉，异叶铁杉、高山铁杉），还有几棵阿拉斯加扁柏。这里的蕨类植物都长得异常美丽高大——三叉蕨类高约有 6 英尺，还有岩蕨类植物、罗曼蕨属植物及几种多足蕨类。而矮树丛里多是赤杨木、悬钩子和杜香，还有三种越橘以及刺人参，整体有 6 英尺到 8 英尺高，有些枝叶密密地绞缠在一起，很难进入。树下较为开阔的地方覆盖着苔藓，足有两三英尺厚，新鲜美丽，难以名状。在这层毛茸茸的地表上常出现几棵矮小的针叶树，还有鹿蹄草、黄连以及黄精。最高的树大约有 150 英尺，直径约为四五英尺，枝叶交织搭错，荫凉无比。夜幕开始降临时，我在一棵长满苔藓的云杉树根上坐了下来。灌木丛和树木都纹丝不动，每片树叶都安静得像是睡着了一样。这时一只画眉鸟婉转欢快的歌声，把四周映衬得更为幽静，孤独也有了几丝亲切与甜蜜。小溪流过树林，单调而庄重的水声，就像是人化了的上帝之声，来到人间，走进听者的内心，如同回到了等候已久的家。世界之大，不管我们去往何处，都觉得似曾相识。

　　沿着小溪向前走，每走一段路就会看到布满青苔的圆木架在溪水上，美丽别致。岸边的树摩肩接踵，形成了一道道盖满树叶的高高拱门。我走过的这座木桥是我所见过最美的木桥。巨大的树干上长满了三四种厚厚的苔藓，足有 6 英寸甚至更深，以黄色为主，有深有浅，相互融合得很好。纤巧的枝叶精美交织在一起，上面层层毛茸茸的苔藓外展侧生，抱茎而长，纵横交错，到一定厚度就能感觉出来。苔藓的茎孢都呈现出淡淡的紫色，此外，还有蕨类植物、一排小树和彩色叶子的醋栗丛，把整座桥装饰得更为华丽。每种植物都像是从树林里精心挑选而来，无论大小、形状还是颜色，都同这里的苔藓还有枝繁叶茂的桥墩匹配得相当完美。

　　当我慢慢悠悠地蹚回岸边时，看见有四五个印第安水手正在取水，便和他们一起回到船上。感谢上帝额外馈赠给我如此美好的一天，让我有机会一览大山、森林和冰川的宏伟壮丽。

　　第二天早上，我发现大多数同伴似乎都流露出种种不安和内疚，对于

Alaskan Hemlocks，Spruces and Sitika Spruce
阿拉斯加铁杉树、云杉树以及北美云杉

这次未能成行的郊游，只要花销不大，他们愿意以任何形式来弥补。因此，我轻而易举地让船长和失望的乘客们确信，与其灰溜溜地直接折回兰格尔，还不如来段补偿性的小插曲，到我们途经的低走向冰川群中最大的那条附近去看看。那个印第安驾驶员相当熟悉这片海岸，自告奋勇说要给我们带路。这种海湾隧道中的海水一般都深而平静。虽然海里每隔一段就到处是凸起的岩石，但这些岩石较矮，还不能称之为小岛。而且卡西尔号汽船底部平缓，汲水量与只鸭子不相上下，因此，对于这次航行，即便是最胆小的人也没有反对。最令人担心的还是汽船引擎的气缸盖，但只要它开足马力，运行正常就没有问题。不过显然有人对此还是忧心忡忡，机械师已向一些乘客透露，如果一直往那个锅炉里加海水的话，气缸盖随时都可能飞脱。尽管如此，我们还是决定冒险前往冰川，一探究竟。

在到达冰川口的峡湾对面后，我们径直驶向了两岸树木繁茂美丽的内陆，这时，花岗岩山谷中宏伟的冰川映入眼帘，在晨光的照射下熠熠发光，像是发出了一张华丽的请柬，邀请我们过去瞧瞧。从耸峙峡湾的两座山岩间驶过，眼前的景致立刻吸引了每个人的眼球，真是让人惊叹！冰川的壮美宏伟根本无法用语言来准确形容——两壁刻蚀精美细致又不失朴素，山体高大巍峨，瀑布、花园和森林点缀其间，海湾在它们之中安静地流淌。抬头是白蓝相间耸立入云的冰壁，远望是白雪皑皑的崇山峻岭。然而，更难以言表的是在经过这些冰雪覆盖的北部冰川时，内心油然而生的敬畏之情，当然这只是感知到上帝存在后的自然结果。

站在这座辉煌的圣殿入口前，如果仅仅把它看作一幅画，便不难描摹出其轮廓。近处的海水呈浅绿色，如同一面平滑的镜子逆流了五六英里，像一条大河的某条下游分支一样，然后正面被一座四五百英尺高的蓝白色斜面冰墙拦腰截住。越过冰墙，可以看到几座白雪覆盖的峰顶，两边大量宏伟的浅灰色花岗岩石从三四千英尺处拔地而起。一些岩石上长着稀疏的树木，还有不少分布呈窄条状的灌木和花草，尤其半山坡上更为集中；其他岩石则极为陡峭荒芜，堆在一起，有点像约塞米蒂国家公园的岩墙，形成了一座接一座的堡礁，半身埋于冰川之内，向远方绵延而去。这里就像是正逐步成形的约塞米蒂，两壁塑造和刻蚀几乎已经完成，而且分布得很好，但是未加修缮的底部没有原始的树丛、花园或是草坪。这就好像一个探险家进入奇幻的约塞米蒂之后，发现冰壁跟眼前的情景差不多，温暖的角落和洒满阳光的冰碛石山峰上满是树木和花朵，但谷底到处都是水，河床上满是沙石，而塑成这一地形的大冰川虽缓缓退去，却仍在为山谷的上半段注入水源。

我们径直驶向冰碛的边缘。这片冰碛地势低，较为广阔，不断被海水冲击着，从整体上看非常不起眼。这时我们被一片一百多码宽的沙砾河床挡住了去路，无法接近冰川。山谷的主体如此之大，后来我们才发现足足有一英里开外。

　　船长指挥印第安水手们拿出独木舟，把想到岸上去游览的人都尽量带上，陪我们一起前往冰川附近，以防途中需要帮助。想利用这个千载难逢的机会去亲自见识一下冰川的人只有三个：一名医生、杨先生和我。我们把船划到了离冰碛平面最近、看上去最干燥的地方，刚上岸，就遇到了灰色的矿物泥，一种研磨得很碎的岩粉膏体随着潮汐上下浮动，很快就把我们卷了进去，直没到脚踝。因此，我们不得不回到独木舟上，虽然满身泥泞，几近连滚带爬，却兴趣盎然。随后我们又试着靠近山谷中间，这次成功了。很快，我们发现这次脚下是坚实的碎石堆，便赶紧朝巨大的冰壁挺进。每前进一步，就觉得冰壁在退后一步。途中唯一的困难是遇到了交织的冰流，我们在最大的冰流前停了下来，谁都不想涉水把自己弄得湿漉漉的。那个印第安水手立刻把我们一个接一个背了过去。当时我告诉他我会蹚水过去，但他弯着腰，动作滑稽，态度决绝，让我忍不住想试试这个奇怪的坐骑，还是小时候玩跳蛙游戏时有过类似经历。之后，我的"骡子"腰弯成与地面垂直，步履蹒跚地蹚过哗哗作响的急流，不仅没因头重脚轻而踉踉跄跄，相反，一路连半个跟头都没跌。在通过了几条冰流后，我们终于抵达了冰川脚下。那名医生在上面简单做了个标记，只轻轻碰了一下冰壁便赶忙返回船上，好像触到一头危险凶残的野兽一样。为安全起见，他还带上了那个印第安水手，他根本不知道自己错过了什么。我和杨先生沿着壮丽的水晶墙前行，赞叹着它美妙的造型，还有断裂较少的冰面上冰凌的模样，阳光透过裂缝和洞穴嬉戏跳跃，处处都展现出清新的美感，等着人们去研究。我们试着爬了上去，借着冰峰处多个盘曲和迂回，以及时不时出现的锋利台阶，到了山顶和山脊上面一两英里的地方，海拔约为

700 英尺。整个冰川的正面被劈裂腐蚀成了迷宫般的小山洞和浅显的裂缝，形状新奇，让人眼花缭乱。直插云霄的山峰、山墙和尖塔，险峻的堡垒，陡峭的悬崖，此时都在闪闪发亮，连同被腐蚀的檐角和墙垛一起点缀着山顶。峡谷、裂缝、沟槽、山坳，处处撒满了阳光，折射出淡蓝色的光晕，柔和美丽至极。天气很暖和，当我们越过前面的裂缝，回到融化冰川的宽广怀抱中时，发现无数溪流正欢快地流淌着，哗哗作响，发出银铃般的叮咚声，唱着歌奔流在磨损得光滑的河道中，穿过裂开的冰面，优雅闪亮地汇入了蔚蓝的急流，这一幕只有在水晶般的小山丘和冰川的沟壑中才能看到。

在冰川的侧面，我们目睹了来势汹汹的洪水碾压过花岗岩墙体时产生的巨大压力，鼓起的岩丘被冲得四面溜滑，本就隐蔽的山谷愈发深陷，假以时日太阳把冰镐晒化后才会自然出现此刻的样子。每种地貌似乎都有其深意，无一不体现着上帝的心思。从正面往后几英里的冰川好像还不足1000 英尺深。但当我们查看冰壁上圆润光滑、沟沟壑壑、纹理分明的典型冰川印迹后，才得知这些痕迹是冰河世纪初期留下的，当时这条冰川应该比现在要高出三四千英尺，至少有一英里深。

站在这里，面对眼前如此生动新鲜又有说服力的事实，无论是谁都能轻而易举地领略到流动冰川对地壳和地貌所产生的雕琢作用，更不用说地质学家了。同时，人们还会认识到世界虽已创造出来，但仍在塑造之中，这才仅仅是造物的开始。孕育已久的山脉初现雏形，数条河流航道得以勾勒，盆地将腾空流入湖泊，研磨细致的冰碛土正延伸开来以供植物生长——粗糙的岩石和沙砾地上会繁衍出森林，土质较细的土地上则将长满花草。土壤的精华顺流而下，疾奔入海，在黑暗中不断储存，一点一点积聚、凝固、结晶，最终形成山脉、峡谷、平原以及其他上天安排的地貌，如此美景循环往复，以至无穷。

如果能在这片广袤而古老的地貌磨坊中安营扎寨，仔细研究一下它的运作方法和流程那真是再好不过了。但我们身上一点儿食物都没有，而且船长拉响了卡西尔号的汽笛，呼唤我们快点回去。因此，我们不情愿地往回赶，穿过冰壁的裂缝，翻下蓝色的悬崖，看到冰壁边缘一块儿暖和的地方长着一簇花，便上前胡乱抓下来几朵，而后蹚过冰碛流，涉水登上了汽船。我们都异常兴奋，庆幸这如此美妙的一天，真的可以说我们已经去过了上帝的一座圣殿，亲眼见到了他，聆听了他如何造物，如何像人类一样布道。

汽船庄严地驶出峡湾，沿着海岸前行，检阅着四周的山川和岛屿。这里即使是在晴天，云朵也常萦绕遮蔽着山巅，现在却高高地飘浮其上，它们投射在白色冰泉上的透明影子，几乎难以察觉。原始荒原里有太多新奇有趣的东西，除非你有特定的对象需要考察，否则此刻去哪儿都无关紧要，相同的地方去过几次都不会厌倦。不管你在哪里，都会觉得看到的是最美的风景，如果还有人觉得在这里不快乐，那这个世界上或者其他地方就没有快乐可言了。我们做做笔记，随手临摹几张草图，想把更多美妙的风景都刻进脑海中，欢乐的时光就这样不知不觉地过去了。我又留意看了两眼那巍峨的高山，开始估测它的高度。一些山脉至少有七八千英尺高，冰川看起来也更大更多。我数了数，大大小小的冰川加起来差不多有 100 条，遍布于范肖海角北部 10 英里到 15 英里远的地方到斯蒂金河口之间。此后我们便没再靠岸，船一直驶过兰格尔海峡才抛锚在一个幽静的海湾里过夜。当时太阳快要落山了，我迫切地抓住这次机会，乘独木舟去了岸上，看看能发现什么。这里的海藻与茂盛的陆上植物仅一步之遥。我扒开赤杨木和黑果木丛，还有长满刺的北美刺人参斜歪的枝条，走进树林，在暮色中徘徊，没什么特别目的，就是量量几棵树的高度，听听鸟儿和动物们说些什么，沿着林间朦胧的小径凝望远方。

与此同时，又有一次短途旅行应运而生，这一次规模较小，花销也不大。今晚我们本没打算在这儿停泊，而应该到兰格尔堡，那样的话每位乘客只需交给卡西尔号汽船的主人 10 美元作为船票，但他们为这趟特别的旅行专门组装了这艘船，花了不少钱，而且把我们照顾得也很好。在这种情况下，我们怎么可能急着赶回兰格尔呢？

因此我们决定，再雇佣卡西尔号汽船一天，到距兰格尔南部 14 英里古老荒芜的斯蒂金村去看看，也好让他们再多赚点钱。

"我们肯定会玩得很高兴的。"一位最有号召力的同行乘客略带歉意地对我说，似乎是隐约觉察到我因为没去成奇尔卡特而感到的失望。"我们兴许会找到石斧和其他古董呢！卡戴珊酋长会为我们带路，其他印第安人也会为我们开路，还能看见一些有趣的老房子和图腾柱。"

然而，去往最有影响力的阿拉斯加部落这样重要的任务竟要在一个荒村里结束，多少有些奇怪。但神威无处不在，这是神圣的一天，在崭新的地貌上，无数"自然宗教"正在接受阳光的洗礼，在我们登陆沙滩的冰川岩石上处处都是布道之音。

老村坐落在一块凸起的地面上，约有 200 码长，50 码宽，微微向河水方向倾斜，前方狭长一片是沙砾滩和高茎草地，后面是黑乎乎的森林，周围岛屿间水色迷人，是个令人愉快的地方。我们到这儿的时候潮水不高，我注意到岸上裸露的岩石——冰河时代末期融冰而形成的花岗岩漂砾——平行排列，与海岸线呈直角，正好为村里的独木舟让出路来。

大部分乘客都在岸边散步，因为废弃的村庄里长满了高高的荨麻、多年的灌木，还有满身是刺的悬钩子葡萄藤，要从中开辟出一条道路很难。

我和一个考古爱好者在两名印第安人的陪同下，拨开草木来到荒废的民居后面。向导卡戴珊说，这里已经废弃了六七十年，有些房子至少 100 岁了，他的话随即从年代久远的废墟中得到了印证。虽然这种潮湿的气候破坏性很强，但大部分房子的房梁仍保存完好，尤其是那些用阿拉斯加扁柏（这里也叫雪松）做成的房梁。这片废墟的巨大规模和巧妙工艺属于印第安人，很让人惊叹。比如说，我们参观的第一间民居约有 40 英尺见方，用木板搭成的墙壁有 2 英尺宽，6 英寸厚。阿拉斯加扁柏制成的房梁直径约为 2 英尺，长约 40 英尺，又圆又标准，仿佛是用车床专门打造而成。虽然横在潮湿的野草中，但仍然完好无损。尽管大部分石锛外皮上生满了地衣，但刻痕清晰可见。有些当时用来支撑房梁的柱子仍耸立在废墟中，据我观察，上面都刻着真人大小的图案，有男人、女人、孩子、鱼、鸟以及其他动物，像海狸、狼或者熊。很明显，每块墙板都是从一整根原木上切削而下，这不仅需要技巧，还得有精心的设计。其中体现出的几何原理着实让人钦佩，现在一千个技艺娴熟的机械师中也没有哪个能用同样的工具做出这么好的东西。和这些建筑比起来，文明的林区居民最大胆的作品都显得简陋拙劣。这些木材形式、成品和比例之完美，就像啄木鸟啄出的圆圆树洞，蜜蜂建造的蜂房一样，技巧天然，令人愉快。

这些陈列品中最为引人注目的要数雕花图腾柱遗迹。雕工最简单的则是一根光滑浑圆的木桩，15 英尺到 20 英尺高，直径约为 18 英尺，顶上刻着一些动物的图案——熊、海豚、老鹰，或是一只大乌鸦，跟实物差不多大小，或者更大些。这是各家各户的图腾，就伫立在房屋前面。还有的柱子雕刻的是一个男人或女人，跟真人差不多大小，通常采取坐姿，据说是在描绘逝去的人们，他们的骨灰就安放在柱子当中的某个洞里。这些柱子中最高的三四十英尺，从头到脚刻满人或动物的形象，一个挨一个，四肢奇怪地交叠在一起。其中最为威风凛凛的图腾据说是为纪念某位历史人物而做。不过通常主要目的还是为了生动展现家族自豪感。所有图案多少有些粗糙，有的明显还很怪异，但没有一个在表达上苍白无力，晦涩难懂。相反，个个都自信果断。创作设计虽有些幼稚大胆，但雕刻出来却颇具男子气概，实在是令人叹为观止。

彩色的地衣和苔藓给图腾柱平添了几分庄严，加之生于这些腐物之上的一些高大植物，效果很是别致。比如，有个熊图腾，五六英尺高，坐在长满青苔的基座上，爪子舒服地交叠在一起，每只耳朵里各有一簇草，背上是悬钩子灌木。远处一个老酋长坐在高一些的基座上，似乎凝视着远处的风景，陷入了沉思。他那饱经风霜的帽子顶上俏皮地斜生出一簇灌木，厚厚的大嘴唇上恰好是毛茸茸的苔藓。无论自然如何装扮这些图腾，一点儿都不显得粗鲁或是滑稽，相反还带来几分欢乐。整个雕塑外表严肃，呈现手法大胆而逼真。

特林吉特部落也有类似的遗迹。兴建图腾柱是一项庞大的工程，经常是提前一两年就开始讨论规划。人们会为此举行一场盛宴，邀请很多人来参加，人们吃啊，跳啊，分发礼物，场面喜庆热闹。一些大点儿的图腾柱至少要花费 1000 美元。价值 3 美元的毯子就要准备一两百条，送给那些雕刻图腾的能工巧匠们，而礼物和宴会的花销还要多出两倍，因此只有那些富裕家庭才办得起这样的宴会。我和一位印第安老人交谈时，他指着兰格尔村一座雕像说那是他当年所刻，为此得到了 40 条毯子，一把枪，一只独木舟，还有一些其他东西，差不多值 170 美元。之前为我们提供大量有关大不列颠哥伦比亚河和阿拉斯加部落信息的斯旺先生，还描述了一根耗资 2500 美元的图腾柱。这些图腾柱通常牢牢深埋地下，屹立不动，展现出了建造者们当时坚定不移的信念。

　　我正忙着记录时，忽然听到村子北头不断传来伐木声，接着就是"砰"的巨响，像是一棵树被砍倒。原来，那个研究考古学的博士在我们参观的第一间民居老灶台里没有发现任何有价值的东西，便叫来汽船上的水手，指导他们把最有趣的那根图腾柱砍倒，锯下上面的主要雕像——一个肩宽三又四分之一英尺的女人——并把它运到船上，看样子像是想把它带到东部某个博物馆里或是其他地方。这一亵渎神明的行为险些招惹上麻烦。如果这个图腾柱不是卡戴珊家族的财产，而他们又不是新组建的兰格尔基督教长老会成员代表的话，我们会为此付出惨重代价。卡戴珊严肃地看着这位牧师博士，尖锐地问道：

　　"如果一个印第安人跑到墓地里，把属于你们家族的纪念碑拆开运走，你会怎么想？"

　　不过，由于当事各方的宗教关系，还有一些略表歉意的薄礼，加上赔礼道歉，事情很快就平息下来。

　　下午汽船拉响了汽笛，召唤我们结束这趟难忘的旅行，一起返航。天空中没有一丝暗淡的痕迹，壮美的落日将海水镀成金色，驱散了我们在废墟中冥想的阴影。傍晚时分，我们在兰格尔码头上岸，从一群好打听的印第安人中间挤出来，穿过两条弯弯曲曲的街道，到达了我们坐落在城堡中的家。虽然我们仅仅离开了三天，却领略了如此多的新奇的景色，留下太多难忘的印象，时间好像因此无比漫长。这次被中断的奇尔卡特之旅，根本不像有些人认为的那么糟，反而成为令我终生难忘的一次旅行。

第六章

卡西尔小径

    8月我再次来到斯蒂金河，从通航起点开始逐步向内陆挺进，一览卡西尔小径上干草丛生的山丘和平原。

    一离开特利格拉夫溪，我就遇到了一位有意思的商人，他信誓旦旦地向我打包票，说我即将到达世界上最美的地方——"河流上游充满了奇异原始的风景，其他地方的景色，不管是天然还是人工，绘于纸端还是自然形成，都无法与之媲美。你丝毫不用担心干粮问题，这儿的野果长得遍地都是。曾经有人迷路在这儿停留了4天，靠吃蔬菜和浆果为生，最终返回营地时，身体状况良好。这里生长着大量野生防风草和辣椒，对你大有好处。我的建议是：慢慢走，边走边好好体会这美丽风景带来的愉悦之感。"

    在斯蒂金河与北福克河第一交汇处，我看到一些托尔坦印第安人或是斯迪克印第安人在捕捉他们过冬的食物——鲑鱼，这些鲑鱼正随着急流游向产卵地，他们就在这儿用柳条设下了陷阱来捕鱼。印第安人捕获了大量鲑鱼，自然已是饱餐一顿，心情愉悦。他们用几根杆子支在地上撑起来一间大茅草屋，正在里面休憩，顺便把捕获的数吨鲑鱼挂在杆子上晾干。在房屋中间的地板上用火烘烤之后，将鱼头单独串在杆上，鱼卵塞进柳条编制的篮子里。河岸附近最大的茅屋有40平方英尺，房间里沿着墙壁摆放了一圈用云杉或是松树枝做成的小床，有的印第安人正躺在上面睡觉，有的在编织绳索，还有些人聚在一起坐着、躺着聊天或是谈情说爱，还有一个小婴儿在摇篮里荡来荡去。看起来每个人都无忧无虑，轻松自在，有的是活儿干，也有的是智慧，因此生活得健康舒适。据说到了冬天，他们就住在森林里坚固的大棚屋中，因为那里有大量猎物，尤其是北美驯鹿。这些印第安人古铜肤色略带苍白，手小脚小，嘴唇和脸颊一点儿也不像来自一些海岸部落的黑人，而且也没有那么粗壮，脖子也不短，总体看来特征不是很明显。

这个地区最大的地理特征之一就是大量沙砾蕴藏，一层一层沉积在河谷的岩壁之上。离北福克上游200英里的河流交汇处有一座玄武石悬崖，大约350英尺高，上面铺着一层厚达400英尺的沙砾床，下面的厚度至少50英尺。特利格拉夫克里克17英里外的"沃德斯"海拔大概1400英尺，卡西尔山路从这里沿着铺满沙砾的山脊一直向上，延伸到海拔2100英尺长满松树和冷杉的高原。之后，这条小径从此处继续蔓延3英里，穿过一片矮小茂密的树林，到达斯蒂金河第二个北支流分岔口，那里也蕴藏着大量的分层沙砾，至少有600英尺厚，覆盖在一块红色的玉石岩层上。

河流上游900英尺处有一片稍稍凹陷的高原，布满了山杨、柳树和苔藓丛生的草地。在距河流1.5英里的"威尔逊"，地上长满了矮小的灌木丛和神圣的北极花，小棵的松树、云杉和山杨比比皆是，最高有五六十英尺。

从"威尔逊"到14英里外的"驯鹿出没地"，一路上满是青苔，虽然地面几乎水平，看上去像湿润的沼泽一样，但其实一点儿水都没有。在距离河流2英里的猎鹿营地，我看到了两只良种狗，一只纽芬兰狗，一只西班牙猎犬。听它们的主人说，买这两只狗只花了20美元，没过多久，就有人愿意出100美元买其中一只。主人说，纽芬兰狗能在水面上捉鲑鱼，而且还能跑到几英里外的地方去领回马匹。西班牙猎犬有着一身黑黝黝的卷毛，能把厨房里的碗筷放到餐桌上，或是听从命令去拎水，它可以挎着桶，跑到河边，将桶放在岸边，当然它无论如何也学不会把桶浸在河里打满水。不过它们的主要任务是冬天拉着雪橇越过冰面取回露营的食物。据说，当河面上的冰层足够厚时，这两条狗可以拉动 1000 磅重的东西。干鱼和煮熟的燕麦混合在一起便是它们的食物。这一带的木材多为生长于低洼之地的柳树或杨树，松树、桦树以及高 50 英尺的云杉处处可见。直径都不超过 1 英尺。这里上千亩的林木都遭受过火灾。一些绿树从根部被烧焦，凸起的树根包满干燥的苔藓，因此极易从下面开始燃烧。从南到北，海拔五六千英尺的山脉绵延 60 英里，植被丛生，直到顶峰，只有少数悬崖表面和其中一个白雪覆盖的山巅没有树木。虽然通过砾石层可以看出这片土地整体经受过巨大的剥蚀作用，但在这片区域，我所见之处却没有过多的天然雕饰。

通过一个海拔 4000 英尺的山口时，道路平坦，鲜花盛开，待到顶端，美丽的迪斯湖便映入眼帘。它坐落在树木林立的山间，湖面上波光粼粼，像是宽阔宁静流淌的河流。迪斯湖长约 27 英里，有一两英里宽，是麦肯齐河的支流，长途跋涉、百转千回后最终汇入北冰洋。麦肯齐河因苏格兰英雄亚历山大·麦肯齐而得名，1789 年他从大奴湖到北冰洋的探险中发现了这条河，后来对其进行过研究。

美丽的迪斯溪发源于绿草丛生的山脊，约 40 英里长，50 英尺宽，奔涌湍急，从西面汇入湖水之中。与其大小相当的蒂贝尔溪，连同麦克达姆斯溪和迪福特溪及其众多支流一起，沿着同一座山脉或是麦肯齐河、育空河和斯蒂金河分水岭上沼泽一样的高原齐头并进。麦肯齐河的所有支流都曾勘探出丰富的金矿。低于河道 5 英里到 10 英里的地方筑有翼坝、大坝槽和水闸箱，这一产业的繁荣由此可见，还有冰川时期或是冰川时期之前形成的大量沙砾。这里的沙床和传说中加利福尼亚那些干涸的河流颇为相似。蒂贝尔溪上一些由于冰川漂移而堵塞的古老海峡，基岩呈蓝色，如今裸露了出来，几经开采勘查。这里有大量的金砾石，虽然粗糙，但因为其中掺杂了许多鹅卵石，也可以看出它们是从远方而来。这里最深的岩层以金砾石蕴藏丰富而闻名，由于巨额的开采费用，还没有深挖。对于当地的一个金矿工来说，挖一天金子若只给不到 5 美元报酬，那么这一天就相当于白干了。从蒂贝尔溪河口到迪福特溪有 18 英里，据说只有三次挖掘有所收获。这里曾发现 40 磅重的天然金块（更早的记录是 40 盎司）。

我沿着布满金砾石的溪流岸边漫步，看着周围的植物、矿石和忙活的矿工，这时，非常幸运地遇到了一位法裔加拿大人。这是一位年迈的法国猎人，聊了一会儿后，他邀请我一起前往位于迪福特溪的金矿，那里靠近一个绿草茵茵、道路平坦的山脊顶端。他向我保证说，从那里能俯瞰到斯蒂金、塔克、育空及麦肯齐支流交汇河口的广阔景色。虽然道路崎岖，还背着面粉和熏肉，但他仍旧步履轻盈，好像所背之物只是身体自然协调的一部分，毫不费力。起初，我们沿着蒂贝尔溪前行，时而在砾石凳上坐坐，时而在岩床上行走，现在又接近了溪流岸边的鹅卵石路。溪流在金矿上游，水流湍急而又清澈。河岸上点缀着高低不平的青苔、绿草和莎草，还混杂着雏菊、飞燕草、黄花、梅花草、委陵菜和草莓等。到处都是条状的小小草坪，细长笔直的冷杉以及根部覆满青苔的云杉呈带状分布，一直延伸到水边。溪流约 45 英里长，目前为止发现的富含金砾石最多的河床位于溪流下游 4 英里。由于粮食价格过高，再加上气候恶劣，即使在上游挖一天金矿能挣四五美元，工人们也觉得少得可怜。蹚过数条小溪，穿过岸边狭长的草地、树林、沼泽和色彩鲜明的野生花园，我们于下午 3 点左右到达了克莱尔小屋。进屋前，他将背上的重物甩在地上，迫不及待地把他最喜爱的蓝色勿忘我花给我看，那是他在小屋附近的篱笆上找到的。他带着无限敬意和自豪把花递给我，一边讲述着它的诸多独特魅力和自己与它的故事。他的每个可爱眼神、一举一动都表明山野之中这株柔弱的小野花就是他最爱的宠儿。

午饭后，我们出发前往木屋上游约一英里的分水岭最高处，一边漫步一边凝望，直到日落，欣赏着像大草原一样上下起伏的开阔高地，还有这片土地上星罗棋布的树林、湖泊以及无数条凉爽欢快的河流源头。

克莱尔在野外经受过艰苦的生活，但他依然保有对大自然孩子般简单的爱，这让人非常高兴。湖泊、溪流、动植物，这一切壮观的风景对他来说非常宝贵。他尤其喜爱那些在他的木屋旁筑巢的鸟儿们，常常照看幼鸟的成长，在暴风雨天气还会帮它们喂食子女，遮风挡雨。有些鸟儿已经非常信任克莱尔，甚至大胆地落在他肩膀上，从他手中啄走面包屑。

快到黄昏时，刮起了冷风，天空中飘下了雪花，虽然我们没走太远，但当我们回到木屋附近时，视线所及已是白茫茫一片。9点半，我们吃了晚餐。屋外冷风呼啸，屋内火炉里的柴火欢快地噼啪作响。这间小小的木屋只有10英尺高，8英尺宽，屋顶最高也只能容人站直身子。床窄得两个人都睡不下，于是克莱尔在地上铺了毯子，在漫长而又欢乐的旅程过后，我们惬意地躺下休息。头伸到床架下面，双脚便碰到了另一边的墙。虽然相当疲倦，但我们还是过了很久才睡着，因为克莱尔发现我是个不可多得的倾听者，就向我讲述了许多他的冒险经历：印第安人、狗熊和狼群，大雪纷飞，饥肠辘辘，以及他在加拿大森林里像野生动物巢穴一般隐蔽的帐篷营地。他的故事有种独特的魔力，似乎可以唤醒人类还处在未开化时的久远记忆。他还告诉我他家住在维多利亚，家里有9个孩子，最小的只有

8 岁,几个女儿已经结婚了。

第二天早晨,乌云密布,风雪交加,很是寒冷,8 月的天气如同 12 月一般阴郁。我开心地跑出门去,看看能有什么收获。边缘参差不齐的灰色云彩遮住了分水岭顶端,周边覆盖的冰雪经风一吹拉长了许多。花朵虽然整个或部分掩埋在雪中,但从某种程度上来说还是清晰可辨,风铃草被压弯了腰,在雪中像是闪闪发亮的眼睛;龙胆根的花冠也捻作一团;岩须花,无论变成什么样子,我也能认出来。还有两种种子都已经成熟的矮柳树,其中一种叶子相对较小,生长在石头裂纹和积雪很难停留的岩架缝隙中。雪鸟和雷鸟在寒风中伶俐地飞来窜去。果园边上还有一棵云杉树,有只熊从上面撕下了大量树皮作为食物。

大约 9 点,云就散了,站在山脊之巅,绿草遍野、起伏平缓的开阔泉源地带尽收眼底。众多河流之中,有一条约 5 英里长,像一扇明亮的窗子一样灼灼发光。几片森林打破了这里单一的色调,只有山脊最高处覆盖着皑皑白雪。美丽的黄绿色天空透过云缝探出头来。这里的树木生长极限大约是 5000 英尺。

从格伦诺拉到卡西尔的一路上,无论是森林开阔之处,还是曾遭受火灾的干枯山坡上,都绿草茵茵,树林线之上那宽阔的大草原更是如此。有一种禾草尤为茂盛,多为四五英尺高,常常丛生簇长,便于收割晒干。这是我见过最美丽富饶的天然草场。驯鹿以这些草为食,就可以长得肥壮,能抵御零下 40—50 华氏度的严冬。这里似乎只有冬夏两个季节。真正算作夏日的时间只有两三个月,冬天持续近十个月,至于春天或秋天的界限一点儿也不分明。要不是冬天如此寒冷漫长,这里也许会成为全国的草料领军之地,与得克萨斯和昔日的西部大草原不相上下。从迪福特山脊远眺,能够看到这片几千平方英里草原上的水已经全部注入了斯蒂金、塔库、育空河和麦肯齐河支流。

克莱尔告诉我，在这片高地上，驯鹿非常多。不久前人们还在迪福特溪口见过50多只，它们像北极冻土带的驯鹿一样强健、勇敢、聪明。他还说附近的印第安人大多在秋天和冬天带着猎狗去捕捉驯鹿。在回去的路上，我看到几拨印第安人正列队赶往北部去打猎。男男女女身背鲑鱼干，顶上还趴着小狗，成年狗则驮着袋子，里面装满了零零碎碎的东西。小狗虽然顶多驮个五六磅重的东西，但还是派上了用场。我赶上了另一队带着大量兽皮去南部做买卖的印第安人。一位身着短衣裹腿的老妇人拉着一大块兽皮，上面坐着一个约3岁大的小女孩儿。

黄色的斑点土拨鼠是克莱尔众多的朋友之一，它正在为过冬做准备。它挖的洞就在木屋门内侧附近。草丛里有一条被踩踏得已经很光滑了的路可以通向这个入口，还有一条通向它朋友的家，大概有50英尺远。这是种很有趣的宠物，常常在吃饭时来蹭面包屑还有熏肉皮，听到邀请，它会发出刺耳的尖叫，然后像松鼠一样，拖着胖嘟嘟的尾巴，快速机警地赶来。它的毛干净清洁，在冬日的阳光下熠熠生辉。那天早晨的雪一定让它觉得冬天到了，因为它一拿到早餐，就赶忙跑到一簇干草中，咀嚼成毛茸茸一口口的小块儿，再拖回洞里，来来回回忙个不停，那股勤勉自信、未雨绸缪的劲儿真让人佩服。但凡有人像我们这么仔细地观察它，都会满心怜悯。我觉得在实际预测天气这方面，就算是最厉害的天气预报员也无法超过这只小小的阿拉斯加土拨鼠，它的每一根毛发，每一根神经都可以探测天气的变化。

我非常喜欢这次内陆之行：广阔无边的风景，大河两岸像鼹鼠和海狸一样忙得热火朝天的矿工们，年轻力壮的小伙子们怀揣梦想，期盼发笔横财，然后赶快回家去迎娶痴心等待他们的姑娘，也有人希望通过挖矿付清农场的债务，让焦虑的家人过上新的生活。但我想大部分人还是盲目跟风，想发现足够多的金子，变得无限富有，就此生活在财富、荣誉和安逸之中。我喜欢和这里的树木交朋友，尤其是美丽的云杉和银枞，还有花园和绿草茵茵的驯鹿草场，活泼能干的土拨鼠，善良的克莱尔先生和我们之间的友谊，更是让我终生难忘。作别了友人，我朝着斯蒂金航道河口徜徉而去，内心愉悦而充实，对于金粉却半点儿也不在意。

第七章

格伦诺拉峰

返回迪斯湖登船的途中，我遇到了一只道格拉斯松鼠，皮毛同东部的红毛栗鼠类似，呈锈红色。除了颜色，其他都与加利福尼亚的道格拉斯松鼠相同。声音、语言、动作和习性都一样激情四射，从不服输，堪称森林里的小国王。在驯鹿牧场附近有颜色更深的年幼松鼠，它们在离我们几英尺的树上，发出唧唧的尖叫，气派地炫耀着自己。

一个在路上遇到的同伴问我："这个小东西什么意思？它乱叫什么呢？我都吓不跑它。"

我回答道："没事儿，在等我用口哨吹《老白首》这首歌呢，一唱它就厌恶地走开了。"果然，一听到哨声，它马上像它的加利福尼亚亲戚们一样飞快地跑了。我从未见过松鼠或是美洲黄鼠会喜欢这首老曲子，真是奇怪得很。

卡西尔黄金小径上的客栈是我住过的最糟糕的地方，简陋的小屋，肮脏的地板和屋顶，难以下咽的食物。所有饭菜都大同小异——一个土豆，一片像熏肉一样的东西，一些灰乎乎的面团号称面包，一杯半泥半水的东西叫作咖啡，这简直就是加州矿工口中所说难喝的"滑溜溜"或者"流食"。面包的样子，恐怖极了。上帝所赐的好好儿玉米怎么就被做成了如此神秘的奇葩模样呢！烤面包的一定是个愤怒的恶魔！

第一天，我们从迪斯湖走路前往特利格拉夫克里克溪，下午3点匆匆吃了些这种简陋午饭就继续前往5英里外的沃德斯，在那里被郑重其事地告知无论是晚餐还是早饭一口也没得吃了，但我们得到了极高的优待——在他最好的灰色床铺上过夜，其实阴暗得很。我们回应说由于在湖边吃了午餐，晚餐不吃也无妨，至于早饭，我们可以早点出发，到8英里外的一处小旅舍再用也不迟。第二天一早，我们4点半出发，庆幸终于逃离污浊可以呼吸新鲜空气，8点便到达了吃早饭的地方。房东还没起床，好不容易敲开了门说想要用早点，他却蛮横地瞪着我们，好像我们提出了什么过分的要求，比阿拉斯加黄金矿区流传的一切罪行还恶劣。那时有许多人从金矿回来都是身无分文，狼狈不堪，他可能把我们也看成其中一员了。总之，我们一无所获，不得不继续跋涉。

距下一座房子还有3英里时，我们看到一位客栈店主正在机警地张望着我们。后来才知道，他把我当成了想要躲避的某位法官，匆忙锁上门就跑开了。我们又走了半英里，在离小径不远的一处丛林中发现了他，解释了我们的诉求，又陪他回到家里，终于得到了一点儿酸面包、酸牛奶和老鲑鱼，这是我们从湖区到特利格拉夫克里克溪吃过的唯一一顿饭。

中午时，我们结束了200英里的行程，到达了特利格拉夫克里克溪。吃过午饭后，我坐上一条精巧的木舟，沿河顺流而下，前往格伦诺拉峰。木舟的主人兼船长是一个身材健壮、看上去很是精明的印第安妇女，名叫基蒂。15英里的船程，她只收乘客1美元。她还有4名划桨的印第安船员。遇到湍急的水流时，基蒂也会帮忙划船，那个体格强健、双眼炯炯有神的老人可能是她的丈夫，高高地坐在船尾，掌握着航行方向。当我们沿着狭窄的峡谷冲向奔腾咆哮的河面时，水流速度越快，划桨需要的力度也就越大，以便很好地控制方向。木舟在灰白的浪花里轻舞，似乎也在活泼热情地享受着这次冒险。一些乘客的衣服让水溅湿了。如果换了新手驾驶，这只脆弱的小舟肯定得翻船。往卡西尔金矿营地的大部分时令货物都从格伦诺拉到特利格拉夫克里克溪通过木舟运输。除非是涨潮，否则汽船根本无法抵挡住大浪急流。即便是涨潮时，他们也需要用拖绳控制两次急流，把一根拖绳靠近岸边，紧紧系到一棵树上，然后打开锚机准备抛锚。木舟载重三四吨，按每吨 15 美元收费。依靠岸上的牵拉，船终于慢慢避开了最湍急的水流。过急流时，因为拖绳需要拉向岸边，只能留一名船员掌舵。如果没有赶上顺风，船会行走一天，不过顺风也是常有的事。

　　第二天一早，我就从格伦诺拉出发，踏上攀登格伦诺拉峰的旅程，想要将海岸山脉的全景尽收眼底。上次由于杨先生的突发状况，我们最终未能如愿。但对一个从开始就一心登顶的人来说，任何事情都无法阻挡住他的脚步。这次，我独自上路，无须照顾同行的伙伴，不过天气却是阴郁逼人。其实之前当地的天气预测家就已经笃定地告诉我今天一定会有雨雪，因为目之所及的山峰都笼罩着厚厚的乌云，似乎随时都会雷霆大作。尽管如此，我仍决心一路向前，无论什么样的暴风雨雪都值得此行，即使被迫折返，我也会耐心等待，再次尝试。

　　我的口袋里装有几块薄饼，还带着一件轻便的橡胶材质的衣服，这是一位好心的犹太人在格特鲁德号汽船上借给我的。有了这些，我就做好了应对一切的准备。我对那里壮观景象的渴望心情随着乌云的起伏而忐忑不安。望着山峰上的乌云，我焦急万分，她们就像是拖着湿嗒嗒裙摆的女子，时而掠过冰川，时而浮于喷泉顶端，飘来飘去，似乎在认真寻找着最适合她们停留的地方。从格伦诺拉出来，先是经过了高出河面 200 英尺的一片梯田，上面多是灌木丛，空地上生长着黄色罗布麻、低矮的常绿灌木、成簇的草坪以及少许菊花和藤木，等等。接着出现在眼前的是块 1 英里宽的平地，一直延伸到山麓，长满了桦树、云杉、冷杉和杨树，但是大部分都遭受过火灾，到处是一些烧焦的树干。山麓走势从这座黝黑的森林里开始上升，变得陡峭，上面覆盖着灌木丛、绿草、鲜花以及一些树木，主要是云杉和冷杉。渐渐地过渡到低矮的槲树丛，这是我见过的最美的槲树，平坦扇形的叶子厚厚地叠在一起，由于积雪的重压使得它们像瓦片一样一片压一片，形成了一垛柔软美观的草料，可以接住落下来的球果，似乎这种被压弯的情形才是它最好的状态。这些叶子一直铺展到海拔5500英尺。一旦到了海拔4000英尺，直径超过1英尺、高度超过50英尺的树就再也见不到几棵了。潮湿的地方有几株杨柳，像松树一样从高到矮排列。桤树是灌木丛中最常见的一种散生植物，随处可见，它皱起的树干有一两英寸厚，缠绕交织在一起，是登山者的一大阻碍。蓝色的天竺葵有着鲜红的叶子，每年这个时节是它的怒放之日，在所有开花植物中可能最为醒目。天竺葵可以在海拔5000英尺甚至更高的地方生长。飞燕草在这里也很常见，此外还有柳叶菜、狗舌草、飞蓬属和一枝黄。

　　蓝铃花出现在海拔4000英尺的地方，一直延伸到山顶，越往高处体型越小，但铃铛大小依旧，自由地散在地上，仿佛是从天空飘落的雪花。虽然外表弱不禁风，但事实上同类植物中它最为耐寒，除它之外，没有谁能为人类演奏出更多歌颂自然的美妙乐章。当然，别忘了生长于此的还有杜鹃花以及它的同伴——在阿尔卑斯山分布最广最可爱的线香石楠属。接着映入眼帘的是岩高兰和两种黑莓，其中一种约有6英寸到1英尺高，结有美味的浆果；另一种体型矮小，顶端最高的叶子也很难超过2英寸，但每株植物都能结出10—20个，甚至更多的大浆果。也许这里的植物大都是果树，有我吃过的最美味的黑莓和蓝莓，养活了雷鸟等动物和身处大自然的山里人。三种矮柳树引起了我的注意，其中一种叶窄，不仅生长在土壤中，山顶的岩石缝中也很常见；第二种叶大，平滑，正在逐渐变黄；第三种矮柳的高度在前两种之间，叶子橘黄色，叶面有许多惹人注意的网状凹痕。另一种高寒灌丛，属于白顶菊属，里面满是惹人怜爱的毛茸茸的瘦果，矮小可人的拟石莲花开着簇簇紫花，在茵茵绿草中分外鲜明，还有像垫子一样柔软的苔藓类植物，以及美丽的勿忘我一直延伸到山顶。尽管从远处看这座山是光秃秃的，呈现出像犹他州和内华达州沙漠地带一样的棕色，但我还是要提一下，这里实际上有许多植物，在海拔三四千英尺的地方有滨紫草属，美丽的银莲花，6 英尺高的海葵，还有一种蓝色的大雏菊；在峰顶，有一些体型矮小的植物，长着暗色毛茸茸的总苞；还有一些蕨类植物，像棉马、雨蕨以及生长在岩石上的碎米蕨属，几乎 1 英尺的空地也没有。

我醉心于欣赏这些植物，竟忘记抬头看看天空，直到到达顶峰，才终于观赏到这空前壮观的山地景观，那是我记忆中最雄伟、最令人难以忘怀的景色之一。所有山色尽收眼底，极目远望，海岸山脉上的各大山峰摩肩接踵，此起彼伏，绵延 300 多英里，千姿百态，鬼斧神工。裸露的峰顶和一分为二的山脊颜色黝黑，两侧和山间峡谷布满了冰川和白雪。从我所站的地方向上数了数，差不多有 200 座冰川，中心黯淡四周发亮的云彩像镶上了一圈流苏，在冰川上空来回盘旋游荡，时而缓缓下降，将透明的影子投射在冰雪之上，时而在高空逗留徘徊，仿佛忠诚的天使在守护他们赐予人间的水晶宝物。从格伦诺拉山顶望去，虽然整个海岸山脉在走势上平淡无奇，主轴线简易连续，其实却大相径庭。高耸的山峰一座接一座，每座山峰都有各自的冰川。在这些高山前面还有相对低矮的山峰，再向下望去还有更矮的山峰、峡谷和丘陵。目之所及，山脉绵延不绝，群岭巍峨，还有数不清的尖峰和顶峰，像林中树木一样挤挤挨挨簇拥在一起。这里的山处处都显得温柔纤细，紧密交叠，造物主似乎想要试试这一脉崇山峻岭到底能包罗多少座宏伟壮丽的峰峦。

黑色岩石极为陡峭，雪无法附着其上，在白云、积雪及冰川的映衬下，显得格外高俊挺拔，而冰川也在岩石的衬托中愈发轮廓分明，清晰可见。雄伟的冰川形态各异，有些像闪闪发光的巨蟒一样盘桓在峡谷或山谷间，有些像宽阔的瀑布，从悬崖上倾泻而下，成为影影绰绰的海湾；有些冰川的主干在海底狭窄的山谷间蜿蜒，手指般修长的支流从山顶流淌下来；喷泉冰川四周群山环绕，唯有一面地势低洼，还有些冰川仰靠其中，如蔚蓝色瀑布般涌入。积雪层层叠叠，千姿百态，山脊也变得丰满圆润起来：时而弯曲，时而笔直，时而像支长笛般横亘在高高的山峰间，时而如同张开的翅膀铺在平滑的斜坡上。许多凸出水面的岬角，或是低处的山脊上，布满弯曲旋绕的盖顶石和光滑的白色穹丘，风吹来的积雪在这里挤压冻结成各种形状，四面八方，比比皆是。我以前从未见过被雕琢得如此美妙的山脉，也从未见过如此众多、令人惊叹且难以企及的山脉簇拥在一起。如果从我立足的山顶画一条东西走向的线条，向两端地平线延伸，将这完整风景分成两半的话，那么整个南半部分将被冰峰雪岭团团围住，虽然看起来似乎弧度有 20 多度，但整体走向还是基本水平或稍有弯曲。在这一片山巅之中，海拔最高、最为深邃繁茂的峰峦在西南方，有 9000 英尺到 12000 英尺，几乎从海平面拔地而起。这些数据是在海拔 7000 英尺的地方估测所得，我也是在这里目测了这条山脉的高度。所有山峰中最高的一座，至少我这么认为，大概在西面 150 英里到 200 英里之处。只能看到她坚固的白色顶峰，或许那就是最高的圣·伊莱亚斯山。现在再回头向北望去，俯瞰地平线的另一半就会发现，这儿没有直插云霄的群山，只见一片低洼宽阔的棕色地带，起伏缓和，同草原一样。还可以看到斯蒂金河上游那几个所谓的叉形峡谷，即便站在视野最好的近处或中间地带，它们也不过就是沉陷的山峡，没什么引人注目的出奇之处。凸起的最高峰被几小片白雪覆盖，看不到任何冰川。

山脉向北呈马蹄形延伸，我所立足的格伦诺拉峰是凸起处最高点。这里的山脊曾浑圆辽阔，但在一些矮小冰川的作用下，形成了现在不规则的形状，其中有些一两英里长的冰川，依然在发挥作用。

我一边徘徊一边凝视着这场天地间盛大的演出，光影朦胧的云层似乎又多了几分色彩和生机，时而百般温柔，轻抚山巅；时而又如雄鹰俯视巢穴一般，盘旋不去。

夜幕快要降临时，我兴高采烈地跑下鲜花遍布的山坡，感谢上苍赐予我如此美妙的一天。西沉的落日点燃了朵朵云彩。周围一切如同获得了新生。万事万物，即便是最平凡最常见的，也都焕然一新，让人兴致勃勃。植物们都快乐无比，无论是小草还是大树，似乎都在和我一同欢呼雀跃；山峰上的种种生灵，还有布满足迹的巨石仿佛都会察言观色，深知我身所至、我心所感是如何喜不自胜。

第八章

探险斯蒂金冰川

第二天，我计划去"尘埃冰川"旅行，印第安人和水手们都认为这是斯蒂金冰川群中最有趣的一个，因为它总是引发神秘的洪水。在日落前一两个小时，我离开"格特鲁德号"汽船，前往冰河三角洲。好心的船长借给我一只独木舟，还派了两名印第安水手跟随。那两个水手一副很困惑的样子，不知道让他们提供的这项特殊服务意味着什么，离开时欢快地跟他们的同伴道别。我们在河西岸冰川的对面安营扎寨，那是一个宽广的峡谷，四周环绕着雪山。峡谷中有十三条小冰川，还有四条瀑布。那晚月朗星稀，寂静无声，最高的山巅周围像笼罩着层层薄纱，云雾轻软纤细。我吃完了晚饭才离开汽船，所以仅需一堆篝火，再铺开毯子躺下就可以了。那两个印第安人也躺在各自的床上，守着另一团篝火。

"尘埃冰川"在船夫中间极负盛名，因为每年夏末都会爆发一两次洪水。这座冰河的三角洲有三四英里宽，坐落在冰河前方，河道粗糙，有不少连根拔起的树木被冲到此处，随处可见表面凹凸不平的巨大岩石，这些足以证明洪水的威力。通常情况下，冰川通过四五个三角洲河道把水流排到河中。

我们把帐篷搭在三角洲的南部或是较低的地方，位于所有排水河道的下面，这样我在去冰川的途中就不用蹚水了。那两个印第安人找了个沙坑睡下，我在一根浮木后面找了块平地躺了下来。我和我的同伴没什么话可说，因为他们不会说英语，我也不怎么会说特林吉特语或是切努克语。登陆后不久，他们便去沙坑里休息去了，很快就睡着了，还打起了呼噜。我一直在火堆边散步到 10 点多，夜空晴朗明亮，高大的雪山在夜光的照耀下看起来比白天近了很多，像山谷的卫士一样俯瞰着一切。瀑布和激流从冰川下面溢出，粗犷而低沉地咆哮着，听起来似乎近在咫尺，第二天才发现，离我们最近的也要 3 英里。我把自己裹在毯子里，仍旧凝望着奥妙无穷的天空，结果只睡了差不多两个小时。我没叫醒那两个睡梦中还打着呼噜的人，自己起来吃了一片面包，套上衬衫便出发了，决定尽可能多地自由支配时间。船长会在晌午时分到距此处 1 英里开外的柴垛附近接我们。但如果汽船搁浅，需要用独木舟时，他会拉三声汽笛作为信号。

我沿着一条干涸的河道约走了有 1 英里，冰川的主排水口突然出现在眼前，光线不太理想的情况下，看上去和河流的大小差不多，约有 150 英尺宽，三四英尺深。往上游再走一点，冰川只有 50 英尺宽了，顺着布满岩石的河道猛烈咆哮，奔流向前，泥沙、卵石、巨砾席卷其中，可以听到大块滚石随河水涌动而撞击发出的隆隆响声。要涉水而过太难了，河水湍急迅猛，用来搭桥的树也没有，来势汹汹的洪水早把阻挡它的东西一扫而光。我不得不继续沿着河的右岸前进，不管路途多么险峻都别无选择。偶尔有裸露的岩石带卧在岸边，走起来就很轻松，但森林的边缘本就崎岖，激流一旦冲刷至此，行进起来相当困难缓慢。积雪揉皱了灌木丛中的桤木和垂柳，交错盘结，加上倒在地上的树，长满刺的北美刺人参，把丛林弄得障碍重重，无法穿越。我在寸步难行的路途上慢慢挪动挣扎的经历将会铭记于心。最后到达距冰川仅几百码的地方时，我发现这里长满了人参倒刺，冰川和它那难以逾越的溪流紧贴着一座倾斜的悬崖，那悬崖极为险峻，不留边际，逼得我必须攀爬峭壁，才能接近冰川。当黎明来临之时，所有这些悬崖、丛林、山洪问题都迎刃而解了，我很高兴地发现自己已经自由徜徉在了壮丽的冰河之上。

弯曲起伏的冰川峰差不多有两英里宽，两百英尺高，上方一英里左右的冰川表面布满了冰碛岩屑，看上去异常肮脏晦暗，"尘埃冰川"因此而得名，穿过河流上游时，很容易就可以见到满是岩屑的这一段。我惊奇地发现一两英里开外的冰上长着高山植物，郁郁葱葱，有的正在怒放，我还是第一次见到这样古怪的冰川花园，显然这是由高处的雪崩形成的。毫无疑问，它们有充足的水源，因为冰面在不断融化，根部的腐殖土也提供了充足的养分，在一些地方形成了相当厚的苗床。花丛中还生长着一些小树苗和灌木。我一边欣赏着这些奇异的浮动花园，一边往纯净洁白的冰川中间走去，这里的冰看起来更平滑。我一直向前走了约八英里远，才极不情愿地返回汽船，特别后悔没多带些硬面包，可以吃上一个星期，供我一直探寻到冰川的源头，然后指望某些经过的独木舟能把我带到巴克站，再从那儿去大斯蒂金河冰川探险。

我总共领略了大约十五六英里长的主冰川风光。冰川的坡度很均匀，两边冰墙有两三千英尺高，雕刻得和约塞米蒂山谷差不多。倒没遇上什么特别大的困难。虽然要穿过许多冰缝，不过大部分裂缝都很窄，很轻松就能越过。即便有几个较大的裂缝，也可以从狭长的桥上经过，或者干脆绕道而行。由于冰川表面一直在融化，所以其结构一目了然，主要是竖立垂直或倾斜的薄冰片或者四方厚块，完好地衔接在一起。我觉得这些都表明，这里遭受过巨大的风暴，不断有积雪落到支流之上。其中，右面有一条高出冰川峰约三英里的支流，已经完全从干流中融化掉，缩小了两三英里，形成了一条独立的冰川。主冰川从航道中这块分离出来的冰川入口处流过，形成了一个堤坝，从而使水平面上升成为一个湖泊。在这个分支顶端有五六条小型残余冰川，它们排出的水连同上方山坡流下的融雪一起汇入湖泊。湖泊通过位于冰堤下的一条或者数条航道往外排水。现在，这些分支航道时不时会堵塞，由此水位会一直上升，最终与冰川同高。因为堤坝总在移动，有时会导致洪水大爆发，湖泊排干，威力惊人的洪水，席卷大量冰碛物质，一路抬高河流水位，直到河口，这样一来，在低水位时节搁置的汽船就可以多几次航行。当然，洪水的出现在印第安人和汽船工人中人人皆知，但他们并不知道个中原因，只是感慨地说："尘埃冰川又爆发了。"

我很惬意地沿着庄严的冰河向前散步，陶醉在美景当中。冰川裂缝、冰臼以及壶穴里泛出浅蓝色光芒，美妙得难以描摹；蔚蓝色冰川盆地下有无数蔚蓝色的水池，地表上大大小小的河流交织成网，沿着光滑的航道优雅地流动着，打着旋涡。每走一步都会唤起心底最虔诚的崇拜之情，脑中满是对大自然无尽力量和美景的赞叹。从冰川的中部往前看，宽广洁白的洪流，虽然坚硬如铁，却画着优美的曲线在高山般的冰墙间横扫而过；两旁的山谷中悬垂下一些细小的冰川，上面覆盖着形态各异的积雪，还有峥嵘的花岗岩扶壁和墙岬上大量气势恢宏的冰塑；距冰川旁50英尺远的山谷中森林茂密；雪崩后形成的小路上长满了桤木和柳树；数不清的瀑布同冰臼和小溪一起奏出神圣和谐的水声。目之所及，时常会看到有冰川支流静静地从它们那高大洁白的泉源中流下来，汇入辽阔的中央冰河。

在由主冰川和引起河水暴涨的湖泊所形成的夹角中，有一处巨大的花岗岩穹丘，几棵树如稀疏的羽毛生长其上。越过这座约塞米蒂式的岩石，可见一座高山拔地而起，约有一万英尺高，覆盖着厚厚的冰雪，在晨光的照耀下珍珠般纯净洁白。昨天傍晚从搭帐篷的地方望去，山上笼罩着云团，晚霞之下，云团和山峰都泛着红光。在这座山上一两英里的地方，也就是冰川的对面，有一块岩石，像极了约塞米蒂的森蒂纳尔。整体来说，我看到的所有冰壁岩石在形式和颜色上基本都是约塞米蒂风格，其间有瀑布流过。

尽管这座宏伟冰川的大小、深度以及展示出来的力量很是美妙，但更为精彩的是深约三四千英尺甚至一英里的大冰川，其规模和历史都铭刻在了冰壁内侧和岩石顶部，虽然天气不好，但依然可以辨认出来。如果对比它现在的大小和其鼎盛时期的规模，那就相当于把一条小溪和它变成汹涌急流时的模样相提并论。

我在回宿营地的途中要经过倾斜的悬崖，穿过恼人的北美刺人参树丛，因此花费了好几个小时。那两个印第安人已经离开去摘浆果了，不过他们仍然留心着我的踪迹，见我过来忙朝我打招呼。船长已经来接过我了，但是等了 3 个小时不见人影，便起航前往兰格尔了，没留下任何食物。我想，他这样做是为了让他的印第安侍从和独木舟快点回去。但这不是什么大问题，8 点钟的时候，湍急的水流把我们直接冲到了 35 英里外的巴克站。我留下来继续研究大斯蒂金冰川，并且挽留那两个印第安人等到天亮再走，但他们还是在晚饭后很快就动身前往兰格尔了。

那一天是 8 月 27 日，天气昏暗恶劣，阴雨连绵。我试图说服自己，应该歇一天再开始新的冰川作业。在渡河的时候，我发现"大冰川"正注视着我，其滚滚洪流顺着宽广的山门倾泻而下，涌入一个宽阔的河谷，一直延展到四五英里宽。灰暗朦胧的远处，它的高山泉源若隐若现。对我来说这无疑是盛大而生动的邀约，自然盛情难却，之前关于身体和天气的种种担心顿时烟消云散。

　　巴克站的守卫夏高先生把我送过了河。我花了一天时间浏览全貌，顺便规划一下在脑中想了很久的工作。先是沿着辽阔且错综复杂的冰碛去了冰川最南端，顺着冰川侧碛的西边爬了三四英里，时而在冰川上前进，时而在冰碛石覆盖的岸边行走，为了通过一些岩石遍布的海岬，不得不向上攀爬穿越森林和灌木丛，最终到了一个极佳的观测点，可以看见冰川下端的全貌。这时，煞风景的大雨倾盆而下，我不得不折回去，途中还不时停下来欣赏那蓝色的冰穴，欢快雀跃的溪流从山腰上赶着回家似的急匆匆奔流而下，而冰川似乎大开着它那晶莹剔透的入口，迎接它们的归来。

　　第二天早上瓢泼大雨仍旧继续，但我的时间宝贵，工作繁多，根本无暇顾及这些。好心的夏高先生用一只独木舟渡我过河，他的妻子提前为我烤了许多饼干、鲑鱼干，还有一些糖和茶，一条毯子和一块晚上用来避雨的薄板，并且把这些东西都捆在了一起。

　　当我跟他挥手道别时，夏高先生问道：“你什么时候回来呢？”

　　“哦，那可说不准，”我回答道，“我想尽可能领略更多冰川的风采，不知道要花多长时间。”

　　“好吧！万一出了什么状况，我怎么找你呢？你打算去哪儿？许多年前，从锡特卡来的俄国军官们从这儿前往冰川附近，一个都没回来。这条冰川非常危险，到处都是可恶的深坑和裂缝。你根本不知道这里散布着多少不易察觉的陷阱。”

　　“不，我知道，”我回答，“我以前见过冰川，不过都没有这条大。等我出现在河岸上再来找我吧。不用担心，我已经习惯了自己照顾自己。”于是，我背上包袱，开始了在冰碛岩石和丛林间的跋涉。

　　我的总体规划是沿着冰碛一直走到它的最北端，搭起小帐篷，把毯子和大部分硬面包留在那里，然后以此为大本营往返，不饿就干活儿，饿了就回来吃东西。

我先是探测了这块宽阔冰碛石的一个横断面，同心石块已经把它磨得粗糙不堪，这标志着几个世纪以来冰川衰退过程中曾有过数次中断，连续的冰碛石得以形成，或疏或密，乱放在一起。之后，我沿着冰碛石一直走到了它的最北端，又沿冰川左边向上走了几英里，接着在大瀑布处横渡冰川，沿着右边向下游的河流走，顺着冰碛石回到了起点。

在这块冰碛石较为古老的部分，我发现了几个正在成形的冰川壶，而且很高兴地看到它们和我所提出的理论惊人地相似。这一理论是基于我对一些古老冰壶的观察所得，它们曾形成了涵盖威斯康星州、明尼苏达州的堆积物，以及加利福尼亚山脉残余冰川中的大块冰碛石等奇怪的地貌。我还找到了一个 8 英尺到 10 英尺深的坑，边缘新近移动的痕迹在粗糙的冰碛石上形成了突兀的埋头孔。我借助一棵已经损毁但依然柔软的云杉树滑到了坑底，在往下挖了一两英尺后，发现坑的底部伏在一块固体坚冰上，从冰上生长的树木年龄看，这块坚冰掩埋在冰碛石下差不多已有一个世纪，甚至更久。这个冰川壶的彻底形成需要埋在下面的冰块慢慢融化，或许还要再等一个世纪。一旦冰融化之后，冰碛石物质自然就会塌陷，而坑体边缘还会维持与碛石形态一样陡峭的斜坡。美国大部分地区的堆积物中都有相当多的冰壶，因此关于其成因一直是众说纷纭，我很高兴自己的答案最终平息了这些争论，至少就我所知是如此。

冰川及其周围的山脉规模宏大，所以我选哪条路都不那么要紧。周围的一切都生动有趣，就连天气也是如此，对于想纵览全景的我而言，今天的天气可谓糟透了，从冰碛石灌木丛中走一遭浑身都湿透了，好像刚穿过一条瀑布似的。

我继续前行，走走歇歇，时不时欣赏一下冰川上险峻奇异的花纹，灰色的雾气将其与剩余的冰川隔离开来，愈发显得宏伟而又引人注目。最后来到了一个200码宽、2英里长的湖边。许多小冰山有的浮在湖面上，有的搁浅在岸边，紧靠在近处的冰碛石旁边。阳光洒在冰山一角，在蓝色洞穴里熠熠发光，景致实在是引人入胜。结果证明，这是仰卧在冰碛石和冰川之间浅海槽中狭长小湖泊中最大的一个，活像一个微型的北冰洋。冰崖脚下湖水泛起涟漪，潺潺细语，小冰山浮在水面上，微风吹来随水而动，抑或沿着岩石嶙峋的冰碛海岸在这里停留，在那里搁浅。

数百条小河和大量溪流低声吟唱着从冰川流入湖中，有的从狭长的冰谷径直飞下，倾入蓝色的悬崖，有的从冰川峰管子一样的航道喷涌而至，还有的从底部的拱形开口中汩汩流出。所有的水流都来源于主冰川的冰流，它们的声音汇集成一首庄严的赞歌，讲述着各自或远或近的源头奇观。湖泊自身位于一个冰盆中，冰碛石上草木丛生，虽然看起来和冰川分割开来约有一个世纪之久，实则大部分留在冰川退去后掩埋的冰块上，因受到冰碛岩屑保护，融化速度缓慢。长久以来，碛石上布满了地衣、苔藓、草丛、灌木甚至许多相当高的大树，使得岩屑一直往湖泊内面移动掉落。这些变化不慌不忙地持续着，直到时机成熟后，整个冰碛石才在岩石地基上稳定下来。

这座湖泊出口是一条稍大的溪流，规模与河流相差无几，是冰川的一条主要的排水通道。溪流在经过冰碛石时被拦截成了数条急流。我本来打算从这儿蹚水过去，但发现河底又深又崎岖，于是就设法从河头穿过，这里相对宽些，河水从湖中流出时较为平缓。我拄着一根棍子，逆流而上，但发现河水实在是太深了，当冰水浸到我的肩部时，我只得小心翼翼地退回到冰碛石附近。随后我又顺着水流，穿过岩石丛林，来到一个横切堆石坝，只有 35 英尺宽。我在这儿发现了一棵云杉树，把它砍倒做了小桥，正好跨过河面，还伸到灌木丛中十来英尺长。但是急流穿过浸在水中的枝叶和树干细长一端时，整棵树身弯得像弓一样，摇摇晃晃，非常不稳。我试着走到三分之一处，发现因为我的重量使树身愈发弯入水中，很可能会被冲走。幸运的是，在不远处我找到了一棵更大的树，用同样的方法把它砍倒，虽然中间有几英尺也浸在了水里，但看起来这座桥还是相当安全。

鉴于天色已晚，我开始返回湖边放包袱的帐篷，本想找捷径走直路，但发现穿过枝叶交错的丛林比沿河岸走花费的时间还要多。我不得不爬行了一个多小时，费力挣扎着一点点靠近岩石嶙峋的地面，就像一只被困在蜘蛛网上的苍蝇，一点儿可以引路的地貌特征都没看到。这时我发现了一棵小柳树，比周围的桤木稍微高些，便爬了上去，正好能看到冰川峰，于是拿出指南针定好方位，然后又钻回湿乎乎如迷宫般错综复杂的灌木丛。7 个小时后，终于重新回到了湖边的帐篷里，已是浑身湿透，像刚游过泳一样，就此结束了一天的探险。所有东西都很新鲜诱人，我见到了一些植物老朋友，也找到了一些新朋友，在阿拉斯加冰碛景观花园中学到了很多，使得一切都显得明朗鲜活，充满希望。

此时已近天黑，我急忙支起有些弱不禁风的小帐篷。地面上到处都是岩石，凹凸不平，不过我还是清理出了能容我躺下的一小块地方，把细长的桤木折弯捆在一起，很快就搭好了营地。我正忙着收拾，忽然湖面传来一阵雷鸣般的巨响，吓了我一跳。我赶忙跑到冰碛石顶上，发现那可怕的声响原来是一座刚形成的冰山，直径约为五六十英尺，在它激荡起来的波浪中摇摆翻腾。它原本是冰川的一部分，长年累月经受磨削风蚀，如今终于解放出来，似乎正尽情享受自由。这作为今日最后一课，真是再妙不过。接着我想办法用湿树枝点了一小堆火，泡了一杯茶，脱下我那身湿漉漉的衣服，把自己裹在一条毯子里躺下，细数今天的所得，同时为明天做打算，内心愉悦而充实，实在是舒畅极了。

等我睡醒的时候发现外面正下着雨，但我下定决心按计划行事，风雨无阻。我随即穿上还在滴水的衣服，发现一夜过后衣服又变得清爽干净，很是高兴。我没打算再生火泡茶，吃了些松饼和一片鲑鱼干，往包里塞了些硬面包背在身上，再带上必不可少的破冰斧，又一头扎进了湿乎乎的丛林，发现昨天搭的小桥仍在原处顽强地与上涨的湍流搏击。我走到对岸，又忙乱了两个小时，不断伐木造桥，穿越水流，最终回到了河口北边的冰碛石上——这场湿淋淋的战争让我筋疲力尽，但依然开心。雨后大地和植被散发出的清香，让我的每次呼吸都很愉悦满足。我第一次在这片大陆上找到了布袋兰，这是我最爱的植物之一，历尽千辛万苦也值得；我还在一个绿草遍地的池塘边看见了一只道格拉斯松鼠。雨点打在各种各样的树叶上，声音很是好听。

更特别的要数树上滚落的大雨滴敲打北美刺人参宽阔而平坦的叶子时发出的声音，低沉干脆，水花四溅，像阵雨打在藜芦和棕榈树叶上听到的咚咚响声一样。苔藓是那么清新，碧绿鲜亮，生机勃勃，美得不可名状，不管头顶的暴风雨有多猛烈，始终在低处沉静不语，当然没有一粒尘土沾染过它们神圣的叶子和花冠；旁边石蕊花瓣上的红色花边和茱萸草的果子是何等鲜艳！还有那些湿漉漉的浆果，是大自然最珍贵的珠宝，美丽至极！朵朵浅色的黑莓花顶着晶莹剔透的水珠；红黄相间的美洲树莓上也是水珠串串。这些亮晶晶形如浆果般的雨滴点缀着水塘边枝叶交错的糠穗草和莎草，每一滴都是一面镜子，折射着周围的风景。在这样美妙的一天中，在阿拉斯加经历的所有的一切，尽管不同，却使我回想起乔治·赫伯特的诗章："甜美的白昼，如此凉爽、安宁、明媚！"

在这座美丽的冰碛石花园和森林中，你可以永远快乐地生活。

我最终抵达了大冰碛石的尽头，也就是形成冰川盆地北沿的山脉面前，本打算沿着山体的一侧前行，却发现爬起来实在困难又极其乏味，于是觉得攀登冰川要相对容易，虽然这意味着要在它参差不齐、四处尽是裂缝的边缘砍出许多台阶，但最终还算顺利。夜色降临，我在陡峭的山坡上搜罗，希望能找到一个容身之所，不管多窄小，只要能铺床生火，搭个帐篷就可以。天黑下来的时候，我欣喜地找到了一块凸出的岩石，夹缝中生长着一些小高山铁杉，下面还有一些凸起，正好用来搭建平台，生火铺床。我奋力爬过一个又一个裂缝，砍下一些灌木和小树，把它们滑到岩石附近，最终收集到了足够多的树枝，足以让火堆持续燃烧一晚。一个多小时后，火已经烧得很旺了，接下来我一直在不停地翻身，好让我湿了两天一夜的衣服能快点蒸干。很幸运，今晚没有下雨，不过天气非常冷。

第二天我继续赶路，顺着冰阶爬到冰川顶部，沿着冰川一侧抵达 2 英里宽的大瀑布。冰川的滚滚洪流从这里一泻千里，像一条波涛汹涌的大河，冲下航道中一个陡峭的斜坡，这宏伟的景象让我凝望了许久。随后我发现大瀑布边缘下的水流中有一块坚固的花岗岩拱石。于是我爬了上去，冰川从头顶经过时的感觉新奇而又醍醐灌顶，展现在眼前的不仅是它研磨抛光山体的活动，还有将嶙峋巨石一举冲垮的力量——这可谓是最为生动的一课，验证了许多我在加州高山中的冰川盆地里学到的东西。之后我又去了南面一侧，记录下冰川越过瀑布顶部时分裂而成的巨大冰块形状，以及它们如何重又融合在一起。

这时天空已经放晴，视野辽阔，甚至可以看见远处高耸的白雪皑皑的冰川源头。似乎可以眺望到最遥远的山峦，大概距冰川峰有 30 英里远，虽然四处被寒冬笼罩，森林却非常茂密，不过山峰极为陡峭，在距冰川正面至少 15 英里远的地方长满了树木，尤其是铁杉和云杉，深深扎根于岩石的缝隙结合处。在这里最大的发现便是冰川下方的剥蚀现象。

经过数日令人兴奋的研究之后，我回到了夏高先生停驻的河对岸。这位好心的法国人一看到我发出的信号，就赶紧划着独木舟来接我了。我在他家好好休息了一下，做了些笔记，然后又考察了一下对面的另一条小冰川，这时有一只前往兰格尔堡的独木舟经过，我才上了船，踏上归程。

第九章

乘舟北上

10 月，我随一队卡西尔的矿工乘舟抵达了兰格尔，但仍念念不忘北部冰雪覆盖的地区。之前我曾遇到几位最远到过林恩运河源头——奇尔卡特河的勘探者，他们讲了许多关于那里的大冰川的精彩故事，说那里所有的山似乎都是由冰构成的，要是"你在寻找冰川，那个地方再合适不过"，而要顺利到达那里，"你要做的就是雇一只木舟，再找到熟悉路途的印第安人即可"。

但这一去路途遥远，现在出发似乎太晚了。白天逐渐变短，冬天就要到了，不久陆地就会白雪皑皑。另外，这片荒野对我来说相当陌生，不过我非常熟悉风暴天气，觉得其乐无穷。沿海岸延伸的主航道整个冬天都继续开放，两岸树木茂密葱郁，我想在这里露营的话，取暖应该不成问题，而且还能找到各种各样的食物。于是，我决定尽可能地往北走，多见见世面，学习一下，尤其是与未来工作相关的事情。我把这一想法告诉了杨先生，他提出要与我同行。杨先生和印第安人很熟，因此他们给我们提供了一只制作精良的木舟，还配备了一队船员，此外还有大量食物和毯子。我们于 11 月 14 日从兰格尔动身，只要食物充足，就可以随时准备迎接任何天气的挑战。

我本来想早点儿出发，但直到下午两点半，才聚齐所有的印第安人成员——包括重量级人物斯蒂金老贵族托亚特，他是木舟的主人，而且有着精湛的木工技术和航海技艺，因此成为这次旅行的船长；还有奇尔卡特部族首领的儿子卡戴珊，担任翻译的斯蒂金人约翰，以及西特卡·查理。我的同伴杨先生是个具有冒险精神的传教士，正因为这一路上可能会遇到不同部落的印第安人，方便将来的传教工作，于是他加入了我们的队伍。

终于所有人都上了船，在我们正要解开缆绳离开码头时，卡戴珊的母亲来到了木舟旁。这位女士端庄高贵，不怒自威，透着一种坚毅，似乎非常担忧儿子的安全。她安静地站了一会儿，黑色阴郁的眼睛一直盯着传教士不放，随后用极其严肃的语言和手势控诉说，她的儿子是在传教士的不正当影响下才会踏上这次穿行敌对部落的危险之旅，接着她像古代的女巫一样预言此行会遇到暴风雨和敌人，厄运重重，最后说道："如果我儿子一去不回，我一定会让你们血债血偿！我说到做到。"

杨先生保证上帝会保佑她的宝贝儿子，他自己也会全力保护好他，与他患难与共，忠贞不贰，拼死也要保住她儿子的生命。即便如此仍无法平息这位母亲心中的忧惧。

"是生是死，我们走着瞧。"说完她便转身离开了。

托亚特也遇到了来自家庭的阻挠，当他走上木舟时，我注意到他饱经岁月沧桑的脸上露出了一丝愁云，好像即将到来的厄运已经开始笼罩到他身上了。他向妻子告别离开时，她拒绝跟他握手，悲伤地哭着说只要他去奇尔卡特首领的村子，那么他的仇敌一定会杀了他。然而这次旅行中，这位老英雄并未因此遭难。出发后，我们尽情享受着野外自由自在的空气，波光粼粼的水面上，一阵阵和风惬意地吹过，此时，之前的不祥之感已经一扫而空。

首先，我们穿过库普列亚诺夫岛和威尔士王子岛之间的萨姆纳海峡向西航行，之后转而向北航行，沿凯库海峡逆流而上，在无数风景如画的小岛间穿梭，跨过弗雷德里克海峡，再沿查塔姆海峡向上，穿过西北方的艾西海峡，到达地图上找不到的冰川湾。之后又返回艾西海峡，顺着美丽的林恩运河溯流而上，到达戴维森冰川和地势低洼的奇尔卡特部落，最终沿大陆海岸线回到了兰格尔，途中还游览了被冰雪覆盖的萨姆达姆海湾和兰格尔冰川。这次航程超过 800 英里，虽然遇到了一些艰难险阻，但是所到之处都有如仙境，超乎想象，给予我们极大的补偿。一路上无论风霜雨雪，我们都不曾停下脚步。偶尔遭遇强风，卡戴珊和老船长会在帐篷里放哨，约翰和查理到森林中去猎鹿，我则仔细观察周围的岩石和树木。我们一般都在隐蔽的角落安营扎寨，因为这里不但可以找到大量柴火，而且远离海浪，放置木舟也相对安全。晚饭后，我们围坐在篝火旁，听印第安人讲有关野生动物、打猎奇遇、战争、传统、宗教和习俗的故事。每次遇到印第安部族，我们都会去拜访，参观每一处路过的村庄。

  我们第一次露营是在一个名叫屹石岛的地方，位于浅水湾岸边。那天天气晴好，群峰上空万里无云，只有一座山上萦绕着一片水平的岩灰色环状云，但它被冰雪覆盖的山尖却冲破云层，高高耸立，同它的邻居们一样被霞光映红了脸。目之所及，所有的大型岛屿都覆盖着茂密植被，而我们营地前方的许多岩石小岛上却没有什么树木，或者干脆就是光秃秃的。其中一些小岛虽地处潮线，但明显受到了冰川影响。迄今为止，海浪的冲蚀和天气作用难以预见。一些较大的岛上有几棵树，其他的只是长了些草。有一座岛远远望去像一艘双桅轮船，正扯满风帆，飞速向前。

  第二天早晨，漫山遍野都是白茫茫的一片，原来昨晚下起了雪，积雪足有 100 英尺厚。我们生起一大堆火，早早吃了饭，沿着岸边继续前行整整一天，两岸树木丛生，秋色尽染的灌木点缀其中，非常漂亮。我注意到一些乔木颜色漆黑，有被深深砍过的痕迹，一定是被拿去做柴火或是火把了，要知道，对于暴风雨夜里晚归的旅人来说，这是极其珍贵的帮助。我们赶在太阳下山前在蒂尔湾一处美丽的角落里安营扎寨，周围带有灰色枝丫的树木和边上的野玫瑰灌木丛、悬钩子、委陵菜、紫菀，等等，将我们的营地遮挡得密不透风。一些地衣顺着树枝蔓延生长，足足有 6 英尺长。

我们发现，在离营帐 12 杆远的地方，有一家凯克部落的印第安人，正舒服地待在一间用树皮搭建的可移动小屋中。主人是一个体型健硕的中年男子，还有他的妻子、儿子、儿媳和女儿。我们刚搭好帐篷，生好火，这位屋主就来拜访，送给我们一条肥大的鲑鱼，一对野鸭，还有一大堆土豆。我们带着大米和烟草等礼物回访了他们一家。杨先生简单介绍了些传教事宜，询问这里的印第安人部落是否欢迎传教士。但他们似乎并不愿在这一重大事件上发表任何意见。下面就是当时这位一家之主对此的唯一回应：

"其实，对你们，我们不想多说什么。就像我们刚才所做的，我们对波士顿人也是一样，无论我们有什么，都会分享一些，友好地对待每个人，从来不会与人发生争吵。我们能说的只有这些。"

第二天一早，这家凯克人去兰格尔堡了，我们也开心地向奇尔卡特河前进。途经一座岛屿，岛上的树木在一次暴风雨中损毁殆尽，不过枯枝败叶下正有一批生机勃勃的小树苗在生根发芽。这里的树林并没有灼烧的痕迹，地上覆盖着厚厚一层落叶、枝条和掉落的树干，或许已历经了 12 个轮回，正在慢慢腐烂，使得这一大片废墟之地积生出了苔藓，新鲜而美丽。在这里，令人生厌的一切深深掩埋在了森林丰富的生命之下。岸边岩石上长满了深红叶子的越橘类灌木。其中一种仍然结着果实，很可能叫作冬日雄性越橘。我又走了几步，发现了一些 8 英尺长的野豌豆斜倚在几簇覆盆子上面。黄绿色的苔藓上长着高高的蕨类，还有叶宽 6 英寸的单片复叶鹿药属植物，视觉效果美不胜收。

与我们同行的印第安人好像很快就忘记了旅程开始时的不愉快。到了下午，无论是年轻人还是老年人，都像是逃学的孩子般尽情嬉戏。主航道因为冰碛坝的形成，围起来一个天然池塘，我们走到这里时，约翰下了船看看能不能打到几只野鸭。他在大坝后面慢慢爬动，打死了一只野鸭，但是离岸边有五六十英尺远，于是他向鸭子后面扔石头，想要借用水的冲力把鸭子漂到他能够着的地方。查理和卡戴珊赶忙上前帮忙，他们很喜欢这个游戏，尤其是失手把石头扔到鸭子前方，使鸭子漂得更远时，格外快活。为了快些解决这件事，约翰抛出绳索试图套住野鸭，但几次都没成功，每个人都轮流试了试，结果一个比一个笨拙，大家都开心地笑了。接着他们又将绳子的一端系到石头上，以便能抛得更远，但还是事与愿违。年迈的托亚特也参与进来。他把绳子系到木舟的一个桅杆上，瞄了瞄，像扔鱼叉一样投了出去，扔得比鸭子还远，就在这时绑桅杆的绳子松了，桅杆漂到了池塘中央，这下人们笑得更起劲儿了。最后，约翰脱掉衣服，游到鸭子旁边，把它扔上了岸，然后叼着桅杆游了回来。不过他也同时成了同伴们的作弄对象，他们先是朝他泼溅水花，等他上岸后，又摆弄那只死鸭子做挣扎状，像是要啄他报仇。

开心的一天就这样过去了。第二天一早天气阴暗得吓人，正当我们要启程时，一阵狂风冲过海峡朝我们迎面扑来，我们本想沿近海岸奋力前行，不料天降大雨，最终我们决定等天气好些再走。于是，猎手们出去捕鹿，我冒雨去了森林。雨水中弥漫着树木潮湿的气息，大风在头顶狂啸，每棵棕色的树干都罩上了一层雨帘。一条小溪从顶部枝丫交错、绿叶成荫的拱形树干下淙淙流过，这里或许是我闲逛时到过的最令人开心的地方。

池塘深处的水几乎是黑色的，浅处则呈琥珀色。树林怡人的紫红色，纯净饱满，让人不禁回想起清香的云杉、沼泽，还有广阔的草场。琥珀色溪流中的一条瀑布令人兴趣盎然，虽说只有几英尺高，但它柔美的曲线和五光十色的流水，散发着迷人的魅力。瀑布最后冲入了苔藓、灌木丛生的池塘，这里原本漆黑如墨，但奇妙的是，边缘平静的水面上漂浮着比平时更大的钟状泡沫，映亮了池塘。每团泡沫都折射出岸边树木的倒影，它们的顶冠倾斜交叉，就像是苔藓萌芽前的锯齿形边缘一样。

这里大部分树上都长满了苔藓。有的树枝盘根错节，生出的黄色苔藓密密层层，又宽又厚，一旦被雨打湿，肯定有几百磅重。而苔藓上又长出了许多蕨类、小草，甚至还有相当规模的树苗，形成了美丽的空中花园。其中最让人惊奇的场景就是老树们把数以百计的孩子拥在怀中，洒下雨水、露珠和自己的残叶滋养它们成长。层层苔藓土壤停留的树枝慢慢变得像风干树根或是鹿角一样扁平不规则，直至死去。随后整棵树也会如是枯萎，因此看起来特别像树冠扎在地上，而树根长在空中。我们营地旁就有这样一棵引人注目的怪树，我急忙叫传教士来看。

"杨先生，快来看呐，"我大声叫他，"这东西太奇妙了！你肯定没见过这么神奇的树，它是倒立的。""世界上怎么会有这样的树。"他惊奇地说，"把树连根拔起置于空中，然后头朝下再栽到土里。这一定是龙卷风的杰作。"

傍晚时，猎人们带回了一只驯鹿，还看到了另外四只。围坐在篝火旁聊天时，他们说在大一些的岛屿和陆地沿岸，鹿的数量相当多，但在内陆地区，却寥寥无几，因为一旦遭到狼群追赶，鹿群很难在水里避难藏身。还说印第安人上岛猎鹿常带着训练精良的猎狗，把狗放入林中赶出鹿群，这时，埋伏在林子外木舟上的猎人们就能将逃窜到水边的鹿一举抓获。在这个广阔的岛屿上还有很多海狸和黑熊。我在这里见到的鸟类不多，仅有渡鸦、松鸦和鸫鹩。附近最常见的要算野鸭、海鸥、秃鹰和松鸦。一群天鹅飞过，发出像人类一样的叫声，吓人一跳，在这偏僻的荒野显得愈发不同寻常。印第安人认为，大雁、天鹅和鹤等鸟类定期进行长途迁徙，它们大声喊叫是为了鼓励同伴，保持步调和节奏一致，就像人们划船或行军时喊口号一样（类似于划船时"嘿呦，嘿呦"或是行军时"一二一，一二一"的喊声）。

　　10 月 18 日那天时晴时雨，一半是雨，一半是雪。我们极为惬意地划着船，在无数岛屿间穿梭，欣赏着这潮湿野外变化莫测的天气。在上岸吃午饭的空当，我往森林里溜达了几步，看到了几株树种优良的雪松，还有遍地生长的桦树和一小簇野苹果树。还有一棵铁杉树，被印第安人砍倒剥皮去做了面包，剩下的树墩部分只有 20 英寸厚，120 英寸长，砍伐时这棵树已经生长了 540 年。树的第一圈百年年轮只有 4 英寸，这说明在这一百年中，这棵树一直生长在高大的树荫中，一百岁时还仅仅是棵小苗。另有一棵老云杉树卧倒在地，长约百英尺，长满青苔，树干上正生出成千上万的幼苗。我数了数，在一截 8 英尺的树干上就有 700 多株幼苗，这里的天气非常适合树种的生长，这些树木完美地遵从了自然的指令，不断繁衍丰富着土地上的物种。因此，岛屿上植被浓密也就不足为奇了。无论是在肥沃的土壤里，还是在坚硬的岩石、原木上都能长出树木，先是一层毛茸茸的苔藓覆盖表面，种子在其中生根发芽，继而枝节交错的树根形成一片草皮，厚厚的落叶很快掩埋了树根，小树挤在一起，互相依附盘绕，年复一年，这里的土壤就变成了一方深深的沃土。

　　这天晚上篝火边的促膝长谈，印第安人聊起了他们的古老习俗，白种人到来之前父母如何教育他们，还有他们的宗教、对来世的思考、星辰、植物、不同环境中动物的不同行为和语言，还有一些生存技能，等等，我听得很是入迷。忽然，对面峡谷中传来一阵狼嚎，打断了我们的谈话，这时卡戴珊问道，狼有灵魂吗？这下难住了牧师。印第安人相信狼有灵魂，并解释他们这么认为是有依据的，因为狼是聪明的生物，知道如何隐藏在水中，头顶着一丛草，悄悄地靠近海豹和鲑鱼，捕鹿时懂得群起而攻之，而且它们每年都会在最好季节的同一时间生儿育女。我随即问道，既然有如此聪明厉害的对手，为什么鹿还没有灭绝呢？卡戴珊回答说，因为这些狼很清楚，把岛上的鹿赶尽杀绝就相当于切断了它们最重要的食物来源。他说每一座大岛上都有许多狼群出没，数量远超过内陆，印第安猎人害怕它们，从不会独自一人到森林中涉险，因为这些黑灰色的狼群不管是否饥饿，都会对人发起攻击。要是有印第安猎手遭到袭击，他就会爬到树上或是背靠树木或岩石站着，因为狼从来不会和人进行正面对抗。印第安人认为森林之王是狼而不是熊，因为有时狼也会猎杀熊。但是它们从来不会攻击狼獾。约翰说："狼獾和狼经常狼狈为奸，一样凶恶狡猾。"

在一座小岛上，我们发现了一个栅栏，长 60 英尺，高 35 英寸，据印第安人说，这是好战的凯克部落在一次冲突中建造的。托亚特和卡戴珊介绍，在这片独木舟航行的水域，这样的防御工事很常见，由此可知，在这丰腴宜人的自然荒野，与在世界其他地方一样，人类最可怕的敌人还是人类自己。我们还发现这里到处都是小型种植园，一块块马铃薯和萝卜地，大多是种植在废弃的城镇遗址上。到了春天，最勤快的家庭就会从 10 英里到 15 英里外的城镇赶到自家的一亩三分地忙着农种，翻土种植后，夏天他们还会回来锄草，掂量着他们能有多少收成，通常享用肥硕的鲑鱼，蔬菜搭配是不可或缺的。我们去的时候凯克人正在挖土豆，今年由于霜期提前，收成受到了影响，这让他们牢骚不断。

　　我们到达库普雷诺夫岛凯克部族一个叫作克鲁泉的村庄时，正赶上一场葬礼结束。遗体已经火化，礼物也分发完毕，有白色印花布、手绢、毯子等，根据逝者生前的财富地位会有所不同。杨先生告诉我，部落首领或是酋长的葬礼十分风光，但也很怪异，人们会狂热地举行宴会，唱歌跳舞。在这个小地方有 8 根图案复杂、颜色醒目的图腾柱，制作精美，但要比斯蒂金人的小一些。整个群岛到处都是一样，图腾柱的图案多以熊、渡鸦、鹰、鲑鱼和鼠海豚为主。一些图腾柱上还有四方形的洞，与背面结合在一起，据说用来盛放家族亡者的骨灰。这些隐蔽的四方形洞口通常都用塞子封闭，我注意到其中一个塞子密封已不太好，周围塞满了破布。

　　我在村中四处漫步，边走边看杂乱交错的植物，匆匆浏览各种图腾，突然发现地上有许多散落的人骨，有的只有一半露在外面。经过询问，我从同行的船员那里得知，这些可能是死于战争的锡特卡印第安人的尸骨。凯克人相貌堂堂，精明能干。曾经有一艘美国帆船不幸被其擒获，只有一人逃脱，其他船员无一生还。之后，一艘炮艇来此复仇，焚毁了村子。我看到那艘倒霉帆船的锚就躺在岸边。尽管特林吉特部落相信巫术，但某种程度上还没有大部分下层白人那么迷信。亚纳托克酋长边走边踢路上散落的锡特卡人骨，以此为乐，无论老少，对这些死者都没有半点恐惧。

　　杨先生在库普雷诺夫岛的凯克村庄最北边召开了第一场传教会，唱起赞美诗，宣传教法，带领众人祈祷，试图了解这里有多少居民，以及他们是否接受这种宣教。无论是这里还是我们沿途拜访的其他村落，没有一个直接反对老师和传教士。相反，除了一两个例外，所有人都非常乐意地表示愿接受教义，而且许多人一想到这些教义能解释那些重要问题，为蒙昧无知的他们带来希望之光，都由衷感到高兴。在这之前人们已经听说了尊敬的邓肯教士在梅特拉卡特拉的精彩传教演讲，即使是那些并不信仰任何教义的酋长们，也急于赶快建起学校和教堂。他们凭借与生俱来的精明很快就认识到，他们的族人不应错过眼前的知识带来的益处。他们说："我们都是上帝的儿女，在黑暗中摸索。请给予我们光明，我们将按照上帝的吩咐行事。"

我们拜访的第一座库普雷诺夫岛凯克部族村庄里有一位看上去德高望重的酋长，70岁左右，面部特征极为显著：头颅巨大，眼眸深邃，眉毛浓密，鹰钩鼻很是醒目，灰色长发髻下是一张坚韧的脸。想到能为族人迎来老师他似乎很高兴。"这正是我需要的，"他说，"我已经做好了欢迎他的准备。"

北部那个大部落的酋长亚纳托克说："你们为我们带来的是好消息，我们愿意在你们光明的指引下走出黑暗。你们波士顿人一定是伟大天父的宠儿。你们了解上帝，熟知建造船只火枪，懂得食物的种植方法，因此我们欢迎任何一位你们派到此地的教师，安静地坐着，聆听他说一字一句。"

杨先生布道时，聚集的人群中有的抽烟，有的交头接耳，有的在和屋外的族人同伴喊话，这让托亚特和卡戴珊忍无可忍，觉得凯克部落真是个毫无礼貌可言的蛮夷之邦。一个小女孩被这种奇怪的场面吓坏了，哭了起来，忙被抱了出去。她的哭声很是怪异，低沉粗犷，一点儿也不像文明社会的孩子。

第二天早晨我们越过弗雷德里克王子海峡到达了阿德默勒尔蒂岛西海岸。独木舟脆弱的船身在从海洋汹涌奔来的激流中颠簸上下，像个气泡一样，摇摇晃晃。但我觉得形势并没有看起来那么凶险。只要有条结实的木舟，舵手技艺高超，就可以从维多利亚安全航行到奇尔卡特河。白人来此之前，为了进行海上贸易，印第安人常常要航海1000英里。但我们船上的印第安人对于这个季节航海还是心有余悸。到达目的地之前，他们一再强调，这是我们此行最大的危险。

离岸时，约翰对我说："一到这片宽阔的水域，你和杨先生会被吓死的。"

我愉快地回答："不用担心我们，约翰，说不定是你们那些自称勇敢的印第安人水手先害怕呢。"

托亚特说，他昨天一夜都没睡好，老是想着今天危险重重的旅行。直到绕过加德纳角，进入海面相对平静的占丹海峡时，人们才开始高兴地说笑起来，像群快活嬉戏的孩子。

午后不久，我们抵达了阿德默勒尔蒂岛上第一个呼特赛奴部族村子，受到了全体村民的热烈欢迎。男女老少都赶来岸边迎接我们，小孩子目不转睛地盯着我们，好像从未看到过波士顿人似的。英俊睿智的酋长走上前来，和我们用波士顿人的方式握手，邀请我们去他家坐坐。一帮好奇的孩子跟在我们身后挤了进来，站在篝火旁，像是受惊了的小动物，眼睛眨也不眨地看着我们。两位老妇人摆出要打人的架势，把孩子们轰出了房间，实际却很小心，一点儿都没碰到他们。人们愉快地从圆形房门一拥而入，取笑着妇人们唬人的手势和威胁，这表明村里父母的管束很宽松。事实上，一路走来，我从未见过大人打孩子，连句严厉的责骂都没有。厨师开始准备午餐时，主人通过翻译向我们转达了他的歉意，因为准备招待比较匆忙，这次我们吃不到印第安人的传统食物了。我们当然对他的热情和友好表达了诚挚的谢意。他的兄弟同时带来了十几根萝卜，已经去皮洗净，盛在干净的盘子里。我们把这些生萝卜当作甜点吃了，这种味道让我想起了小时候在苏格兰萝卜地里的宴会。接着有人从角落里拿来一个盒子，里面盛满了牛脂和黄油。他们往盒子里插进一根尖棒，然后又拔出来，带出了一块五六英寸长、三四英寸宽的油脂块儿，后来我们才知道，原来那是鹿背部的脂肪，浸泡在鱼油当中，制作时加入煮熟的云杉和其他树木的根来调味。他们先是去除掉表面像猪油的油脂，然后切成小块儿递给我们食用。这食物看起来白花花的，很有营养。但即使是出于礼貌，我也无法下咽。然而，没人注意到我觉得恶心，我的同伴都将这块稀有鹿脂吃得津津有味，还不时地咂嘴，像是在享用美味佳肴。一些胡桃大小的土豆去皮煮熟后放到了盛有鲑鱼的锅里，就成了一道可口的炖肉菜，看上去很有滋味。有位看起来很严厉、满脸皱纹的老妇人蹲在热气腾腾的锅子旁，一边削着土豆，一边不时停下来飞快地把最好的土豆块喂到蹲在她旁边的大眼睛小女孩嘴里。这一自然的真情流露让老妇人布满皱纹的脸霎时充满了魅力，散发出的慈爱光芒照亮了整个阴暗的屋子。为了表示对我们来访的重视，屋主穿上了一件纯白的衬衫，他的妻子也穿上了最漂亮的衣服，并且给他两岁的儿子穿上了一条体面的裤子，这个小孩似乎是这个大家庭甚至是整个村子的宠儿。黄昏时分，有人传来口信通知村里所有人开会。杨先生像平时一样传教布道，我也被叫上去说了几句。之后，酋长站起来发表了生动的演说，感谢我们的善言，也感谢我们激发了大家的希望，为他们的孩子找个老师。此外，他还表示特别想听我们讲关于上帝的所有事情。

这是位于北部10英里处一个较大村落的小分支，叫作基利斯诺。在普遍采用的父系统治下，每个部落都分成几个家族，由于家族之间的争吵，这一部落的首领便带着族人来到了这个小海湾，海滩刚好给独木舟提供了良好停靠点。汇入港湾的一条溪流中盛产鲑鱼，附近的丛林中还有许多山果、鹿群和野山羊。

这位酋长说："我们在这里享受和平与富足，唯一缺少的就是教堂和学校，尤其是一所为孩子们开办的学校。"他如此仁爱地为部族的孩子们打算，足以表明他是真心爱他们，在为其谋福利这件事上非常睿智，卓有

Admiralty Island
阿德默勒尔蒂岛

洞见。晚上，我们住在了他家，这是我们第一次和印第安人一起过夜，感觉像在自己家一样。他给予小不点儿们的关照点亮了整所房子。

第二天早晨，带着呼特赛奴朋友们的美好祝愿，趁着风和日丽，我们愉快地沿着海岸线起航，希望能尽快领略奇尔卡特河壮丽的冰川。这里到处可见的岩石都是蓝色大理石，被海浪冲击成了大量小浅湾或暗礁。因而岩石优美的截面露了出来，在雨水冲刷和周围迟生的鲜花绿叶映衬下，色彩十分鲜明，为我们消解了不少旅途中的疲劳。这些礁石前的碎石滩上多是大理石，打磨得非常圆滑，其中还夹带着一小部分冰川页岩和花岗岩。

一点半左右，我们到达了位于上游的村庄。这里的呼特赛奴印第安人表现出的情况与下游居民完全不同。离村子还有半英里远时，我就听到了一阵阵从未听过的诡异声响，先是喘息、吼叫和呻吟，然后慢慢变为雷鸣般的咆哮、狂喊和尖叫。要是我一个人来这儿，早就像逃离恶魔一样远远逃命去了，但是同行的印第安人却很镇定地认出了这可怕的声音——如果这也算得上是种声音的话，他们简称为"威士忌咆哮"。随着我们逐渐靠近目的地，这种鬼叫声越发响亮，我劝杨先生不要在村子里随便说话，在这里布道还不如在地狱里宣讲。整个村庄到处都是喝了劣质酒激动不已的人们，这是我生平第一次真正见识到什么叫作"发酒疯"。我们的印第安同伴虽然对这种饮酒风气再熟悉不过，但他们也很犹豫是否要冒险靠岸。然而，杨先生却觉得在这个印第安邪恶之城里至少应该能找到一个正直清醒的人，能够告诉我们究竟发生了什么事。他最终说服我同意靠岸。我们将木舟停在岸边，留下一个船员看守，然后小心翼翼地走上山，来到一排主房前，这些房子在我们眼中仿佛成了一排酒精火山。最大一所房子正对着我们靠岸的地方，大概有 40 平方英尺，由大型木材搭建而成，每块木材都是从整棵原木上砍下来的，与常见房屋一样，只有一个直径为两英尺半的洞口，门是一个大型可旋转木塞，活像是大炮的炮筒。从门洞里露出几张黑黝黝的脸，又突然缩回屋里去了。街上看不到一个人影。最后，一群黝黑丑陋的驼背老人壮着胆子走上街来，瞪着我们看了许久，然后叫来了其他族人，黢黑可怕、醉酒狂热的人越聚越多，我们不由得开始担心他们会像阿洛伟·柯克的巫师一样集体发动攻击。但是，这些人突然又踉踉跄跄地慢慢走了回去。于是，我们趁机大致参观了一下村庄，然后安全地回船上去了。但在我们离开之前，三个老妇人大摇大摆地笑着来到岸边，其中一人认出了托亚特。她曾与托亚特在一次交易中发生过误会，现在她跳着脚咆哮着恐吓托亚特。唯有喝醉酒的印第安人才会如此。而我们勇敢的老船长，冰冷威严，面无表情，挺立在船头，一言不发。与此相反，卡戴珊却被他父亲一个醉酒的朋友热情拥抱得喘不过气，那人坚持要带他回屋。最终，我们安全地驶入了大海，没有让圣保罗记述的海难悲剧重演。从咆哮村出来，大家都拼命划桨，在甜美平静的海面上走了 15 英里后，天黑之前到达了一个美丽的港湾。

这天晚上我们的营地选在了一个狭长海湾的尽头，岸边生长着云杉和铁杉林。我们在一棵直径有 5 英尺的古老锡特卡云杉树下铺开被褥，抬头就是它宽大翼状的树枝。我退后几步，火光中看到的夜景就是这棵大树，在后面漆黑树林的映衬下，低处的松针忽明忽暗，粗壮的棕色树干紧扣着长满苔藓的凸起河岸，边上几英尺内的灌木丛被照亮了，火光在小树枝的顶端跳跃不断。

第二天早晨，我们离开港口没多久，就遇到了一股强风，尽管帆已缩到最小，船在狂怒的海面上还是被剧烈地东拉西扯摇晃起来，很是刺激地疾驰经过灰色的海岬，最终因为害怕翻船，我们降下帆，看到一个小角落便马上躲进去避难。托亚特船长称没有一个印第安人想在这样的天气中行驶，既然杨先生和我与他同行，他愿意继续航行，因为他相信上帝爱他的子民，不会让我们就此死去。

而且，我们还有一两天就到奇尔卡特了，我们只需要直接沿美丽的林恩运河向上，就可到达它河口处的奇尔卡特山谷和奇尔库特河，看到巨大的戴维森和其他冰川。此时我们听说，那里的印第安人经常制造麻烦。我们曾遇到一伙人在小河谷躲避暴风，他们证实了奇尔卡特人的确酗酒好斗，卡戴珊的父亲就是被他们射杀的，在血债血偿的争斗完全平息前，在这片区域航海是非常危险的。于是，我决定西行去探寻锡特卡人查理口中所说的美丽"冰山群"。查理是所有船员中最年轻的一个，他注意到我对冰川非常感兴趣，就告诉我说，当他还是个孩子时，曾和父亲到过一个满是冰川的大海湾猎捕海豹，虽然那已经是很久之前的事了，但他觉得还是能找到去那里的路线。就这样，我们急切地继续穿过占丹海峡，直达艾西海峡南端，充满希望地向新的冰原之地驶去。

我们从艾西海峡南边驶进了一个风景如画的海湾，在那里，拜访了洪那部落的主要村庄。绕过海湾北岸一点，这座迷人的小村庄便映入眼帘。在一群当地居民的注视下，我们渐渐靠近岸边。很明显他们通过判断我们的船只形状和风格，把我们当成了陌生人或是旅行者，说不定还认定船上有白种人，因为这些印第安人视力都极好。离岸边还有半英里时，我们看到酋长房子的桅杆上挂起了一面旗子。托亚特将他带的美国国旗拿出来回应，挂好旗帜后我们就靠了岸。在这里，我们受到了酋长卡什图的迎接，他赤脚光头站在水边，却身着精美长袍，身姿挺拔，庄重严肃，十足高贵。没有哪个白人在这样不利的环境下还能像他一样如此完美地保持尊严。在正式见面致意之后，酋长仍像一棵大树一样直立不动，他说他不是很了解我们，唯恐他简陋的房屋怠慢了我们这些尊贵的客人。我们急忙解释说我们并不是什么贵宾，而且我们对于酋长的热情和友谊充满了感激。他这才轻松一笑，接着带领我们走进了他宽敞的城堡，招待我们上座。按照印第安人的习俗，为避免我们感到疲惫或尴尬，我们先是安静地休息了 15 分钟，没人来打搅询问，随后厨师开始准备午餐，酋长对于无法用波士顿人的方式款待我们表达了歉意。

午饭以后，杨先生照例请酋长召集他的族人开会。但大部分人都在偏远的营地采摘过冬的食物。参加布道会的男女各有二十来人，和一群好奇的男孩儿女孩儿，杨先生还是照旧为他们宣讲福音布道文，托亚特用特里吉特语做了祷告，其他船员一起吟唱了赞美诗。传教仪式结束后，酋长起身说他此刻非常想听听另一位白人头领说点什么。我请约翰转告他，我并非传教士，只是来这儿简单拜访一下，看看他们美丽土地上的森林和山川。他听了我的回答，说想让我谈谈对他们的领土和人民的看法，之前其他部落的几位酋长在类似情况下也是做此要求，于是，我不得不站起来，勉强说上几句。我的讲话主要围绕所有种族人们的关系展开，并且我向他们保证，上帝是爱他们的，他们的白人兄弟姐妹们也正在试图了解他们，为他们谋福利。还说虽然我从未到过此地，但今晚好像是在和多年未见的老朋友们聚会，我会一直记得他们和他们给予我们的慷慨接待。此外，我还建议他们谨记布道者的真诚教诲，要知道这些布道者克己忘我，不求回报，希望能和他们建立深厚的友情，能看到他们幸福。我还告诉他们，在某些偏远的村庄里，印第安人不仅不对布道者报以感恩之心，还要杀害甚至吃掉他们。我希望也深信他的族人会让布道者发挥更好的作用，而不是把他们像鲑鱼一样腌了吃。人们似乎对我的话很感兴趣，不时地用力点点头，"噢，啊"地表示肯定，然后报以微笑。

酋长慢慢起身，静静地站了一两分钟后说道，他很高兴能见到我们，他的心就像刚刚享用完一顿丰盛大餐，我们是第一批屈尊到他这个偏远小山村来的客人，向他的族人讲述有关上帝的一切，他们像是一直在黑暗中摸索的孩子，无比地渴求光明，因而热烈欢迎传教士和教师的到来，并认真聆听宣讲。对于我在演讲中所说的印第安人和白人一样都是上帝的孩子，他深信不疑，还提醒大家这两者之间差异很少，共同点却有许多，比如手、眼睛、腿，等等。他说话时沉着庄重，手势生动自然。他说："秋天我常常在高山上猎捕野绵羊，为了吃到羊肉，用羊毛制作毯子，曾经被暴风雪困在营帐里，直到弹尽粮绝，但等回到家，身体慢慢暖和起来，美美吃过一餐后，感觉就又好了很多。长期以来我的心灵就处于这样的饥寒交迫之中，但是今夜您的话温暖了它，给予了它美好的一餐，现在它精神百倍。"

这些人最显著的特征就是沉静与庄重，换了我们在这种场合，可能会感到新奇和尴尬。即使是小孩子都有着与生俱来的威严，大人叫到他们时才会来到白人面前，对陌生人的祷告和哼唱赞美诗等虽感到好奇，却无比克制。今晚开会时有位老妇人睡着了而且还打鼾，尽管老老少少都忍俊不禁地颤动着身体，但他们仍然强忍着没有笑出来。和这些印第安人在一起竟让我有种回家的感觉，这对我来说是种很美妙的体验。他们举止得体，聪明睿智，懂得运用技能和工具达到自己的任何目标，在我看来，这些人比大部分未受过教育的白人劳动者强得多。在这儿，我从来没见哪个小孩儿受过虐待，甚至连恐吓都没有。在文明社会最为常见的咒骂，这里的人听都没听说过。相反，这里的孩子得到的是温柔的宠爱却又一点儿没被惯坏，极少听到他们的哭喊声。

在洪那酋长家里，土拨鼠是老少皆宜的宠物。它也因此欣然地信任人类，顽皮而又通人性。猫咪也是非常受人们的喜爱，这些原本小心多虑的动物遇到生人也毫不畏惧，由此可见人们对它们非常友善。

酋长对杨先生说，村子里总共有 10—12 户人家，725 人。

第十章

冰河湾发现之旅

我们于 10 月 24 日从洪那部落出发，起航前往导游查理所说的冰山群。据查理说那个大冰山湾里没有木柴，要到几英里外的海峡小岛上砍些木柴，储备在独木舟里，用来生火做饭。但我们最沉的那把斧子手柄处已经裂开了，因此急需买或者换一把质量好的斧子来替代。在岩石参差的阿拉斯加，很难找到把像样的斧子，就算有，迟早也会在不经意间劈到隐藏在苔藓里的岩石上，把刃弄坏。最后，终于有个年轻的洪那小伙子答应拿一把还不错的斧子跟我们交换，再另付他半美元。但我们刚把坏斧子和钱给了他，他又立马朝我们要 25 美分的烟草。这一要求得到满足后，他又开始加码，想再来半美分的烟草，我们也给了他，当他准备再次张口时，查理不耐烦了。我们最终带着来时的破斧子离开了。这是在跟阿拉斯加印第安人打交道中我们遇到的唯一一次可鄙的交易。

大概一点钟的时候，我们抵达了那个树木繁茂的小岛，冲了杯咖啡，储备了很多木头，然后径直驶向冰雪之乡，越走越觉得查理所描述的冰河湾中一棵树也没有实在不可信，因为我们去过的所有小岛都是树木环绕，无一例外。这一观点也得到了约翰、卡戴珊和托亚特的赞同，在他们这辈子的独木舟旅行中，还从没见过不见树木森林的野外。

我们一直向西北行驶，最后到达冰河湾西岸河口附近的一个小水湾时已是深夜。我们就在这荒无人烟的冰天雪地里搭起了帐篷，外面暴风雪疯狂肆虐，无法生火，很是寒冷。黎明时分，我朝四周望望，急切地想确定我们所处的方位，阴沉沉的雨云笼罩着整个山脉，看不到一点儿线索，迄今为止一直为我们提供准确导向的温哥华图纸，现在也失去了效力。我们急于离开，幸运的是，我们刚准备起航就看到一小缕烟从河岸对面升起，刚才还辨不清方向的查理马上欢天喜地地朝那边划去。在一个灰蒙蒙的早晨，我们的突然出现，显然吓到了我们的邻居，就在我们慢慢靠近的时候，一个印第安人朝我们头顶上空开了一枪，厉声吼道："你们是谁？"

我们的翻译喊道："我们是你们的朋友，还有兰格尔堡的传教士。"

这一下男女老少一窝蜂地从房子里跑了出来，等着我们靠岸。其中有个猎人随身带着枪，卡戴珊严厉地谴责了他，义愤填膺地质问他迎接传教士还拿着枪难道不觉得羞愧吗？不过我们很快就建立了友好的关系。不一会儿下起了小雨，他们把我们请入了小屋里。屋子看上去很小，还堆满了油乎乎的箱子和包袱，但居然有 21 位上了年纪的人挤在里面避雨取暖。原来小屋的主人是洪那族海豹猎人，正在为过冬储备兽肉和兽皮。小屋虽拥挤不堪，但通风良好，不过那股强烈的肉腥味实在是刺鼻，和我们在长青树林角落里闻惯了的云杉树味道着实不同。隔着呛人的烟雾，周围一圈都是黑漆漆的眼眸在上下打量着我们，整个场景很是怪异。不过我们很高兴终于能打听到一些消息，当然问了很多关于冰山和那个陌生海湾的问题，大多数都得到了回复，同时这些洪那族朋友也反问了我们很多问题，比如为什么来这个地方，为什么非要快入冬了才来。他们听说过杨先生和他在兰格尔堡的传教经历，但是不明白传教士为什么要跑到这个地方来传教，他要向谁布道呢，海豹和海鸥？还是冰山？它们听得懂吗？于是约翰向他们解释说，探寻冰山的只是传教士的朋友，而杨先生已经为我们去过的很多村子进行过布道了，还说我们心地善良，每个印第安人都是我们的朋友。随后我们给了他们一些米、糖、茶和烟草，取得了他们的信任，他们也就畅所欲言了。听说那个大海湾叫斯塔达喀或者冰湾，有很多大型的冰山，却没有金矿，他们最熟悉的冰山在冰湾河口，也是平日海豹出没最多的地方。

雨仍在下，我却急着赶路，阴云密布的时候尽可能多往前走走，以防天气变得更加恶劣，但是查理却一直惴惴不安，想让一个海豹捕猎手陪我们一起去，因为这里发生了很大的变化。我承诺会给向导一笔丰厚的报酬，而且为了给独木舟减负，我建议卸下大部分很沉的物品留在小屋里，等回来时再取。他们讨论了很久，最终有人答应和我们同行。他的妻子帮他准备好了毯子，一张铺床用的松木条席子，还有一些吃的东西——大多是鲑鱼干，和中间裹着肥油、外面包着瘦肉的海豹腊肠。她随我们来到岸边，带着美丽的微笑说道："你们带走的可是我的丈夫，一定记得把他带回来啊！"

上午 10 点左右，我们出发了。船是顺风行驶，但冰冷的雨水却浇透了我们，分明已经进入了那片荒凉萧瑟草木不生的荒野，却几乎什么也看不见。猛烈的寒风吹着我们快速前行，湿乎乎的独木舟在海浪中起伏跌宕，像艘大船一样庄重。我们的航向偏向西北方，沿海湾的西南边而上，离一片类似大陆的堤岸很近，右手边是平坦的大理石岛屿。快到中午的时候，我们发现了第一座大冰川，后来我将它命名为詹姆斯·盖基，这是一位著名苏格兰地质学家的名字。它那高峻的蓝色峭壁，在云雾缭绕中若隐若现，散发出一种原始的自然力量，让人印象无比深刻，新生冰山的怒吼声使得暴风雨的咆哮更加猛烈。在经过盖基冰川一个半小时后，我们驶进了一个河岸较低的港湾，我本想继续前行，但向导不同意，要停下来扎营，以躲开漂浮的冰山，还把独木舟拖到了岸上。他坚持说我们在天黑前到不了冰湾河口的大冰山，白天在那里登陆尚有危险，更别说晚上了，而这里是途中唯一安全的海港。于是我们驻扎下来，一切收拾停当后，我沿着岸边闲逛了一会儿，查看这里遍地的岩石和朽木。所有的岩石都是最近才经受冰蚀，海平面以下的也是一样，表面依然光滑，没有因为海浪冲刷而变得粗糙，更不用说有很深的划痕、凹槽或是冰川流过的痕迹了。

第二天是周日，牧师希望能留在帐篷中祷告，考虑到天气的因素，印第安人也留了下来。因此，我独自动身去营地上方的山坡上待了一整天，还向北走了走，看看还能发现什么。这可谓是最冒险的一次登山，我不得不在雨雪泥泞中前行，穿过无数条布满鹅卵石的褐色激流，不停地涉水、跳跃，在与肩同深的雪中打滚。在狭小的独木舟中蜷缩久了，衣服日夜湿漉漉地粘在身上，我的四肢有些僵硬麻木。但今天，在关键时刻展现出了在无数崇山峻岭间游走时训练出的灵活性。我爬到了1500英尺高的山脊，这里正好朝向第二大冰川。但乌云完全覆盖了一切，我开始担心这次爬到这里，恐怕什么远景也看不见了。好在最终云层总算上浮了一些，透过它们灰白色的边缘，可以看到一望无际满是冰山的冰湾，还有附近的山脚，五座巨大冰川，威武壮观的冰川峰，最近的一座就在我的脚下。这便是我对冰湾的第一印象：满是冰雪和新生岩石的孤寂荒野，暗淡沉闷而又神秘。我在这片经过艰难跋涉才到达的土地上停留了一两个小时，一边尽力躲开刺骨的寒风，一边用僵硬的手指画出眼前的景致，还在本子上写了几行笔记。随后，再次冲进暴风雪的怀抱，翻过不断移动的雪崩山坡，越过激流，傍晚时分到达了宿营地，浑身已湿透，虽然疲惫，却很开心。

在我喝咖啡吃面包的时候，杨先生告诉我说那些印第安人有些灰心丧气，合计着要回去，怕我若再坚持向更远的地方进发会迷路，独木舟会坏掉，或者遇到这样那样的怪事，最终导致探险失败。他们曾问他是什么理由支撑着我要在狂风肆虐的时候去登山，而当他告诉他们我只是在探索求知时，托亚特说道："在这种地方，这么恶劣的天气下去探索求知，缪尔肯定是个巫师。"

吃完晚饭，我们用朽木生起一团昏暗的火焰，蜷缩在火堆旁，那些印第安人变得更加沉闷了，说话的音调都和风声、水声以及激流的响声相仿，讲述着一些古老伤感的故事：压碎的独木舟、淹死的印第安人以及在暴风雪中冻死的猎人，等等。即便是勇敢年长的托亚特，也被这个地方草木不生的凄凉景象吓住了，声称他的心没那么强大，害怕我们赖以生存的独木舟会突然冲进坚冰，困在里面。而我们的洪那族向导更是直言不讳，说要是我这么喜欢冒险，非要走到冰山跟前的话，他不会再同意往前多走一步，因为一旦海底突然浮起一块冰山，我们有可能会迷路，他们部族中就有好多人遭此厄运。咆哮的寒风似乎吹走了他们的信心。我好不容易置身于如此壮观的冰川聚集地中，他们如若离开，一切就将前功尽弃，出于这种担心我忙向他们保证，说自己在这样的山峦或风暴中已经游荡了十年，一直都是好运相伴，和我在一起，他们什么也不用怕。而且暴风雨很快就会结束，太阳一出来我们就能分辨出路线。只要我们内心虔诚而勇敢，上帝就会始终指引和保护着我们，因此那些幼稚的恐惧真该马上丢掉。我的这番演讲收效良好。卡戴珊热切地说，他喜欢和交好运的人一起旅行；而威严的老托亚特则声称他的心现在又强大起来了，只要我愿意，他会和我一起去冒险，因为他喜欢我的话，非常鼓舞人心。这位老勇士甚至有些伤感地说，即便是独木舟坏了他也不会太担心，因为在去往另一个世界的路上有良友相伴。

第二天清晨仍旧是雨雪纷飞，但是猛烈的南风一直将我们的船向前吹去，也吹开了挡在我们路上的冰山。约一小时后，我们抵达第二大冰川，后来我把它命名为休·米勒。我们沿着海湾向前划去，还上岸对它那宏伟的前壁粗略考量了一番。我们发现制造冰山的部分宽约一英里半，开裂成一大排参差不齐的尖角和锥体，或是平顶塔楼和城垛状，投下不同色调的蓝色阴影，从裂缝和山谷中透出闪着微光的透明浅蓝，到释放冰山的平缓冰壁上最令人吃惊甚至尖叫的近乎耀眼的亮蓝，蔚为壮观。从冰川峰向后几英里的地方，冰川呈系列阶梯状逐渐上升，好像这一部分冰川曾接二连三沉陷到深海当中，而海水在冰川下穿越而过。冰川一直向远处延伸，仿佛逐渐上升的大草原般广袤无垠，而它的支流则顺着费尔韦瑟山间的山坡和峡谷流淌而去。

从这里出发经过两小时的航行，我们到达了海湾的河头，西北部海湾的入海口，最前面就是洪那族人捕猎海豹的地方，两座雄伟的大冰川矗立在这里，一座被称为"太平洋"，另一座叫"洪那"。这个海湾大概有 5 英里长，河口处有 2 英里宽。我们的洪那族向导在这儿储备了些干柴，带到了船上。接着又扬帆起航，在肆虐的狂风中沿海湾行驶，听着它的咆哮："那么，去吧，要是你们愿意，只管去我的冰房子，但你们得在里面待着，我不放你们就别想出来。"这时，海湾上空下起了雨夹雪，山上则飘起雪花，但我们登陆后不久天空就开始放晴。在太平洋冰川峰附近的一块长条岩石上，我们搭好了营地，并把独木舟拖走，好避开冰山或冰山激起的波浪。那些冰山现在都排列拥挤在一起，紧靠冰川的排水口前锋，仿佛狂风早就下定决心要让冰川把它们晶莹剔透的孩子们接回来，乖乖待在家里。

　　当大家忙着安营扎寨的时候，我再次出发，去攀爬一座可以鸟瞰整个地貌的高山。在我快要爬到 1000 英尺的高度时雨停了，云开始从低处升向高空，缓缓提起它们洁白的裙摆，大团大团地在广阔冰河中拔地而起的高山上徘徊，像是给它们插上了翅膀，景象很是壮观。这是所有白色山峰中最高的一座，也是我见过的最宏伟的冰川。为了能够看得更远，我又往上爬了一截，抓紧时间记些笔记，画些草图。这时阳光洒下来，映亮了云层边缘，落在碧绿的海水上，冰山闪闪发亮，广阔的冰川壁水晶般剔透，再加上耀眼无垠的白色冰野，以及时隐时现的费尔韦瑟山那无以言表的圣洁和玄妙，眼前的一切使得整个冰峰荒原有种说不出的纯净庄严。

　　向南眺望，平缓起伏的辽阔冰原从眼前的太平洋海湾一直延伸向地平线的尽头，四处点缀着冰雪覆盖的山脉，山体的一多半都露在外面。海湾中许多大冰川都是从这个宏伟的冰原中喷涌而出。这是个教科书式的例子，一座普通冰川在日光未照进荒野时就覆盖了这里的山丘和峡谷，不仅如此，还创造出了冰川必有的典型地貌特征，假以时日，阳光便会融化这些精雕细琢的冰原，这片土地会变得温暖如春，硕果累累。往西望去，可见的景色比较有限，这边几乎全是宏伟壮观的费尔韦瑟山，最高峰拔地而起，耸入云端，格外美丽，足有 16000 英尺。这座雄峰从山脚到山顶，无论山尖还是分水岭都是洁白无瑕的，仿佛画出来一般。看上去雪花在那样陡峭的山坡和绝壁上根本存不住，除非湿了之后粘在山上，然后结冰冻在那里。但这里的雪当初一定不仅仅是潮湿，而是像暴风中漂浮的尘埃一样一粒粒固定在了山上，这样一来，雪不只是黏附在陡峭绝壁，还存留在了厚厚翻转的雪檐上。太平洋冰川从这片宏伟的山脚下横扫而过，无数瀑布支流汇聚其中，最后从两个入海口流入顶端的海湾，将海口一分为二的是某个小岛上的岩石前壁，足足有 1000 英尺高，1 英里宽。

我手舞足蹈地跑下山回到宿营地，心情就像日光下的冰川一样明媚欢快。那几个印第安人正围坐在旺旺的篝火旁，高兴劲儿十足，因为我们已经安全抵达最远的地方，持续很久的阴沉黑暗和暴风骤雨也消散殆尽。那天晚上，霜冻的天空中挂满繁星，显得格外柔和平静，生机勃勃，而冰山的轰鸣声又是如此振聋发聩，不断旋转膨胀，在一片庄严寂静中响彻天边。我激动万分，久久难以入睡。

第二天天刚亮，我们便穿过海湾，登陆到将大冰川壁分成两半的岩石南岸。长着胡须的海豹时不时从冰山之间的空隙探出头来，约翰、查理和卡戴珊端枪射去，我阻止不了他们。不过幸运的是，根本没打中几只。印第安人留下来看守独木舟，我则设法在冰面和裂开的岩石之间砍削了大量阶梯，由此爬到了冰壁顶端，站在这里，冰川的全貌一览无余。我找到一个绝佳落脚点，下到了侧面 50 英尺的地方，冰川剥蚀雕刻的过程尽收眼底。我往后退了几步，发现这里的冰面开裂，呈下陷阶梯状，跟休·米勒冰川一样，好像由潮水运动侵蚀而成。河流般的冰洪在 15 英里到 20 英里开外都是平缓的，退潮时，海水就会随之涌入，形成一大片海湾，和朝着南部远方大陆延伸而去的那些水流特点相仿。曾几何时，很多大冰川都在这里奔流入海，但现在几乎痕迹全无。因而，在这座冰原上，海域持续扩大，沿岸的海滨景色变得愈发多姿多彩。将冰川分割开来的岩石壁约有 1000 英尺高，很难被冰川包围。不久前它还在宽阔的冰面下至少2000 英尺，如今这种气候条件很快就会将其完美打磨成海湾中央的一座冰川岛，就像其他千千万万宏伟的岛屿一样。它从冰凌中浮出，生动展现了一种地貌的典型特征。在这种情况下，是冰川在孕育，从而山脉得以降生。

洪那冰川从南侧流进海湾，在太平洋冰川下游不远的地方，形成一片宽广漫长的区域，许多峰峦高耸其上，但挤进海湾里的冰川前壁却远不如太平洋冰川那么有趣，而且我也没看到有任何冰山从这个冰川中流出。

夜幕降临了，在目睹了巍峨的山峰和冰川风景如何揭去神秘面纱、沐浴在倾泻而下的阳光洗礼之下后，很难再想象大自然中还会有什么比此更为精妙。然而，与第二天早晨到来的一切相比，这些简直不值一提。黎明时分平静如常，没有任何不同寻常的征兆，霜冻的晴空和深邃压抑的沉寂还算让人难忘，新生冰山的轰鸣一起，四周显得更是寂寥空旷。我们正处于海湾悬崖的阴影下面，因此根本没看见日出。但研究进行到一半，那几个印第安人准备再次出发时，我们被费尔韦瑟山脉最高峰上一道突然闪现的红光震惊了，真是无比壮丽，世间罕见。红光并没有像来时那样再次突然消失，而是不断扩散蔓延，直到整座山脉甚至冰川边缘都笼罩在这美丽至极的天火之中。起先是栩栩如生的深红色，浓重蓬松，像朝霞一样美丽，却有着难以言表的丰富和深邃——根本不是衣服颜色，或者害羞、开花时的绯红，也不像通常人们在岩石或冰雪上看到的红光那么简单，每一座山看起来都由内而外燃烧着，像刚从熔炉中取出的灼热金属。我们安静地站在海湾霜冻的阴暗处，心怀敬畏，凝视着眼前这神圣的景致，即便有幸看到天门打开，上帝显灵，我们也不会像现在这样神经紧绷。随后最高峰开始燃烧起来，尽管也一样辉煌，但似乎并非沉浸在日光中，而是一头扎进了太阳的怀抱。后来，这团神圣的天火渐渐下沉，在它和下面冰冷阴暗的世界之间划出了一条轮廓清晰的分界线。一座山峰接着一座山峰，连同它们的山尖、山脊以及瀑布般层层叠叠的冰川，渐渐沉浸在了这神圣的光晕之中，最终，所有这些身材伟岸的自然界主人们都变得容光焕发，沉默着，若有所思，似乎是在等待上帝的降临。我孤身一人曾在加利福尼亚山脉群峰之中看到过黎明时分昏暗的白色日光，在我看来，这些便是上帝存在的最好证明。但这里的山脉本身就散发着神圣的光辉，以这种方式宣告着上帝的荣耀，着实让人难忘。我不知道我们凝望这一景致究竟有多久。终于，这一辉煌画面逐渐消失了，千百种颜色由深及浅，不断变化，最后成了淡黄和乳白，冰天雪地的世界又恢复了往日的繁忙与美丽。海湾中海水碧波荡漾，闪闪发光；冰河伴着微风，载着冰山向前奔流；素净的白光和七彩虹光照在冰山形成的无数平面镜和棱镜上，照在冰川水晶般的冰壁上，而群峰上珠宝般的冰雪也闪闪发亮，隐隐约约露出幽幽的蓝光，显得祥和而威严。我们也加入了队伍之中，同流淌向前的冰山一起出发，在这一片冰天雪地之中似乎仍飘荡着"荣归主颂"的圣歌，听得我们激情澎湃，对一切未知的命运都做好了准备，觉得不管未来等待我们的是什么，至少在这一壮丽清晨我们所收获的宝藏就足以让我们此生难忘。

当我们到达海湾的入海口，绕过像守卫一样矗立在北边入口的宏伟花岗岩海岬时，发现了另一座大冰川坐落在海湾北部支流的河头，后来命名为"里德"。我们继续向前驶入这一支流，发现这里不仅到处都是冰山，而且冰山之间又结上了新的冰层，迫使我们不得不返航，尽管此时距冰川峰的出口仅有数英里。虽然未能踏足这片宏伟的冰川，但还是能很好地观赏它，于是我让划船的那几个印第安人停下来，好素描下它的主要特征。接着我们又向东北行驶了几英里，看到了一座更大的冰川，就是现在的"卡罗尔"。但这座冰川流入的海湾同上一个一样结满了厚厚的冰层，根本无法靠近。因此我们只能满足于慢慢划着船，到离冰川三四英里的地方，粗略看看，描画个概貌。冰川后面和河口两侧的山脉都被雕琢得千姿百态，十分夺目，侧峰和冰墙比比皆是，一座底部宽阔圆滑的圆锥形山体尤为壮观，位于排水口处的冰川墙后仅一两英里远的地方，在滚滚洪流中格外显眼。

现在，我们开始改向南行驶，沿海湾的东侧海岸前行，走了一两个小时，一个相对较短的海湾河头，发现了一座二等规模的冰川，这里虽已入冬，但海湾还未关闭。我们从此处登陆，背朝千疮百孔、不断萎缩的冰川峰，在高低不平的鹅卵石河床上爬了约一英里远，虽然冰川峰下降到了海平面的高度，却已经不再产生冰山。因为不定期融化从废弃冰川峰上分离出来的大块冰层部分掩埋在了泥土、沙石和冰碛岩下。通过这样的保护，这种化石冰山可以多年不融，有些甚至能存留一个世纪或更久，一般可以从长在冰山上方的树木年龄来判断，但这里没有树木。最终融化后，由于上面所覆盖的冰碛石材料逐渐塌陷进入最初埋藏冰层的地方，于是一个有着斜坡的深坑就此形成。这样就在漂流地带形成了怪异的洼地，也就是所谓的"锅穴"或者"洼地"。同时，我们也能从这些腐蚀冰川中学到有关岩石或是岩石河床形成的许多有趣知识，这对于冰蚀荒野的景色、兴盛和肥沃都有着深远的影响。

我们沿着海湾向下走了三四英里，来到另一座峡湾，继续向前行驶，希望能找到更多的冰川。这座峡湾随后一分为二，我们在每个分支都发现了一座冰川，都未曾接触到潮水。虽然冰原看起来富饶充盈，但它们已经进入了衰落的第一阶段，如今，由于融化和蒸发而产生的荒地比冰原储备的冰块还要多。我们选择了北部支流那一座冰山，爬过褶皱的冰壁，冰川的主流和一些分支，以及海峡两岸壮美的灰白色悬崖都一览无余。

接着我们又沿着入海口南面的分支继续向前行驶，但是由于这里刚刚冻结的一层冰盖很薄，我们无法抵达冰川附近。我们用帐篷柱为独木舟开辟出一条小路，往前走了一点。但因为速度太慢，很快就意识到天黑前我们根本到不了冰川。尽管如此，我们还是有机会好好欣赏一下它的景色，看它从高约三四千英尺的约塞米蒂式巨石入口奔流而出。我们一直在这里凝望冰川，速记下眼前的景象，一直逗留到日落才返航，在峡湾分支间的鹅卵石河床上扎了营。

我们捡来许多枯木，吃完晚饭后生起一大堆火，围坐在篝火周围。明亮的天空引得那些印第安人就星辰这一话题谈论了很久。和那些死气沉沉的城镇居民相比，他们天真热切的眼神显得格外清新，而城镇居民对自然的好奇心早已被辛劳、忧虑和舒适的生活消磨得无影无踪。

睡了几个小时后，我偷偷从帐篷中溜了出来，开始攀登位于两座冰川之间的山峰。地面已经结冰，征服陡坡真是难上加难。但是星光闪烁下冰封的海湾却是异常迷人。要是将如此美妙的夜晚浪费在睡眠中，实在是太可惜了。那晚的星光璀璨明亮，不仅满是冰山的海湾清晰可见，就连冰川下游的大部分也看得真真切切，淡淡的，如精灵一般躺在山峦之间。离我最近的冰川尤为醒目，它的光芒似乎是自身散发而来。之前我倒是也能在这漆黑一片的夜晚轻易分辨出大型的冰川，但在这座冰封地冻的山顶上，置身于晴朗而寒冷的夜晚，一切都或多或少泛起光芒，而我似乎静止在了两片同样明亮的天空之下，广阔无垠的空洞之中。这次令人愉悦的攀登让我愈发坚定，在度过一个美好的清晨后紧接着又是这样一个壮丽的夜晚，我很高兴自己又有了做研究的欲望。

我赶回宿营地时刚好赶上早饭。天色大亮后，我们整理好行囊再次踏上了征程。这个峡湾差不多一直到河口处都结了冰。虽然冰层很薄，并没给独木舟的破冰工作带来麻烦，不过我们深知现在这个季节还在这种水域中探险是多么不合时宜。我们很可能会被一堆冰山围困，因为它们之间的水域很快就会冻住，将那些浮冰连成一片。正如我们的洪那部族向导苦口婆心警告的那样，不管多么奋力地挥舞手中的斧子，要拽着独木舟穿过这样的浮冰几乎是不可能的事情。我本打算从这里直接驶向海湾，但是要送向导回家，我们留在树皮小屋中的粮食也要运到船上来。因此，我们小心翼翼地在冰山之中挖出来一条道，又回到了星期天为躲避风暴搭建的营地。这回我们发现海岸上到处都是新近漂来的各种冰山，原来是涨潮时搁浅到这里的。它们排列成一条曲线，在灰色的沙滩上看起来格外清晰纯净，阳光透过冰山倾泻而下，让人不禁想起了新耶路撒冷铺满宝石的街道。

我们在沿海岸线行驶的途中，仔细观察了美丽的盖基冰川前壁，之后放眼远眺，第一次到了后来命名为"缪尔"的那座巨大冰川，这是我们见到的最后一座大冰川。初次进入海湾时的风暴天气将它遮了个严严实实，而这一刻它却极为清晰，像草原一样广袤无垠，无数支流朝向冰雪覆盖的源头一直延伸到远方，把它的财富与资源都华丽地展示在了人们眼前。我非常想不顾一切去探个究竟。但是冬天来了，冰川前霜冻的峡湾是无法逾越的障碍。因此我不得不止步于此，仅仅在远处勾画研究了它的主要特征。

当我们回到洪那部族的捕猎营地时，男女老少都围过来迎接我们。在这个帐篷附近，我详细记录下了草木丛生与采伐区域的分界线。这里许多山都只是局部采伐，空地和植被区之间的界线非常明显。土壤和树木都是从陡坡上滑落而下，因此森林边缘看起来很原生态，凹凸不平。

在海湾的入海口处，一群冰碛石小岛表明，占据海湾的主冰川曾滞留

The Muir Glacier in the Seventies,
showing Ice Cliffs and Stranded Icebergs
17 世纪 70 年代的缪尔冰川，冰崖和搁浅的冰山

于此一段时间，将小岛上的物质沉积成了冰碛石。大多数海湾都没有填满的现象透露出冰川在此逗留后，消退速度相对变快。冰川主干的水平部分占据着大部分海湾，并没有像有斜槽的内陆冰川那样，在逐渐萎缩和消减，而是步调一致地从表面均匀融化，直到冰川变薄，足以漂浮起来。当然，随着每一次潮起潮落，温度通常比冰点要高很多的海水会在冰面下进进出出，引起下部冰层表面迅速损耗，而上部冰层则被气候所消耗，直至这些大冰川的海湾部分变得相对薄弱，最终破裂，几乎同时消失。

毫无疑问，冰川湾还很年轻。温哥华图表仅仅绘制于一个世纪前，总的来说，极其准确可靠，却找不到冰川湾的半点踪迹。因此，情况很可能是，当时整个海湾都被一座冰川侵占，而之前提到的所有冰川，虽然宏伟，也不过是它的支流罢了。在温哥华到访之后，萨姆达姆海湾又发生了一个翻天覆地的变化，他所绘制的图表中的主冰川长度如今已经消减了 18 英里到 25 英里。查理当时还是一个小孩儿，他说这个地方变化得自己都快认不出了。众多小岛冒了出来，而无数冰面消失得无影无踪。正如我们看到的那样，冰川的不断衰退使得冰湾仍在延伸。整个峡湾和水道系统在冰川作用之下汇入大海，这一点我确信无疑。

傍晚 6 点 30 分左右，我们回到了当初补充燃料的小岛搭起帐篷过夜。回顾在斯塔达喀停留的短短 5 天，我们环绕它航行了一圈，除了最大的冰川未能接近外，探访并临摹了 6 座冰川，但我只登上了其中 3 座——盖基冰川、休·米勒冰川和大太平洋冰川。在这样的晚冬时节，冰封的海湾使得它们难以企及。

第十一章

奇尔卡特人的家园

10 月 30 日，我们拜访了在鲑鱼集中的河口安营扎寨的一群洪那人。我们曾和他们中的一些人见过面，他们非常友好地接待了我们。我们发现奇尔卡特也是个和平之邦。之前对这里的流言尽是些夸大的不实传说。这里的印第安人营寨里堆满了食物，主要有鲑鱼干，为了便于携带，或是运回村庄，它们被成捆地绑在一起；还有几袋鲑鱼苗、几箱鱼油、大量山羊肉和几头豪猪。他们赠给我们一些鲑鱼干和土豆，我们将烟草和大米赠送给他们作为答谢。大概下午 3 点，我们到达了他们村庄里最大的房子，也就是酋长的家。走进房子时看到家人们正忙着酿制威士忌酒，一见到我们这些客人，他们立即不好意思地把制酒用的蒸馏器和糨糊似的麦芽糖藏到一边了。按照惯例，先是一番寒暄，然后他们开始因为无法提供波士顿食物而向我们郑重致歉，还询问我们是否吃得惯印第安食物。大概六七点钟时，杨先生表明了他的来意——举行一个简短的礼拜。酋长慎重地做了回应，说能够有老师来教导他们这些无知的族人，他从心底感到高兴，这也完成了他之前希望族人能更好地生活的夙愿，承诺从今以后都会按照白人老师的教导做事，不会有任何异议。因为空气中弥漫的酒香，这一切似乎顺利得有些不真实。对我们千里迢迢的到来，他再三表示感谢。他还埋怨说，克罗斯比先生派来传教的辛普森港印第安人曾为他做了一块寓意幸运的木板，并且帮他钉在了门上，但现在他们居然想把它带走。杨先生承诺，如果木板真被取走会为他再做一个新的。既然他刚才说愿意听从教诲，希望他们不要再过多酿制威士忌酒了。可是酋长却避而不答，又开始为即将失去的那块宝贵的木板抱怨起来，认为辛普森港印第安人太小气了，但他不会再计较，反而希望他们能够尽快拿走，因为他很快就会获得一块来自兰格尔的更好的木板。虽然传教士想尽办法，但是酋长的注意力还是不在讨论威士忌这件事上。钉在门板上的幸运木板约有 7 英寸长，上面刻着："上帝会保佑顺从他的人们。每天清晨醒来后或是晚上入睡前都要感谢上帝的赐福，阿门。"

酋长承诺以后会像白人一样，每天清晨做祷告，好好安葬去世的人。他说："我以前很想知道人死后会去往哪里，现在终于找到答案了。"最后他终于承认了威士忌酒这事儿，对于我们当场看到他们做这一不光彩的勾当感到很抱歉。这里的人们行为非常得体，甚至是围坐在火堆旁的孩子们也是如此。当我们唱起他们从未听过的赞美诗时，没有人发笑。他们像聪明好奇的野兽一样瞪大眼睛。酋长的小女儿歪着头，眼眸中闪烁着光芒，真是一幅有趣的图景。另外还有个人，眼睛向上翻着，似乎是对那些关于上帝的怪言怪语有了一知半解，很有可能会被错认为是拉斐尔笔下的天使下凡。

酋长的房子大概有 40 平方英尺，是那种常见的堡垒房，但建造得更为结实，收拾得也更干净。偏房门的镶嵌装饰整齐利索，所有木材都用又小又窄的印第安扁斧雕琢成了各种形状。为了避免那些小昆虫的骚扰，我们把帐篷搭在了海滩附近的一处草地上，这可惹恼了卡戴珊和年迈的托亚特，他们说："如果你们真的要在奇尔卡特这么做，我们会为你们感到羞愧的。"我们赶忙向他们承诺会吃印第安人的食物,像善良的奇尔卡特人一样行事。

第二天早晨,我们迎着凛冽的顶头风直奔奇尔卡特。因为紧沿海岸,卖力划船,我们两三个小时就走了 10 英里。这时海上忽然风浪汹涌,潮水向我们扑来,很难继续前进。于是,我们躲进了林恩运河西边几英里处的一个小海湾。在那里,我发现了许多长势良好的黄桧,这里的黄桧大都体型矮小,高的也只有 75 英尺到 100 英尺。低垂平坦的树枝像羽毛一样悬挂在空中,让整棵树看起来稀疏单薄,轻盈飘逸。在沿途的树木上几乎都能看到印第安人砍伐过的痕迹,他们用这些树编制草席,铺设房顶,搭造临时的木棚。他们会选择五六英尺长、两三英尺宽的树木,将它们磨平,还在末端将它们和几条细木头牢牢绑在一起,以免木头弯曲或是开裂。他们通常将绑好的木头带到木舟上,几分钟就能搭建一个防雨的木棚。沿岸一路走来,我看到的每只船桨都是由这种轻巧结实的黄色木头制成。黄桧树生长速度较快,喜欢沼泽和长满苔藓的地方。至于沼泽是否因为它的网状树根而形成,我还无法确定。

我们看到运河对面有三座冰川,几乎沉降到与海平面齐高,还有许多小冰山已融化到了树木线。我正临摹这些冰山时,一只木舟乘风飞快地向我们驶来。船主是洪那部族男人,带着他的妻子和四个孩子刚从奇尔卡特返回。因为急于想打听消息来拜访我们。他坐在船尾掌舵,臂弯里抱着一个正在熟睡的孩子,还有一个孩子躺在他的脚畔。他告诉我们在他动身离开前,锡特卡·杰克已经到奇尔卡特去了,他想在那里举办一场盛大的宴会,届时,那里的威士忌将会像水一样流得到处都是。杨先生和我对于这件事都感到很担心,害怕酒精会对托亚特这位老舵手产生不良影响。虽然大家都不喜欢在夜间工作,但晚上 8 点 30 分潮汐转向后,我们开始继续航行。船员们自然希望遇到顶风时能待在营帐里，但无论现在的风浪有多大，他们倒不介意晚上加班来弥补白天落下的路程。于是由卡戴珊、约翰和查理划桨，托亚特掌舵，我偶尔也会帮帮他的忙。风渐渐小了，最后平息了下来，我们6小时内前进了约15英里，之后潮水再次转向，海浪翻腾，还下起了雪。我们赶紧驶入伯尔尼湾对面附近的一个海湾，已有3个奇尔卡特家庭在那里安营，听见我们靠岸，他们大声喊着让我们报上名来。我们到他们的营帐中去打听消息。原来这些人是印第安猎户，他们说在距离海湾尽头几英里的地方有很多野山羊。我们会面大概是在凌晨3点，时间未免太早了一点儿，但是对于印第安人来说，只要是有值得说的话、值得做的事，这种情况下他们一般不会拒绝或是发怒。4点时，我们已经搭好了帐篷，还生火煮了些咖啡，此时外面雪越下越密。托亚特因为这一晚的工作而闷闷不乐。他本想提早一两个小时靠岸，但直到开始下雪，我们才想要尽快找个地方安营，他却把船开到运河中央，冷冷地说了一句"这大浪还真是不错"。最终在我们的要求下他还是把船开了回来，不过却在第一时间教训了我们一顿，告诉我们如果想赶路就要早点儿启程，别像个贼似的在夜里航行。

睡了几个小时后，我们又启程了，仍是顶风，海浪汹涌。只航行了12英里，大家就累得筋疲力尽，忙选择了一个堆满岩石的角落扎营。在这里我们发现了一个洪那部族人家的树屋，房子旁边放着他们的独木舟。这家人送给我们许多东西，有马铃薯、鲑鱼、满满一篮浆果、鱼卵及类似鱼油之类的动物脂肪，我们津津有味地吃了起来。

第二天早晨，阵阵清风从南面吹来，不出几个小时便可以到达奇尔卡特，那天恰逢礼拜日，对我来说，礼拜也可以这样做：坐在木舟上，祈求上帝赐予和风吹拂我们上路。但不幸的是，上帝不肯给予我们和风。天下起了雨，乌云低垂。这里的树木长得出奇的好，又高又直。我发现有三四棵铁杉被闪电击倒，这是我在阿拉斯加发现的第一例。有些树从风化开裂的岩石中间长出来，样子极为别致。还有古老的橡树，叶子浓密，枝条像厚厚的羽毛一样平层簇生在一起。

周一天气晴朗，却刮起了大风，行舟因而变得枯燥乏味，异常艰难。我们沿途经过了很长一段大理石悬崖，很是美丽，几挂欢快的小瀑布使这里变得生机勃勃。中午时分，著名的奇尔卡特或叫戴维森冰川映入眼帘，宽阔洁白的洪流奔涌二三英里高，汇入运河之中，煞是壮丽。我本想在瀑布边安营扎寨，但顶风把我们搞得疲惫不堪，不得不在离它还有 6 英里到 8 英里远的地方停了下来。最后我们在西面一座岩石小岛上一个狭窄的小河谷里扎营。我在岩石和丛林中走来走去，想寻找一块平地铺床，这时，我看到了一块人骨。同行的印第安人对此毫不吃惊，解释说这是奇尔卡特奴隶的骨头。印第安人从不土葬或火葬奴隶的尸体，而是随意把他们丢得到处都是。仁慈的大自然会用地上的苔藓和落叶掩盖好这些尸骨，现在我怀着同情之心将这块骨头掩埋起来。

早晨风和日丽，我们顺水滑向著名的冰山地带。大约一小时后，我们来到了冰山前面，看到它水晶般晶莹剔透，十分壮美，从山顶的源头倾泻下来，蔓延成三四英里宽的巨大扇形，四周是边缘长满树木的冰碛。虽然这个冰川体型庞大，但很久以前就已经不再制造冰山了。

奇尔卡特部落是所有特林吉特部落中最有影响力的一支。整个旅程中，每当我谈到我们拜访过的其他部落的特色时，船员们总会说："那当然，他们都是很棒的印第安人，不过你还没见过更有趣的奇尔卡特部落。"现在我们离他们下游的村子还有五六英里，这时我的同伴们要求给他们些时间来准备一下，因为马上就要见到他们最强劲的对手了。他们带着箱子从冰碛上了岸，这些箱子自我们离开兰格尔堡后就没打开过。现在，他们坐在岸边的鹅卵石上，互相整理头发，仔细梳洗，还喷洒了些香料，从头到脚都换了新装，甚至穿上白衬衫、新靴子，戴上新帽子，还打了颜色鲜艳的领结。在他们换装时，我到灌木丛生的宽阔冰碛上走了一圈儿，回来时，差点儿没认出他们。杨先生也换了套衣服，我没带任何正装，于是就把刚在冰碛上拾到的一根雄鹰羽毛插在了帽子上。穿戴整齐后，我们便出发去拜访高贵的特林吉特部落。

离村庄还有几英里时，就有人发现了我们。进入河口时，一位传信员向我们招手致意，酋长派他来了解我们的身份，以及打扮如此隆重来这里的目的。

"来者何人？"他的喊声很大，远远就能听清楚。"你们叫什么名字？来这里想干什么？"

听到我们的回答后，他便把信息大声传给另一名传信员，那人正在离这里四分之一英里远的岸边站岗，他又传给另一个人，消息像活电话一样传来传去，最后传到安坐在炉火边的酋长耳朵里。之后，村民们向我们行礼鸣枪以示欢迎，子弹在头顶上呼啸而过，让我们很是不安。刚要在村边靠岸，便有一位威严的男子走上前来说：

"酋长派我来迎接你们，并询问你们逗留期间，他是否有幸能够请你们住在他家里？"

我们当然回答说："能受到这样一位著名酋长的招待，是我们莫大的荣耀。"

随后，这位传信员命令他身后的几名奴隶将我们的木舟拖到岸边，把我们的食物和铺盖一同送到酋长家，再把木舟抬到河边浮动冰川碰不到的地方。在一旁等待时，我看到有许多小孩儿在我们登陆附近的草地上嬉戏，他们赛跑、射箭，在冰河里蹚水，除了偶尔偷瞥几眼，似乎根本就不关心我们的存在。一切就绪之后，传信员带着我们来到了酋长家，屋里已经为我们准备好了贵宾席位。

老酋长赤脚坐在炉火旁，身穿一件白色印花衬衫，披着一件袍子，俯视着地面，我们一一弯腰上前和他握手，但他始终没有抬头。就座以后约15分钟的时间里，他丝毫没有看我们一眼。酋长的家人，有男有女还有孩子，也像往常一样该做什么做什么，好像根本不知道有陌生人到来。他们认为应该给客人些时间来理清思路，准备要表达的信息，而在这之前盯着访客看或是和他们攀谈都被视为不礼貌。

安静地度过了礼节性的片刻之后，酋长慢慢抬起头，环视了一下来宾，接着又低下头，最后终于开口说道："我有些不知所措，平日里，当有宾客到来时，考虑到他们可能会感到饥饿，我们通常会提供食物，我本来也打算如此，但想到你们白人平时吃的食物都比我们好，又有些不好意思这么做。"

我们立即回应说，能得到像他这样一位著名酋长的盛情款待，我们感到非常荣幸。

听了我们的回答，他抬起头来说："那我就放心了。"或者，照我们的翻译约翰的话来说："酋长现在感觉舒服多了，他说他感觉好多了。"

接着他吩咐家人给宾客上菜。一个管家模样的年轻人从房间的角落里站起来，监管一切事宜，命令奴隶们赶快准备一桌好饭。有人从地窖里拿来最好的马铃薯洗干净，有的走出去摘了一篮浆果，有的去烤制鲑鱼，其他人则留下生火，向湿柴上浇油，以便让火更旺。很快一桌丰盛的饭菜就准备好了，递到了每个人手中。第一道菜是马铃薯，第二道菜是鱼油鲑鱼，接着是浆果和玫瑰果。随后管家报告说："一切就绪！"然后就走开了。

接下来，老酋长向我们提出了各种各样的问题。他很好奇戴维森教授一两年前究竟在村子的后山上做了什么，他对着太阳奇奇怪怪地鼓捣了一阵，大白天太阳就变黑了，我们尽力给他解释什么是日食；他还想知道为什么潮水一天之间有涨有落，我们就用吸铁石可以吸住铁块的例子给他解释，潮水的涨落是由于太阳和月亮对海洋的吸引力的变化所引起的。

杨先生像平日里那样说明了来意，并询问是否傍晚可以将大家召集起来听他布道。于是酋长要求所有人都要沐浴更衣，准时盛装出席。这次约有 250 人参加，杨先生向他们宣讲了教义，托亚特带头做起了祷告，卡戴珊和约翰唱起了赞美诗。布道结束时，酋长发表了一个简短的致谢演说，还邀请我致辞。这次我还是拜托翻译向他们解释我此行的目的是来参观村庄、冰山和山林，等等，想把演讲推辞掉，但没有成功。说也奇怪，我喜欢的这些东西看起来似乎和传播福音一样有趣。我不得已简短地说了几句，讲到了上帝赐予他们物产丰富的领土，及部落之间的兄弟友爱，与我在其他村子里的演讲内容大致相同。在这儿一共举行了五场类似的布道会，有两场在白天举行，和这些热情而又好客的朋友们待在石屋里，让我们有了宾至如归的感觉。

在最后一次布道会上，一位看起来受人尊敬、头发花白、额头爬满皱纹、长着大大的鹰钩鼻、肤色较浅的老人慢慢地站起来，发表了平生第一次演说。

他说："我已经老了，但是能听到你们说的这些新奇事物还是感到很开心，你们所讲的很可能是真的，因为还有什么东西比鸟儿在空中飞翔更加美妙呢？我一直记得遇到的第一个白人，那是很久很久以前了，后来我又见过很多白人，但直到今天，才真正感受到白人的内心。在此之前我见

到的所有白人都只是想从我们身上得到好处。他们想要兽皮却把价格一压
再压，只想着为自己谋幸福而忽视了我们的利益。可以说，我这辈子只有
今天真真切切地听到了白人的心声。以前我每次和白人商人或是淘金者交
谈时，都仿佛是在跟站在一条大河对岸的人谈话一样，水流湍急，撞在石
头上发出巨大的噪音，根本听不进去他们在说什么。但是现在，这是第一
次印第安人和白人站在河岸的同一侧，四目对视，将心比心。我一直很热
爱我的族人，尽我一切所能教育帮助他们。从今以后，我会安静地听传教
士布道，因为他比我更了解上帝，了解我们死后即将前往的那个地方。"

布道结束时，念完了最后一段经文，印第安酋长和首领们也讲话完
毕，许多副首领便开始讨论起来。杨先生急于想知道他的布道究竟起到了
什么效果，于是便请约翰去听听他们都在说些什么。

约翰回来后说："人们都在谈论缪尔先生的演讲，认为他懂得如何谈
话，比布道者说得好多了。"托亚特也开玩笑说："杨先生，看来你的朋友
比你能说啊！"

之后在讨论派遣传教士和教师事宜时，酋长说他们想要我来，并且还
诱惑我说如果我同意的话，他们会一切都听我指挥，遵循我的建议，到时
我想娶多少妻子都可以，还会建造一座教堂和学校，为了我，他们还可以
将路上的石头都挖走，确保路面光滑平坦不会硌伤我的脚。

这个部落的人正打算远征呼特赛奴部落，一个奇尔卡特妇女喝了呼特
赛奴人供应的酒后死掉了，因此他们要去那里收取毛毯作为赔偿，或是让
他们掏抚恤金。如果对方拒绝，他们就会大打出手，为此一位首领想让我
们为这次出征做祷告，祈祷所有人都能平安归来。在恳求我们能够赞同他
们出征的行为，并且保证尽量避免引起流血事件后，他请我们帮这个忙。
语气非常自然真挚，态度淡定，外交官一样极尽文雅高明，却又没有丝毫

做作。年轻的首领一直站着跟我们说话，年迈的首领则坐在地板上。而其他人则一声不吭，只是不时地点头或耸肩表示赞同。

布道会一天两次，每次房间里都爆满。有的人甚至爬上房顶趴在烟囱口旁边听布道。虽然我每次都推辞发言，但最终都不得不讲上几句。我一共做了五次演讲，观众们都听得津津有味，尤其是当我讲到白人的种类和动机，他们善良得体的举止以及陌生人到访时会让来客感到宾至如归，等等。

酋长有一个奴隶，是个年轻貌美的小女孩，总是在他身边等候吩咐，为他烹制食物、点烟斗，等等。她做这些事没有丝毫怨恨的情绪。早晨，我们起身准备返航时，约翰无意中听到酋长告诉那个女孩儿，等兰格尔的老师来这儿后，他会把她打扮得漂漂亮亮的，送她去上学，还会像对自己的女儿一样待她。到目前为止，奴隶还是归特林吉特最富有的人来支配。先前，很多奴隶都是盛大场合上祭祀用的牺牲品，比如新房子的落成或是一根图腾柱的竣工。卡戴珊让约翰去拿来一对白毯子披到坐在火炉边的酋长肩上。这件礼物的赠送没有任何仪式，连句话也没说。酋长几乎看都没看那两条毯子，只是用手捏住一角，好像是在掂量羊毛毯的质地。托亚特曾是名战士，是奇尔卡特人的宿敌，但自从参加了教会，他希望能够忘记过去的仇恨，大家都能够友好和平地相处。不过，很明显，对于骄傲好战的奇尔卡特人是否会接受他的友善之举，他一直心存疑虑，所以当我们离村子越来越近时，他也越来越沉思不语。

"我妻子曾说，我的旧敌一定会杀了我。但是，没关系，反正我也已经这把年纪，早晚是要死的。"他经常心有余悸地说。当为此苦恼时，便把手放在胸前："我希望奇尔卡特人就此将我枪杀算了！"

在前往 10 英里外上游的主村庄前，我们先派锡特卡·查理和一名年轻的奇尔卡特人到前方去报信，顺便询问一下他们是否欢迎我们拜访，同时也告诉酋长，卡戴珊、托亚特是杨先生和我的好朋友，伤害他们也就等于伤害我和杨先生。

我们的信使出发后，我爬上一座大约 5500 英尺高的雪白的圆顶山峰，刚好可以远眺奇尔卡特主冰川北面的壮丽动人景色，还有它们源头所在的那些崇山峻岭。在 3000 英尺开外的地方，我看到了铁杉，体形相当矮小，旁边还有锡特卡云杉和常见的铁杉，最高的大约有 20 英尺，直径约 16 英寸。大约在 4000 英尺的地方还生长着蔓生植物，多为桦树和两叶松。

第二天信使才回来，他带回消息称，除了托亚特，他们对于其他人的到来都由衷地欢迎。子弹已经上膛，随时准备鸣枪迎接我们的到来，不过托亚特曾经在兰格尔侮辱了一位奇尔卡特的酋长，因此他绝不能一起上岸。还说他们正忙着接待锡特卡·杰克和他的朋友们，如果我们能穿过冰河来到村里，杰克他们也非常高兴和我们见面。他们一直在喝酒，而卡戴珊的父亲，作为一位地位举足轻重的酋长，直言道，他一连醉了十几天，刚醒过来。我们虽然很渴望去做这次拜访，但是考虑到可能会遇到的困难和恶劣环境，诸如天色已晚，河面上有可能结冰，而卡戴珊由于脚部中了一枪不能走路，醉酒可能带来危险，以及担心托亚特一露面将会招来复仇，等等，我们极不情愿地决定立刻动身往回赶。那天是星期五，刚好赶上顺风而行，不过船员们却希望找个热情的人家稍作休息，顺便饱餐一顿，他们说星期一才是起航的好日子。我坚持周六一早起程，终于在 10 点前告别了这里的朋友。离开前，盛情款待我们的酋长要我们写一封信，证明他并没有杀害我们，以免日后旅程中我们出现任何不测赖在他们的头上。

第十二章

返回兰格尔堡

起程回兰格尔那天，天气晴朗，刮起了强劲的北风，我们绕过位于奇尔卡特河与奇尔库特河之间海峡尽头的那座大岛东侧，从那里直接沿运河东岸航行。日落时分，我们在伯尔尼湾以南三四英里处的美丽海港处安营扎寨。第二天是礼拜天，风势已减小，而且回家也不算什么十恶不赦的事情，但我们还是像往常一样待在了营地。除了吃饭，印第安人几乎一整天都在洗洗涮涮，缝缝补补，还跟着杨先生唱赞美诗。杨先生给他们上了一堂圣经课，而我一直在记笔记，画草图。查理搭建了一间浴室，大家都好好洗了个澡。到目前为止这是我们待过的最舒适的港湾，周围大树环绕，枝条几乎交叉搭错在了一起，越过宽阔的运河，远处就是白雪皑皑的山脉。

看到浓密的森林后方升起烟雾，我们便沿着岸边寻找，发现一个呼特赛奴酿酒厂正干得热火朝天。印第安人说他们的一个老朋友即将离世，这些人正在酿制葬礼上要用的威士忌酒。

对印第安人来说，肥肉必不可少，消耗量极大，而现在我们的印第安朋友们已经没有肥肉了，熏肉几乎都吃光了，所以每经过一处营地，他们都要去讨些肉。我们在这里找到了一些豪猪和野山羊的尸体，剥了皮，丢在一间棚屋乱糟糟的地板上。我们的厨师又找到了一些马铃薯，和豪猪肉一起放到一口大锅里面炖，虽然马铃薯没去皮，但豪猪肉的野腥实在有穿透力，马铃薯从里到外都是它的味道。我们还有大量面包、豌豆和干果，但我从来没碰过这些土著美食。印第安人吃玫瑰果也跟吃其他浆果一样囫囵吞掉，但我只吃外边果肉不吃其中的种子，因而总是遭到嘲笑。

当我们逐渐靠近奥克部落的村庄时，德高望重的托亚特有些反常，总是若有所思，闷闷不乐。这种不同寻常的沉默让我有些担心，于是便专心留意，希望能发现个中缘由。

最后，他终于打破了沉默开口说："杨先生，杨先生，"——他总是喜欢重复别人的名字，"我希望你不要在奥克停留。"

杨先生问道："为什么呢，托亚特？"

"因为他们是野蛮之邦，你到那儿传教不会有任何好处。"

杨先生说："托亚特，你忘记了吗？耶稣说过，要将福音传给所有人。我们要爱我们的敌人，并帮助那些需要我们帮助的人。"

"好吧，"托亚特回答，"如果你要为他们布道，祷告时就不要叫我了，我绝不会为奥克人祈祷。"

"但《圣经》说，无论是多坏的人，我们都应该为他们祈祷。"

"是的，我知道，杨先生，我非常了解，但是奥克人无所谓好坏，他们根本不算是人，他们是狗。"

天就快黑了，在我们找到港湾停靠时已经伸手不见五指。这个港湾距离奥克冰川不远，向下游流入狭窄的航道，刚好把道格拉斯岛和陆地分隔开来。8点多，有两个奥克人跟随我们来到营地，询问我们的来意以便回去禀告他们的酋长。酋长的一处房子距我们营地只有一两英里远，我们决定第二天去拜访他。

我本想清晨仔细研究下奥克冰川，谁知只能划船经过它宽阔的扇形锋面时看看冰川全景，然后素描两笔作罢。在沿岸的所有冰川中，这是我见过的处于下沉初期的冰山中最美的一座。我们一早便去拜访奥克的酋长，当时他还在睡觉，但很快就起了床，穿上一件白色印花衬衫，拿一张毛毯盖在腿上，安然地倚在炉火旁。火堆不大，但借着微弱的光足以看到他的长相，以及他的孩子们和从阴影中陆续走出的三个妇人的模样。所有人都认真听着杨先生传达美好祝愿的话语。酋长表情严肃，五官分明，肤色黝黑，看上去通情达理，举止优雅。他说，他的族人趁他不在喝醉了，而且对我们很无礼，对此他感到非常抱歉，并表示他非常乐意听我们讲话，如果我们能返回村子，他会召集所有村民一起欢迎我们。我们婉言谢绝了他的邀请，又祝他好运，赠送了烟草，便挥手道别了。

这条航道的风景非常壮丽，很像是约塞米蒂山谷雪崩形成的天然悬崖，尤其是大陆主体这一边，极其陡峭，树木很难在上面生长。下游的岛屿侧壁上丛林密布，树木上挂满了地衣，整片森林因而呈现出灰色，古老神秘，极不寻常。我还注意到沼泽里生长着大量双叶松。水面平整如镜，清晰地倒映着从悬崖峭壁上倾泻而下的瀑布，别具特色。

能让我的船员们顿顿吃到新鲜的野味并不容易。为此，我们中午去拜访了一家印第安人在陆地上的夏日营地。那儿有三间破烂的房子，里面到处都是颜色各异、味道不一的生肉。我们发现其中有许多新鲜的鳟鱼，这些可爱的小东西大概有 15 英寸长，身体两侧点缀着许多漂亮的红斑点。我们用一箱枪的火药纸和一点儿烟草换了 5 条鳟鱼和一些鲑鱼。下午过半时，我们穿过了一连串的冰山，发现越是靠近塔库河口的峡湾，冰山越密集。最后我们在塔库河旁安营扎寨，希望能勘探一下这里的海湾，见识一下这里的冰川。自从我们离开艾希海湾后，这是第一次看到衍生出冰山的冰川。

我们早晨6点离开营地，距天亮还有一个小时，同行的印第安人很高兴通往海湾的路被强风阻住，逆风而行，没有任何进展。在这么晚的季节，期待天气转好已不太可能，我不得不最终放弃这份有意义的工作，明年再继续。之后便率领全船直接沿着海岸漂流而下。我们全速前进，穿过了河口，因为天气阴暗，始终保证有专人坐在船头提醒注意躲避那些很小的冰山，还安排了一个人负责保证木舟不被头顶断裂的白色冰盖砸到。大概下午两点时，我们又经过了一个大海峡或是海湾，虽然史蒂芬主航道波澜不惊，但外面却狂风肆虐。傍晚时分，所有人都很累，焦急地寻找可以扎营的地方，这时已经到达萨姆达姆海湾，却不能安全着陆。我们经验丰富的船长没准儿已经怒不可遏了，因为下午他曾找到了一处安营的好地方，但我们都觉得不合适，没有停。现在他似乎下决心要惩罚我们，余下的路程好好让我们尝尝夜间航行的滋味。因此，尽管夜黑风高，天上还下着雨，海湾里到处是冰山，他还是黑着脸说必须在海湾的另一侧找到印第安人的村子，或者在中间一个岛屿上找到一处印第安人的房子。于是我们心怀忐忑，疲惫不堪地慢慢向前划行，对这一带海岸地形了如指掌的托亚特却能在黑暗中找到出路，只管在一旁嘲笑我们愁眉苦脸的狼狈模样。如此悲惨地划行了一两英里后，我们穿过了海湾，那座小岛已经近在眼前，却没注意前面浪花不停敲击飞溅的地方有块表面光滑的岩石，差点儿一头撞上去。距离岩石已经非常近的一刻，幸亏有印第安人发现情况大叫起来。杨先生也靠在我身上喊道："鲸鱼，鲸鱼！"显然是很害怕它的尾巴，他脑海里似乎还想着上午我们见到几条鲸鱼时的情景。之后我们沿着岛屿的东岸行驶，忽然看到对岸有一点儿光亮，很让人振奋。托亚特认为是印第安村庄里的火把，随即朝着亮光进发。约翰站在船头，指引我们躲过冰山。突然，我们的船驶上了一片沙洲，清除障碍后，我们又退回了约半英里远，再次向愈发明亮的火把奋力划去。我很奇怪印第安人竟然会点燃这么大一簇火把。火光后面一团白白的东西若隐若现，杨先生误认为是火把映亮的云彩，但随后发现其实是一座冰川的锋面。我们靠岸后，在长满湿滑海藻的岩石上跌跌撞撞前行，穿过一片岸边草地，我们惊奇地发现那些不是印第安人，而是白人，这是我们一个月以来第一次看到白人。他们一共有7个人，说是来自兰格尔堡的淘金者。现在大约晚上8点，他们已经睡下了，但一位可爱的爱尔兰小伙儿起床为我们煮了咖啡，了解了我们的身份，从哪儿来，又到哪儿去，此行目的是什么。我们打开航海图，向他讨教这片海湾的地形特点和大小。这位友善的朋友立即给我们泼了一瓢冷水，不假思索地告知我们，如果我们为的是寻找美丽的冰川，算是来错了地方，这里单调无聊，没什么好看。倒是在去兰格尔的路上有许多美丽的"巨型岩石和峡谷景观"，他和伙伴们本来想要到这里来勘探一番，但目前为止也没有找到什么，所以决定明天一早前往阿德默勒尔蒂岛去碰碰运气。

第二天清晨，那些勘探者们早早地渡过河向他们说的那个岛屿进发了，但我们注意到一条溪流后方一英里的地方升起了炊烟，就在昨晚我们见到的那座冰山入口。一个印第安人告诉我们那些冒着烟的房子是白人建造的木屋，看来他们已经在冰碛上找到了砂金矿，昨晚不过是在掩人耳目，担心我们发现后会把消息传出去罢了。天放亮后，一个蔚为壮观的海峡映入眼帘，让人不禁想起冰川湾。岸边有许多搁浅的冰山，绵延数英里。温哥华航海图上并未记录的几条峡湾支流，现在却和冰山挤在一处，一眼望不到边。吃过早饭，我们驶入海湾，向东南方的狭长地带行驶，设法在布满冰山的水域中强行前进了十几英里，但无法到达更远处了，因为海面上的冰已经冻结到一起，根本看不到任何开化的地方，最后我确信不得不把这次探险留到明年再继续了。之后我们便奋力划船，终于抵达了峡湾西边并在此搭建了营地。

第二天一早，我爬上了一座山，希望能一览峡湾河头雄伟活跃的大冰川，至少能望到那雪白的源头也好。但也没能如愿，峡湾从距离入口大约16英里处开始，整体走势转向了北方，因此就算是站在山顶，我也看不到冰河上游的景色。

我满怀疲惫很是挫败地回到了营地，招呼大家收拾行李尽快起航离开这里。所有人听到这一命令简直是欢呼雀跃！托亚特更是开心，脸上的表情像是阳光照耀下的冰川那样神采奕奕，他还开玩笑说："萨姆达姆海湾的大冰山在跟我捉迷藏，就是不想让我去拜访它。"接着我们便沿峡湾西部顺流而下，所有船员都卖力地划着船，下午，早早到了海湾河口一片相对开阔的水域，在漂浮的冰山中间休息了片刻。我依依不舍地环顾了一下这个也许再也没有机会接触的美丽地方，心里还是对没能在此好好探索一番而感到颇为懊恼。突然，我听到一阵熟悉的乌鸦振翅的声音。我抬起头，看到我的小鸟朋友正从岸边径直朝我飞来，真没想到在这里能遇到一位难得一见的老朋友，让我很是欣慰。它只用了一两秒钟便飞到了我身边，在我头顶上盘旋了三圈，像在对我表示热烈的欢迎，仿佛在说："老朋友，开心点儿，你看我不是还在这里嘛，一切都会好起来的。"之后，它又飞回岸边，落到一座搁浅的冰山顶端一处缺口上，时而点头，时而俯首，好像已飞到了阳光明媚的加利福尼亚山间瀑布中，栖息在它最喜欢的岩石上。

没有见到印第安人，杨先生感到很遗憾，因为这意味着传教必须等到明年了。我们顺风而行，船员们开心地扬起帆，高声喊道："萨姆达姆，再见了！"天色变暗之后，我们很快便到达了霍巴特角以北几英里处的一个港口。

第二天清晨晴朗安静，我们很早就启程了，一边沿着海岸顺流而下，一边欣赏着冬日盛装的雄伟山林。下午时，到达了范肖角以北五六英里处的一个美丽海港。当时小雨淅淅沥沥，据托亚特预测即将会有暴风雨来袭。航程快接近尾声了，大家都又累又饿，于是决定在这里停留一晚。我们搭起帐篷，把毯子妥善遮好，约翰就外出打猎去了，在离帐篷不到200码远的地方，他就抓到了一只鹿。之前在萨姆达姆海湾的篝火旁，杨先生曾抱怨说吃不上荤菜，对此，一位勘探者问托亚特，为什么不多给传教士打些鸭子吃呢。托亚特回答说："因为鸭子的朋友不允许我们这样做，只要我们想瞄准开枪时，缪尔先生便开始故意摇晃小船，到手的鸭子当然就飞了。"

正当我们经过霍夫湾港南面的海岬时，从后方传来一阵喊声。几分钟后，我们看到一只木舟正迅速追赶我们。约一小时后，他们超了过去。原来是4名印第安人，一个男子带着他的儿子和两名妇人，要前往兰格尔堡做生意，船上还载着鱼油和鲑鱼。他们在离我们12码的地方安营扎寨，用雪松树皮和几个杆子迅速搭好了一间棚屋，用云杉树枝做地毯，之后便把船上的货物卸下来，存放到屋内隐蔽的地方。日暮之时，老人笑着给托亚特送来一份礼物，那是一条鲜活的大鲑鱼，我们很快把鲑鱼煮熟，然后迅速地吃掉了，就像在吃两顿正餐之间的点心一样。鲑鱼消灭干净后，慷慨的印第安人给托亚特送来了第二份礼物——鲑鱼干。烤了几分钟，鲑鱼干也跟刚才那条鲜鱼一样，迅速被一扫而空。接着，慷慨的印第安人又赠给我们第三份礼物，一大奶锅黑莓汁和动物油脂一起熬成的汤。说也奇怪，有了那么多鲑鱼垫底，这些奇妙的混合物居然还能顺利下肚。恢复了体力的船员们胃口大开，迫不及待地开始加工鹿肉、豆子和面包，等等，煮的煮，烤的烤，到日落前不过才吃了一半多点的食物，我因为非常可怜那头雄鹿，拒绝一起进餐，他们拿我打趣了半天，还给我起了个绰号——"冰痴和鹿鸭保护者"。

周日狂风怒吼，下起了零星小雨，而且似乎在酝酿一场大暴雨。我在林子深处转了一圈，发现这里的树木长势茂盛，和我在阿拉斯加见到的不相上下，比北方的树林要好得多。锡特卡云杉和普通的铁杉主干挺拔细长，有150英尺到200英尺高。锡特卡云杉的树枝鲜嫩碧绿时就是很好的木柴了，但铁杉就差得远。靠近大海的地方，生长着许多黄桧，这是目前为止我见过的最好品种。一路上我见过的最高大的黄桧直径5.3英尺，高140英尺。晚上，杨先生给印第安人布道，同时也叫来了他们的邻居参加。他讲起耶稣救世的故事。印第安人很想知道为什么犹太人杀害耶稣。大家听得都很认真。托亚特那位慷慨的朋友抓到了一条直径有3英尺的章鱼，把它和其他货物一起储藏了起来。他说章鱼、浆果和动物油脂一起熬成汤非常美味。这种凶猛的动物，每只爪子上都有两行圆圆的吸盘，能够紧紧抓住靠近它的任何物体，使其无法挣脱。印第安人告诉我章鱼主要以蟹、贝、蚌为食，它们的壳对于章鱼像鹦鹉鸟喙般坚硬的嘴来说简直不堪一击。那一夜，狂风大作，暴雨倾盆而下，把我们的帐篷彻底淋透。

"你来感觉一下，"传教士抓住我的手，让我摸摸他睡觉的地方，原来他躺的地方已经变成了3英寸深的一个水坑。

"别担心，"我回答说，"只是水而已，现在所有东西都湿了，很快就天亮了，到时我们会把它们都烤干的。"

我们的印第安人邻居的情况可能更严重。他们的小屋一夜间被风吹倒了好几次，我们的帐篷虽然也漏雨了，脚下几乎成了长满苔藓的泥沼，但在一大堆篝火旁，我们很快便暖和了起来，衣服也都半干了。我们本打算现在赶到兰格尔的，但托亚特说暴风雨可能还要持续几天。而且我们的茶和咖啡已经喝光了，杨先生为此很是苦恼。我散步时带回了一大束新鲜的杜香，放在茶壶里煮了一下，结果茶水鲜亮清冽，呈琥珀色，还略带一丝烈酒的味道，但我连尝都没有尝，我的同伴把整壶茶都喝了，而且赞不绝口。由于风雨太过猛烈，我们决定等雨势减弱些再离开营地。托亚特言之凿凿，说在东南部这种猛烈呼啸的暴风雨中，我们根本不可能从范肖角绕行，他称这块陡峭凸出的海角为"海鼻"。看林中万木在以何等激情迎接这场生命之雨！高耸的云杉、铁杉和雪松都晃动着枝叶，每动一次树干弯曲摇摆，在灰色暴风雨的咆哮中颤抖欢腾。约翰和查理背上猎枪想再去打一头鹿，却空手而归。我为他们的双手没有沾染上更多的血迹而感到庆幸。南面仍然狂风大作，托亚特试图安抚大家说，虽然我们不得不在这儿待上一个多星期，但粮食充足，无须担心。

我和杨先生把帐篷移到别处，想方设法将它弄干。此时，风已经减弱了许多，上午7点，我们起航出发，但一开始就遇到了强风，海上波涛汹涌，即使所有人都拼命划桨，也没能绕过海角。于是，我们费力地沿着海岸前行，利用凸出岩石的遮挡庇护，慢慢向前艰难行进。但下午过了大半，也没走多远。这时，天空终于转晴，琥珀色的阳光洒满美丽的水面和树林；抱拥冰山座座的高峰顶上有新雪飘落，慢慢揭开面纱展现出了它的宏伟壮丽；蓝灰色的云朵不断聚集浮动，然后渐渐融为一体，消失得无影无踪。阳光照射下，山峰上半部的雪地呈现出一片奶黄色，和我们返程第一天在奇尔卡特山见到的景色颇为相似。天空放晴后不久，风力减弱转向北方了。我们终于扬起帆，一路向下而行。疲劳的印第安人也借此休息了一下。有趣的是，两三天以来汹涌的海浪竟然会臣服于迎面而来的微风。几分钟后，便听不到任何风声了，甚至一点儿暴风雨的痕迹也没留下，只剩下刚飘落在水面上的雪花和变了色的海水。我注意到远方的海水呈浅咖啡色，与沼泽森林中的溪流无二。至于这样的颜色有多少是因为多次大量的雨水导致洪流上涨涌入所致，又有多少是由于浪花拍打海岸卷走浅滩上植物的灰尘而造成，我很难分辨，但影响的结果都非常显而易见。

4点左右，我们看到了岸边升起袅袅炊烟，忙跑去打探消息。原来是一群塔库印第安人，他们也打算到兰格尔堡去，一共有六男六女。男子坐在树皮屋里，小屋用云杉树枝很精致地加固遮盖了房顶。女子则在溪水另一边浆洗几块白色印花布。一个六七岁的小女孩坐在碎石岸上，用石英卵石堆着一座玩具屋，专心致志，丝毫没有注意到我们的到来。托亚特发现那些男子中有一位是自己的朋友，他希望晚上能在朋友的屋旁安营，并向我们保证这里是方圆几英里内最安全的港湾。但被暴风雨困了这么久之后，我们还是决定趁着天气晴朗，再向前行进几英里，这让托亚特和他的同伴都很反感。我们又航行了几英里，竟邂逅了一处极舒适的避风港湾，这里离森林和水域都很近，很是美丽，像回到家一样！毛茸茸的苔藓当作垫子，上面还点缀着红色的浆果，高贵的雪松卫兵一样伸长了手臂保护着我们。树下生长着不同种类的蕨类植物，有悬钩子藤、黄连、鹿蹄草、无叶越橘灌木丛以及杜香。我们就寝时，托亚特正在聚精会神地观望天空，他预测次日还会有雨，刮起东南风。

第二天一早有些多云，无风也无浪。我们都希望托亚特这位老天气预言家这次是看错了天象。但是还没到范德普特角就下起了雨，同时可怕的东南风也随之而至，不一会儿风力逐渐变强，接着变为暴风，在白色山尖上呼啸肆虐。范德普特海岬是一座古老冰山末端的一部分，从山脚下向外绵延了6英里到8英里远。这里有三座大冰川，都曾是支流，如今仍在下降，几乎已经到了海平面以下，但它们的前端位于狭长的海湾背后，距峡湾 8 英里到 10 英里。另一处相似的海角从南面五六英里处伸入到海湾里，看不见的部分沉入水中，形成了浅滩。

　　森林覆盖了海角的大部分，只留下一块一英里长的狭窄地带，由巨大卵石堆积而成，经受着海浪的拍打咆哮。海岬外有一片一英里长的泡沫，这表明水下必定暗藏着冰碛，我本以为我们不得不从深水处绕行，但是平日里小心谨慎的托亚特竟然决定要直接穿过这片水域。每划一桨大家都齐声呐喊，用来鼓劲儿，奋力冲过狭窄的裂缝。就在这关键时刻，一个浪头打过来，把船高高托起又抛向了两块巨石之间，如果小船离两块大石头再近一两英尺，一定会被摔个粉碎。我并没对经验丰富的领航员提出什么异议，但是看起来还是危险重重，以防万一，我解开鞋带，打算如果什么时候翻了船，就马上跳入水中。虽然总算渡过了这个海岬，但我们仍身处危险之中。海水不停地冲击船身，为了避免被冲上岸，我们费尽了九牛二虎之力。终于发现了一个小海湾，赶忙逃了进去。一座被风化成了十字形的洁白冰山，矗立在漂浮的巨型海藻和布满黑色岩石的冲积岸之间，后者看上去是个安全的停靠之地。我们很快生起了火，围坐在火堆旁，湿衣服也逐渐烤干了，又感到舒适惬意了。我们坐在火堆旁，回想着刚才的死里逃生。船长托亚特告诉我们他年轻时也有过两次类似的经历。那两次，他们的船都撞碎了，他用牙咬住枪，一路游出巨浪，回到了岸边。他说如果我们刚才撞到岩石，他和杨先生可能已经溺水而亡，但其他人还有生还的可能。随后，他转过头问我，如果没有火柴，我能否生火，能否在没有船和食物的情况下成功返回兰格尔。

　　黎明时分，我们告别了美好的十字形白色海港，绕过兰格尔纳罗斯海峡口的悬崖，这时，眼前出现了一群冰山。我很想跟随它们去溯其源头。托亚特一听很是激动，他自然更是关注他的木舟是否完好无损，于是请求我在旅程即将结束之际，不要再冒险穿过冰山，否则木舟有可能会损毁，我们的生命也会受到威胁。

"托亚特，别担心，"我回答道，"你知道幸运之神总是眷顾我们，现在天气很好。我只想看看桑德冰川，就几分钟，我保证只要冰山周围已经结冰，接近它有一丁点儿危险我就掉头返回，等到明年夏天再来。"

他听到我这样保证，便立刻将船驶入了峡湾。在这儿，我们必须小心翼翼缓慢前行。峡湾内冰山间都已经冻冰，冰面遍布各个角落，但我们还是成功到达了离河头两英里的地方，在那里可以俯瞰冰山一头扎入下游的景象和锯齿嶙峋的蓝色冰壁。这是我见过的最壮观的冰山，它宏伟的峡湾给这次冰川之旅画上了圆满的句号。我赶紧记录下冰川的一些特征，绘制了草图，在天黑前及时逃离了最厚的冰层。卡戴珊坐在船头，引领我们通过了峡湾口未结冰的开阔水面，然后穿过苏特歇尔海峡。直到天黑后几小时，我们才完全远离了冰区。途中偶尔还遇到搁浅在了三角洲上的冰块，在星光的映射下向四面八方无限延伸。而我们真正的危险还是那些难以发现的小冰山，或是在靠近大冰山时，它们会突然碎裂滚落下来。

已忍耐了很久的老托亚特抱怨道："唉，我们什么时候才能逃出这片冰域啊？"

在穿越斯蒂金三角洲时，我们曾几次搁浅，不过最后还是在潮落前摸索着从泥泞的滩涂上登岸了。之后我们在一个遍布沼泽的小岛岸边安营，跌跌撞撞穿过乱糟糟的灌木丛和长满苔藓的原木堆，终于找到了一处干燥的地方得以入睡。12 月 21 日破晓时分，我们离开了整个旅行的最后一个营地。那天晴朗安静，天空呈现出可爱的蔷薇色，兰格尔岛渐渐进入眼帘。树木一直蔓延到水边，叶子上由于落上了一层薄雪而银光闪闪。约翰和查理看到旅程即将结束，但还剩下很多食物，感到很难过。他们很认真地问道："这些东西怎么办呢？"在这次变故重重的旅程中我深切体会到了印第安人的善良、坚强和深思熟虑。每一天对他们来说都很新鲜，他们举止得体，在一连几日甚至数周单调辛苦的工作中，没有表现出半点儿退缩之意，从不迷茫，在每一个紧要关头都反应敏捷，是好仆人、好旅伴，甚至是好朋友。

可以望见兰格尔的时候，我们在一座岛上靠岸，点起冒着浓烟的熊熊大火，向镇子上的朋友宣告我们的归来。然后，又登船挂上旗帜继续航行。大概中午的时候，这次长约七八百英里的旅程终于圆满结束。我们眼见就要靠近镇子，许多友善的印第安人乘着木舟蜂拥而来，他们欢呼着，用波士顿人的方式和我们握手。杨先生的朋友本想集体出动来迎接他，但在我们上岸之前，他们已经没有时间实现这一安排。杨先生急切地想知道小镇有什么新消息，但我告诉他镇子里应该没什么重要的事。而我们从荒野返回的人带来的才是真正重要的消息。邮轮已于八天前离开兰格尔了，范德比尔特先生和他的家人一道乘船去了波兰。我只好等一个月后的汽船。虽然我很想再回到大自然的怀抱中去看一看，但隆冬将至已经封山，再乘木舟出行很不安全。

于是，我把自己独自关在一个不错的阁楼上，一边工作一边等待时机。杨先生邀请我和他同住，但我还是决定自己准备食物，然后安安静静地工作。黑夜是那么漫长，白天是如此短暂。正午时太阳看起来似乎只有一小时高悬空中，云彩像是落日晚霞一样五彩缤纷。暴风雨一直持续不断，有一次咆哮的北风竟然连刮了一个星期，气温也直线下降到接近华氏零度，海湾的水汽都变成了白茫茫的雾，风一吹来仿佛是它在梳理羊毛。锡特卡最低温度达到 8 华氏度，而在兰格尔斯蒂金河暴风眼附近，温度可以达到华氏零度。据说这是阿拉斯加东南部出现过的最冷气温。

第十三章

阿拉斯加的印第安人

　　回顾这次阿拉斯加之行，能和杨先生同行，我感到十分幸运，正是因为有了他，我才能这么容易地获取了特林吉特各个部落的信任，与他们亲密接触，也因此了解了他们的习俗、举止、生活方式和喜好、奋斗和娱乐，他们的道德规范、宗教、心中的希望和恐惧，还有迷信思想，等等，体会他们和我们以及其他种族的异同点。显而易见，他们和内陆地区的印第安人存在很大不同。他们的祖先无疑来自蒙古，下陷的眼窝，宽阔的颧骨，厚厚突出的上唇，仅凭这几点，就表明他们和中国人或日本人有些关联。在这里我从未见过他们中谁长得很像苏族（印第安人部族）或者落基山脉东面部落的人。他们和北美洲的印第安人也有所不同，因为他们一旦摆脱了白人的束缚就愿意去工作。他们自力更生，建造牢固的房子，勇敢地和敌人战斗，钟爱妻儿和朋友，拥有敏锐的幽默感。他们中的佼佼者宁死不辱，同情邻居的不幸和痛苦。当某个家庭中有孩子死亡时，邻居便会来拜访安慰。他们围火而坐，自然亲切交谈，安慰痛苦的父母不要太过悲伤，还告诉他们说孩子在另外一个世界过得会更好，逝去让他们避过了多少麻烦和苦难。他们这种方式自然直接，而大多数受过良好教育的朋友在这种场合却总是不知所措，瞻前顾后，沉默不语，虽然内心也充满同情，但他们往往害怕说错话，陷入尴尬境地。

特林吉特部落的父母对待子女都很疼爱宽容，一路上我从未见过有哪位父母对子女吹毛求疵或是进行责骂，也没见过打孩子的情况，而这在文明人中却很常见。他们要儿子是为了传宗接代，是想在任何难以想象的悲惨困境和厄运中都能保持生命延续。

特林吉特部落由衷地欢迎基督教传教士的到来，尤其是他们很快就接受了赎罪的教义，因为他们本身一直是这么做的。然而在很多号称文明的白人中，这一教义却是个障碍物或是绊脚石。一天晚上，他们向杨先生和我讲述了他们部落长期实行的赎罪教义。大概在二三十年以前，他们和锡特卡部落之间爆发了一场大战，双方战士都英勇顽强，实力相当。整个战争时断时续僵持了一个夏天，争吵不断，时而暗地较劲，时而光天化日真刀真枪，两个部落的人都想找机会射杀对方，因此到了该为冬天准备食物时，妇人和孩子还都不敢去溪流中抓鲑鱼，也不敢到田野里去采摘浆果。就在这危急时刻，斯蒂金的一位首领走出防御的石屋，来到双方阵地中央的开阔地方，大声呼喊说他想和锡特卡的首领谈一谈。

锡特卡的首领出来后，他说：

"我的族人们饱受饥饿的折磨，该准备冬天的食物时，他们不敢去溪水中抓鲑鱼，不敢到林中采野果，如果这场战争再继续下去，我的族人们都会饿死的。我们的战争已经打得够长了，让我们握手言和吧。这样一来，你们锡特卡英勇的士兵可以回家，我们也是一样，这样我们还能去晒晒鲑鱼，摘摘浆果，不然一切就都太迟了。"

锡特卡的首领回答说：

"在你们占上风的时候停战，岂不是便宜了你们。你们杀害的我族人数比我们杀掉的你们族人多10人还不止，如果你能交出10个斯蒂金人让我们杀了他们找下心理平衡，我们就与你们和解，然后各自回家。"

斯蒂金首领回应说："好吧，你知道我的头衔，我一个人就可以为 10 个人甚至更多的人抵命，把我的命拿去，我们就此讲和。"

对方立刻接受了他的提议，斯蒂金首领走上前，在众目睽睽之下被射杀了。之后，两个部落之间便和平相处，所有人都匆忙回家，过上了正常的生活。那位首领为他的族人献出了生命，用自己的死亡换取了族人的生命。因此当传教士来到此地宣传赎罪教义，说所有人类都是迷途羔羊，破坏了上帝的法则，要受到死亡的惩罚，但是此时上帝的儿子会站出来，就像斯蒂金的那位首领一样，代替众人受罚，平息上帝的愤怒，使世界上的人类得到自由，如此一来，这条教义很快就被大家所接受了。

他们说："你说得很对，作为上帝之子，首领中的首领，世界的创造者，他比所有众人加在一起还重要，因此他的流血牺牲必定能拯救世界。"

一个迅速接受赎罪教义的生动例子来自于兰格尔堡的酋长赫克斯。那是在我第一次来此的前几年，第一位传教士来到了这里，他让赫克斯将大家召集起来宣讲一些教义。因此，赫克斯通知了村子里所有人，让人们洗漱干净，盛装出席，准时到他的房子里听来客的演讲。大家都集中之后，传教士开始讲起了人类的堕落，以及上帝的儿子耶稣为此而做出的牺牲和救赎。耶稣基督是上帝的儿子，首领中的领袖，他拯救了全人类，也使得人们能自觉悔改自己的罪行并坚持遵守戒律。

传教士的布道结束后，赫克斯酋长慢慢站起来，对于传教士能够不远万里把福音带到他的村落，无私地为族人传教，播撒智慧，表示了诚挚的谢意，随后他建议所有人都要接受这一新的宗教，因为他确信白人比印第安人知道得多，那么白人的宗教也一定比他们的好。

他说："白人造出了巨大的轮船，我们却只能像小孩儿一样造出木舟。大船能靠风力航行，也能靠火力前进。我们用石斧砍树，而波士顿人都用铁斧了，那可实用多了。白人在任何事情上似乎都比我们先进，和他们相比，我们就像是盲童，不知道该如何在这里更好地生存，也不知道我们死后将去往何处。所以我希望大家能接受这一新的宗教，并把它延续给下一代，那么你们死后也将和白人一样进入欢乐的天堂。但我年事已高，来不及接受新的宗教了，那些已经去世的族人也都没有赶上这一时候，死得愚昧无知。如果传教士的话是真的，我相信也许我的许多族人已经下到那个叫作'地狱'的地方了。我也一定会去那里，因为斯蒂金首领哪怕是在最困难的时候也不会抛弃他的族人。因此，我会去那个糟糕的地方，帮我的族人振作起来，尽我最大的努力减少他们的痛苦。"

托亚特是一位出色的演说家。我曾在兰格尔堡一次会议上见过他，也正是那次他通过审查，正式加入了长老会。当有人问及他对于上帝以及基督教主要教义的看法时，他慢慢从拥挤的听众中站起身来。当时传教士说："托亚特，你不需要起立，可以坐着回答。"

但他好像根本没听到这句话，站了几分钟，一言不发，想也别想他会像个病快快的妇人一样，坐着完成自己人生中最重要的演讲。过了一会儿他才详细道来：自己的母亲如何从小给他讲述上帝这位伟大的造世者，萨满法师教会了他什么；他独自一人打猎时脑中萦绕的许多想法；还有传教士第一次让他接触到宗教时他内心的念头。演讲中，他的言语手势都透着简洁、真诚和威严，和他的演讲及举止相比，三位著名的神学家竟相形见绌显得平淡无奇起来。

我们回到兰格尔堡没多久，这位高贵的老人作为调解人在一次争斗中丧生。一群塔库人来到兰格尔堡，在斯蒂金村旁安营扎寨，在那里生产让人兴奋的饮品豪特森奴酒，而且常常喝得酩酊大醉。这种劣质酒是由面粉、苹果干、糖和蜂蜜混合后，经过蒸馏而成，但其生产在当地并不合法，因此，托亚特部落派出好几个代表去阻止此事。这些人来到塔库人的营地，把能找到的酒都毁掉了。塔库人进行抵抗，在这个过程中，一个斯蒂金人给了一个塔库人的脸一拳，对后者来说，这是不可饶恕的侵犯。第二天，塔库部落派人给斯蒂金人传来口信，说他们必须要为打人的事付出代价，否则就兵刃相见。杨先生急于想要阻止这场战争，托亚特也是。他们建议那个打了塔库人的斯蒂金人去对方营寨，也挨上一耳光好平息这场争斗。那个人的确去了塔库人驻地，说他已经做好了赎罪的准备，请挨打的人还他一下作为补偿。结果塔库人报复的一巴掌力气过大，正义的天平因而再次失衡。斯蒂金人迅速认识到他赎罪挨的这一拳比他犯罪的那一拳力度要大得多，于是一场拳打脚踢的打斗就此上演，冲突非但没有平息，反倒愈演愈烈。

第二天塔库人传话给斯蒂金人赶紧把枪备好，因为明天他们要来进攻，塔库人就此大胆宣战。斯蒂金人也个个摩拳擦掌，聚在一起，为第二天的恶战做准备。杨先生在人群中东奔西跑，希望能制止这次战争，让大家想一想耶稣曾说过的话，如果敌人打了你的右脸，那么你要将左脸伸过去让他打，而不是对他进行报复。杨先生已经尽力去阻止，但到头来，一切都是徒劳无功的。托亚特带领着众人守在石屋外，等待迎击塔库人的进攻。杨先生努力劝说托亚特离开这里到安全的地方去，提醒他既已加入了基督教，就没有权利再去打打杀杀，但是托亚特平静地回答道：

"杨先生啊，杨先生，我不是要去战斗。你看我手上并没有枪，我不能眼睁睁地看着我的年轻的族人暴露在敌人的枪林弹雨中，而自己像妇人儿童一样躲在堡垒里避难。我必须和他们一起上战场、共患难，但我不会参与战斗。倒是你，杨先生，你必须离开，你是位传教士，很重要。不能留在这枪弹的危险中，回家去吧，躲在堡垒里，战争很快就要打响了。"

　　然而，第一声枪响托亚特就倒下了，子弹击中了他的胸膛。就这样，这位高尚的天主教信徒为他的族人而英勇牺牲了。

　　在我的初次阿拉斯加之旅中，不管什么情况，都能看到托亚特的身影——无论是在雨雪纷飞还是在暴风雨咆哮的夜晚登陆，抑或是忙着生火、搭帐篷，经历各种艰难不适，却从未见他做过任何有损尊严的事，有过任何不庄重的举止，他说的每句话人们都会遵从。之前他总是为自己后继无人而感到遗憾，但我告诉他，大家不会忘记他，因为我已经以他的名字命名了一座斯蒂金冰山，对此他非常感激。

第二部分

一八八〇年之旅

第十四章

萨姆达姆海湾

8月8日一早，我乘加利福尼亚号汽船抵达北部峡湾，继续去年冬天11月因为冬季严寒而被迫中止的探索之旅。轮船航行的噪音和汽笛也没能唤醒沉睡中的镇子，只有公鸡洪亮的打鸣声在提醒我这里还有健康生命的存在。一切看起来如此亲切而又熟悉，澄净的水面，四季常绿的岛屿，还有划船出行的印第安人和他们的篮子、毯子、浆果，乌黑的渡鸦侦查似的在街道和云杉树林之间飞翔。整个镇子笼罩在温和安静的氛围之中。

重回北部荒野多么令人欢欣愉悦！热血沸腾！面对如此真实的荒野召唤，心跳怎能不激动得加速，这里的山水多像朋友热情的脸庞在熠熠发光！顺着航道沿岸前行，上千英里也看不到一个人影，除了每隔很远才偶尔看到几个印第安人小村庄和营帐旁篝火冒出的淡淡烟雾——即便是这些在岸上也很少见到。沙滩退后几码远就是森林，杳无人迹，天空也一样清净空寂。群山在层层冰雪和云朵包裹之中，似乎之前人们从未得见。

乘舟游览对于那些真心想要投入大自然怀抱、欣赏海岸风光的人来说是最好的方式。大一点儿的木舟可以载重三吨左右，无论在何种大浪中，都可以像行驶在内陆海峡中一样平稳。当天气情况良好，或是顶着微风，木舟能轻松地沿海岸前进，随时驶入温暖舒适的海湾，或是随时靠岸抛锚，或者拖停到平坦的海岸上去。只要盒子和篮子里装满食物，橡胶袋或帆布袋里带着保暖的衣服和毯子，那么便可以真正独立地投入大自然的怀抱，在海上乘风破浪，一路上接受大自然壮观景色的邀约，漂进山间的峡湾，那里是瀑布和冰川的家园，每夜都能在茂密好客的树林中扎营休憩。

8月16日，我乘舟离开了兰格尔堡，同行的有杨先生、斯蒂金印第安船长泰因和亨特·乔，还有一个名叫比利的混血儿。这艘木舟长约25英尺，宽5英尺，船上挂着两块结实的方形小帆布。那天阳光明媚，风平浪静，如羊毛般松软的云彩在山脊最低处飘浮，山顶高耸于云层之上，向北方延绵而去，蔚为壮观。阳光下山上覆盖的冰雪，像澄净如镜的水面一样，一片安宁。印第安人很喜欢分派给他们的工作，热情精准地划行向前，很快我们就穿过斯蒂金三角洲一个个岛屿，进入了苏特歇尔海峡。

中午时，我们见到了从休忒勒海湾漂来的冰山群。这个冰峡湾的印第安名字叫休忒勒或者桑德湾，因冰川上流出的冰山在水中上下起落发出雷鸣巨响而得名。

荡漾在波光粼粼的水面上，不断变幻的各色岛屿永远是一道亮丽的风景线，但是我们的注意力更多的还是落在连绵不绝的山脉上。吸引目光的是浸在航道之间的花岗岩石岬，或是一些壮丽无比的宽阔山峰，抑或是某座较大的冰山，伸向远方的支流紧紧将座座高山环绕在一起，清澈透明的流水从灰色山崖和峰顶间的森林穿过，奔涌而下。我们这一天都是在这如画的风景中度过的，夜晚在一棵西加云杉树下铺开毯子，躺在了两英尺厚的苔藓之上。

第二天一早，我们绕过一片由圆石沙砾组成的凸出海岸，那是一座古老壮美冰山的冰碛岩，约为10英里长，去年11月我们曾在这里经历过一次冒险旅行。冰碛正对着三座巨型冰山，它们都是之前一座大冰山的主干部分，现在这座主冰川已经消失不见，只留下这块水中的冰碛证明它曾存在过。几个世纪以前，这里应该是这一片海岸线最壮观的风景，昔日的宏伟如今仍然清晰可见。古老冰河的样貌仍然可以凭借想象栩栩如生地展现在眼前，仿佛已置身于其中，朵朵积雨云在冰原附近缓缓爬行，阳光照耀着冰川宽阔的洪流，10 英里长的冰壁在海峡的深水中立足生根，随着巨大的轰鸣声不断地向海水释放出一座座冰山。

中午，我们迎风疾驰，绕过了范肖海角，同行的印第安人心情愉悦，一边掌舵前行，一边谈笑风生。路上，我们追上了两艘洪那族印第安小船，他们正载着家人从兰格尔堡往家赶。他们用 5 张水獭皮（每张大约值100 美元），还有大量海豹皮、貂皮、河狸皮等其他动物的皮毛，共计约800 美元，换了一艘价值 80 美元的木舟，一些面粉、烟草、毛毯和几桶制威士忌用的糖浆。换毯子不是为了使用，而是作为财产保存，因为在某些部落里，最有用的金钱就是哈德逊湾的毛毯。我们相遇后不久风就停了，两艘船慢慢并列前行，洪那人趁机询问我们的身份，为何要来到如此偏远的北部。杨先生解释说他是一个传教士，来这里为印第安人布道，如果说这个他们尚可以理解，那我为搜寻考察岩石和冰山而来，就远远超出了他们的领会范围。他们还跟与我同行的印第安人核实我此行的目的是否与淘金有关。他们还记得一年前我到冰川湾拜访他们时的情景，似乎认为我们这些不相干的人一定是有什么神秘目的。

下午将近过半时，他们同我们的船进行了一场竞赛，我们曾一度领先，优势还很大，但可能因为我们的船桨较长，最终他们还是超过了我们，并保持领先直到天黑。此时，天下起了雨，于是我们在离范肖海角25英里一处盛产鲑鱼的河流边安营，露宿在湿漉漉的草地和灌木丛中。

北部的海水水温虽冷，但偶尔也和温暖的南部海水一样清澈闪耀，这个小雨纷纷扬扬的黑夜正是如此，水温 49 华氏度，气温 51 华氏度，每一次划动船桨都会激起鲜亮的白光，船身后面是一片闪闪的水浪。

快到此次宿营地著名的鲑鱼河口时，我们被眼前的一幕惊呆了，只见水花四溅，条条银色光晕闪闪夺目，原来是成群结队的鲑鱼正向产卵地迁徙。眼看鲑鱼队伍越发壮大欢腾起来，与我们同行的印第安朋友兴奋地大叫："看哪，是鲑鱼！这么多鲑鱼！"此时小船周围和底下的水被鲑鱼搅动得愈发猛烈，成了一簇簇银色火焰。随后我们中有两人到岸边搭帐篷，我和杨先生则跟着泰因逆流而上，到溪流末端，看他如何捕捉鲑鱼回来做晚餐。溪中尽是鲑鱼，似乎比水还要多。我们好像是在沸水中行舟，银白色的浪花在黑暗中欢腾跳跃，格外抢眼。在闪闪的水光中，受惊的鲑鱼在木舟左右两侧跳来跳去，快速前进，激起无数白色浪花。突然我们看到一缕好似彗星般的长长炫目光亮，好像是什么可怕的怪物正在逼近，不过当这个怪物赶上木舟时，才发现那不过是我们的小狗斯蒂金罢了。

泰因将木舟停在激流边上的一个旋涡中，然后手持一根末端绑有钩子的长杆开始捕鱼，不到几分钟，便已抓了 6 条鲑鱼。水中的鲑鱼太多了，还不到一小时，我们就抓了能吃上一两个月的鱼，由此可见阿拉斯加的水产是如何丰富。

太阳已经升起来了，隔壁帐篷里的洪那人还在熟睡，他们排成一排，浑身湿漉漉，像死鲑鱼一般没有生气。一个 6 岁的小男孩只盖着衬衫的一角，仰面躺在那里，活像塔姆·奥桑特一样，似乎毫不在意这里的风雨和篝火。现在，他起床了，看起来很精神也很开心。如果天气一直如此，那么他身上的衣服不用洗了再晒，一会儿就能干了。有两个婴儿被吊在甲板上，只有头和手还能自由活动，他们的母亲在一旁照料，用手托着模板底部，乳房对着"小囚犯"们的嘴，正一口一口喂奶。

Vegetation at High – Tide Line，Sitka Harbor
高潮线上的植被，锡特卡港

　　早晨，我们才真正看清楚昨晚我们进入的岬角是多么美丽。除去风景如画的海岸不说，单是雨水冲刷后它的鲜艳色彩就值得好好研究一下。从岸边望去，最边上是一圈深棕色的海藻，接着是黄棕色的岩石，再往后是嶙峋岩石上的一条黑色带，是涨潮留下的印迹。巨型的花岗岩石砾缝隙里长着青草，上头还有厚厚一层红黄绿三种颜色相间的灌木丛。营地周围的云杉和铁杉树枝低垂，形成了一面树墙，上面镶满一簇簇灰黄的地衣和苔藓，纵横交错，仿佛穹顶般悬在河流上空。篝火吐出团团烟雾，久久不散，像是静止不动的云。岸边，成群的野鸭和企鹅正在享用它们的早餐，秃鹰栖息在森林边缘的枯枝上，像吃得太饱的秃鹫，眼神呆滞，望着前方。海豚则在水中嬉戏，不停鸣叫着跃出水面。

　　至于鲑鱼，跟昨天看到的一样，争先恐后地逆着激流而上，成千上万，并肩前行。现在已经退潮，遇到水浅的地方，它们的背部就会露出水面，数量之多已经无法用文字来形容。显然这里的鲑鱼更多，甚至超过了溪水的体积。这些小东西一望无际，摩肩接踵，在水中用力挣扎，我们兴奋地划入鱼群中时，它们依然挡在船前，竟然没办法划出去。我们中有个人瞅准时机抓起鲑鱼的尾巴，然后再从头顶扔向后方，如此反复，玩儿得不亦乐乎。低潮时，这样在石头间的浅水中徒手就能抓到上千条。

在这片海域里还有许多其他的资源，最重要的要数渔业。先不说数不胜数的鳕鱼、鲱鱼和大型比目鱼等，在阿拉斯加东南部像这种 40 英尺宽或者更大的溪流不下上千条，而且这些溪流每年有好几次挤满鲑鱼的产量高峰期。每年 7 月鲑鱼迁徙会路过此地，其中一种被印第安人奉为鲑鱼之王的大鳞鲑鱼会在 11 月中旬阻塞奇尔卡特河。

鲑鱼溪流边愉快的宿营结束之后，我们开心地继续沿着岸边前进，去探索去年 11 月被迫放弃的萨姆达姆海湾。我们大约在 6 点启程，欢快地穿梭于雨雾中，右边是美丽茂密的森林海岸，不时掠过水面上的座座冰山。虽然最大的冰山也不过 200 英尺长，但透过雾气看起来却异常巨大。在刚开始行驶的 5 个小时内，水面开阔，我们得以悠然前行，但没有什么绮丽景色或是异常声响，只是时不时地传来冰山在悬崖间滚落时的隆隆回响以及瀑布不断从高处奔腾而下的哗哗声。

大约 11 点，我们到达了峡湾的一角，水面全都被冰雪覆盖了。我们找来许多木头，将船身固定住，防止它受到损坏。泰因队长有着丰富的冰山经验，此时他正在船上忙着，亨特·乔和斯玛特·比利为我们准备了热腾腾的午餐。

我们登陆的这处隐蔽的凹地，看来是萨姆达姆海豹猎人最喜欢栖身的地方。我们用雪松树皮将帐篷杆绑牢，放置在了铺满海豹骨、鲑鱼遗骸和云杉树皮的平地上。

在这样的冰水中航行真是一件累人且无聊的事情。这里到处都是二三十码宽的开冻地带，要想前行，就必须用杆子推开小冰块。而我却乐在其中，因为总能从中得到宝贵的经验。一两个小时之后我们就开辟出了一条之字形的航道，如此便可畅行无阻，而且经过身边的冰山时，还有了闲暇兴致勃勃研究起了它们的奇妙构造。最大的冰山不过 200 英尺长，高出水面的部分有 25 英尺到 30 英尺。起码要有 150 英尺至 200 英尺深的水才能让这样规模的冰山自由流动。这些稳稳漂浮在水面上的冰山在水位线下都有冰基，是由于浸没于水下的部分快速融化而成。当冰山上有一部分滑落时，就会形成一条新的基线，而原来被切割掉的部分，便会从不同角度浮出水面，如此一来，就形成了一座特色鲜明的冰山。许多古老的冰山上平行排列的狭窄垄沟慢慢融化，形成了美丽的冰脊，这表明，几千年前山上的冰雪源头就已经有了冰床结构。风平浪静潮流缓慢之时，一座冰山瞬间碎裂的景象尤为壮观。碎片滚落时的声音久久在水面上回响，令人心惊胆战，落入水中的冰山重重地砸在水面上，激起巨大的浪花，向四面八方涌去，似乎在宣告这里发生的一切。周围成千上万的岩石和沙洲似乎也纷纷回应，一遍遍地传递着这一信息。有几次划船经过这样的冰山碎裂之地，大冰块会从身边滚落下来，危险万分，我们赶紧驾船逃脱。海豹猎人泰因说，经常有人在这样的冰山事故中丧生。

下午，我们向峡湾进发，沿途景色越来越壮观，令人赞叹不已。正当我们欣赏风景时，一个印第安伙伴让我们看远处，那里的山头上有一群野山羊，过了不一会儿，又来了两群。它们位于我们头顶大约 1500 英尺的山峰，远远望去，就像是在群山间移动的一个个白色圆点。在这里和阿拉斯加的阿尔卑斯山脉附近，这种羊群很常见，它们食用位于林木线以上的大片山草。每年，它们长长的黄毛到这个时候都会脱落，换上一身雪白的皮毛。对于野外的牛羊来说，没有比这里更好的食物和御寒方式了。泰因告诉我们在枪支引进来以前，他们经常用矛来捕猎。带着猎狗追逐猎物，把它们逼到海湾的岩石上，这样便能轻而易举地活捉或是猎杀。

峡湾上半部分来回各有一英里，约有半英里宽，四周环绕着雄伟的约塞米蒂式悬崖，表面的蚀刻异常华丽，旁边的许多瀑布、树木、灌木丛和鲜花更是增添了不少美感。新奇景色真是数不胜数，让人目不暇接，想要一一仔细欣赏估计一辈子也未必够用。但我决心至少看一看这里雄伟的冰原。我们经过一座座岬角，每绕过一处都希望能看到清冰原的样子，但它始终不肯出来相见。

　　船又绕过了一大块花岗岩山肩，我们期待着能看到峡湾尽头的风光，但一无所获，泰因趁机稍作休息，他说冰山总是知道如何将自己更好地隐藏起来。不过这里的冰山很少再连接那么紧密，我们由此加快了速度，到八点半，我们已经航行了十四个半小时，在一条东北流向的支流尽头终于出现了一座巨大的冰川。

　　这座冰川十分肥沃，水流很快，释放冰山的锋面大约有四分之三英里宽，八九百英尺深，有 150 英尺左右露出水面，像是一座宏伟的蓝色屏障。向后几英里之外水面宽阔了很多，冰川峰紧紧挤在两座 3500 英尺至4000 英尺高的陡峭花岗岩壁中间。冰川从我们看到的断裂处，气势恢宏地一直向前横扫而去，景象很是壮观。轮廓鲜明，线条优美，不时绕过坚硬的岩石。我站在船上，正想速描下这幅图景，忽然几声巨响，几座冰山落入水中，溅起许多冰屑和浪花，足有 150 多英尺高。

　　"冰山似乎格外钟情于你，"泰因说道，"为了欢迎你的到来，它正向天空鸣枪呢。"

　　完成草图后，我又在上面做了些笔记。随后指引着船员绕过海峡西边的一块高耸光亮的岩石。透过峡谷的走势，我推断那片海域中曾有一座巨大的冰川，让我欣喜不已的是冰川居然还屹立在那里，正向峡湾的一条支流漂动。印第安人像我一样兴奋地欢呼起来。我本以为这里只有一座冰川，却看到了两座。两座冰川只间隔两英里左右。一座冰川已是稀奇，这两座居然毗邻而立，真是壮观至极！日落后，我们赶紧找寻栖身之地。虽然我很想在这两座冰川附近住下，但是一眼望去并没有可以靠岸的地方，于是不得不趁着月光往回划行了几英里，重又划到旁边峡谷的出口。来时我们曾见到有树林上延至此，那里看起来似乎是一处很好的靠岸点，但是随着我们的船慢慢靠近，却发现虽然斜坡较短且不是很深，但是花岗岩石却直直地插入深水中，没有可以靠岸的水平河岸。

在对岩石上密布的裂缝和足迹进行了一番周密考察后，我们决定，与其冒着遇到浮冰的危险，继续航行几英里去寻找落脚点，还不如试一下在这里靠岸。我们爬到 200 英尺高的光滑岩石上，不得不手脚并用，身后还拖着食物和毯子。这真是一段艰难的旅程，但事实表明这里是个极好的落脚点。可以说这是整个旅程中最好的露营地，像一个完美的空中花园，灌木丛边缘的树枝上挂满了熟透的浆果，在我们生起的篝火映照下，色泽更加诱人。旁边就是一座巍峨的高山，山顶覆盖着皑皑白雪。在山顶冰帽的蓝色边缘处有 16 条巨大的银色瀑布倾泻而下，直落 4000 英尺，每一条发出的声响至少在两英里内都听得清清楚楚。

火光照在花园中的飞燕草、天竺葵、雏菊身上，真是美不胜收！岩石下方，浪花正欢快地冲击着海岸，像是在替两座冰川向我们表示最热烈的欢迎。16 条瀑布齐声鸣唱，歌声是多么嘹亮动人！

听着瀑布奏鸣曲，我们睡得非常香甜。更棒的是清晨我们发现冰川已经散去，木舟安然无恙，于是我们兴高采烈地继续沿着峡湾顺流而下，横穿右侧堤岸，想去我昨天看到的主峡湾中一条又深又窄的支流一探究竟。峡湾河口守卫般伫立着两块巨石，从上面的冰河痕迹规模推断，我们的辛苦付出会得到丰厚的回报。

我们在峡湾右侧行驶了约三英里后，似乎就到达了源头，因为这里的岩石和树木弯弯曲曲连成线，从一面绕到另一面，看不到任何出口，而峡谷壁似乎向后方无限延伸，层峦叠嶂，一个比一个雄伟。

就在我们悠闲地沿着弧线寻找适合靠岸的地方时，泰因队长突然大叫起来，"大浪，大浪！"把我们吓了一跳。小船随即被一股猛烈的水流冲到了一旁，而我们刚才还以为那只是瀑布咆哮的声响。这次我们险些被水流冲击撞到岩石上，不由得心有余悸，后来我们才知道，这只能算是途中一段快乐的小插曲罢了。上岸后，我们爬上岸边最高的岩石，想要看看急流远处的海峡水势如何，判断一下我们是否能够安全前进。光滑的岩石参差不齐，布满了苔藓和灌木丛，我们爬了一两个小时后，发现峡谷中深蓝色的海水在壮丽无比的约塞米蒂式岩石脚下蜿蜒伸展，直到远方。于是我们的信心更加坚定，一定要穿越湍急水流，去它神秘的最深处。横立在峡湾中的是一块极其坚硬的花岗岩，原来这里的大冰川曾经从上面席卷而过，但水流还没能把它冲刷到一般情况下的低位，现在这里所经受的只是潮起潮落，力量犹如山上奔涌而下的激流。

回到船上，我们继续向前行驶，速度奇快，眨眼间就划过了花岗岩地带，一时间海浪翻飞欢腾，旋涡阵阵，甩下一片片白色的泡沫，小船犹如一个肥皂泡，在水上轻盈地上下颠簸摇晃。在逆行了一段水域后，我们驶入了一片平滑如镜的水面，两边的花岗岩石壁无比原始狂野，令人激动不已，在某种程度上甚至超越了赫赫有名的约塞米蒂峡谷。

我们在巨大的山崖下安静地漂流，内心充满了敬畏。悬崖高耸突兀，像是悬在了空中，就连印第安人也在目不转睛地凝视着这一景色，似乎也被这奇特宏伟的场面所深深打动。终于，一名印第安人打破了寂静，他说："这里肯定特别适合土拨鼠生活，我都听到它们的叫声了。"

接着，我问他们，觉得这个峡谷是如何形成的，他们没有直接回答，开始谈起雨水和土壤。他们认为这里的雨水是由神话里一名叫耶克的壮汉快速旋转地球而成。海水就这样被抛向空中，然后落回地面，形成雨水，就如同从一块潮湿的魔石跑出来一样。但他们不懂为什么海水咸而雨水淡。他们认为植物生长的土壤也是由雨水对岩石的冲刷作用而逐渐形成，但是他们没有发现冰川的冲刷侵蚀也与此相关。

我们一直向前划行，观赏着不断变幻的景象，每绕过一个弯口，景色不仅在形式上更为丰富多彩，让人回味无穷，规模上也愈发壮观宏伟——白雪覆盖的瀑布银装素裹，峡湾蓝色的海水尽情冲洗着那巨大的穹顶、冰垛和泛着银灰光芒的蚀刻冰拱；布满绿色蕨类的幽谷，暗礁上丛生的鲜花，边缘地带柳树和桦树的枝条像流苏一样在风中摇曳；当然还有冰川。当我们靠近峡湾源头处那如同约塞米蒂半圆顶底部的巨型岩石时，出现了两条支流，另一座冰山映入眼帘，我们为此行的圆满感到格外开心。终于能够一饱眼福了！冰山从高高的山中源头席卷而来，气势恢宏，像一个个堡垒左摇右摆，之后便落入峡湾，摔成碎片。欣赏了这一大自然的惊喜后，我们向峡湾左侧的支流驶去，在那里，我们看到了一条大瀑布，水量极其充足，堪称河流，虽然从这里无法看到，但无疑表明这是峡湾深处一座衰退期冰川的出水口。

虽然底部已淹没在冰和水之中，但究其形式和起源，这里都是一个典型的约塞米蒂溪谷，上上下下都是冰，无论冬夏，皆是好去处。溪谷10英里长，1英里宽，有大小瀑布10余挂，最美要数位于溪谷河口左端那个。它先是绝妙地冲过一座第一眼望去有9000英尺到10000英尺高的花岗岩山脊，然后从足足有250英尺高的峭壁一跃而下，分离开来，最终落到石砾上摔为段段急流。另一条瀑布高1000英尺，突然从天而降，落到距冰川峰两英里外的边缘之上。其他的瀑布都有3000英尺高，从狭窄的峡谷落下，这些山谷虽然无比幽深陡峭，但是其间生长着各式各样的蕨类植物，与有水流过的航道并无差别。这是我在阿拉斯加见到的最为壮观的岩石阵列和瀑布群。

　　溪谷山壁上的树木和约塞米蒂山墙上的数量相当，由于这里空气更为潮湿，所以植被体形都偏小，比如灌木、蕨类、苔藓和各种草等。一大部分谷壁上都光秃秃的，被打磨得十分光亮，与过去占据这里的冰川冲刷峡湾时一样。谷壁后面山上的植被生长极限处深绿色的部分其实是草。野山羊或更确切地说应该是岩羚羊，常去那里觅食。沟壑中或是较为平缓的斜坡深处植被油绿茂密，主要有柳树、桦树、越橘灌木丛以及大量带刺植物，比如虎耳草、悬钩子和人参。当我们靠近这一斜坡，尤其是大峡谷狭窄入口处接近水平面的地方时，对于探索者来说，再没有比这些更密不透风、更为纠结的植物了，想要通过极其艰难，比穿过内华达山脉的鼠李和石楠灌木更难以忍受。

　　神秘的约塞米蒂式悬崖花园堪称色彩斑斓。无论是多细小的狭缝和台阶，还是宽阔的岩石，只要有一点土壤，就能生长出大量美丽的鲜花，比在清凉阴暗区域预想到的色彩鲜艳得多。这里生长着飞燕草、天竺葵、扁萼花、圆叶风铃草、广地丁、虎耳草、柳叶草、紫罗兰、梅花草、藜芦、缬草，还有兰花、菝葜、紫苑、翠菊、雏菊、欧石楠、岩须、北极花和各种各样的开花醋栗、悬钩子以及杜鹃。以上这些植物尽管茎叶柔软，但与南方温暖地区阳光充足时的花草一样五彩缤纷，鲜亮夺目。特别是杜鹃花，处处皆是，朵朵美丽，它的果实与花瓣给岩石铺上了一层精致的地毯，绿色为底，挂满了粉红色的铃铛，或点缀着红红蓝蓝的浆果。最高的一种草叶子为带状，曲线完美，柔韧性极好，满身坚刺，紫色的花穗不断向人点头致意。不过像内达华高山上那种能在冰川低湿地带如地毯状稠密生长的草，我在阿拉斯加并没有见到。

这里蕨类植物的种类比不上加利福尼亚，但棕榈类植物的数量基本持平。我曾见过三种三叉蕨、两种岩蕨、一种洛马底、水龙骨、薄叶碎米蕨和几种凤尾。

在萨姆达姆海湾东部的狭长地带和约塞米蒂式的支流来回途中，我在小船上数了一下，一共经过了 30 座小型冰山，其中 3 座可算作一流；还有 37 条大小不一的瀑布，流水声在几英里外都能听到；整个海湾的岩石、森林和浮冰都在发出阵阵咆哮。至于未知的另一侧狭长水域有多少座冰山，我无从知晓，但从那里漂出的冰山数量判断，我估计至少还有 100 座以上，正将它们浑浊的水流向着峡湾倾泻而下，才会有如此众多欢快跳跃的瀑布。

大概中午时分，我们沿来路回到了主峡湾，天黑之后到达了金矿地区扎营，收获满满却也筋疲力尽。

8 月 21 日早晨，我和三名印第安同伴再次出发去探索这片壮丽海湾右侧的狭长地带。因为要传教，杨先生留在了金矿地区。在这里我们又发现了许多萨姆达姆式冰湾，有 35 平方英里至 40 平方英里的区域全是冰山群。有一座大冰川从峡湾河口处下行延伸，所有冰山皆由此而出，还有 31 座低于潮水线的小型冰川，以及 9 条庞大的瀑布倾泻而下。两排约塞米蒂式的岩石群，足有三四千英尺高，18 英里至 20 英里长，很明显都是经过冰山冲刷打磨而成。边缘上整齐地生长着云杉和各种美丽的花草，种类繁多，不再一一列举。

与外部航道平静畅通、处处皆景的海湾景色相比，刚驶入这里五六英里以内除了冰山还能引人注目外，并无其他可看。如果去爬右面的山壁，就会发现它要比平常的山坡更为陡峭，沿其顶端，许多小型冰山清晰可见，带有蓝色裂缝的冰川峰延展在冰雪覆盖的山脉边缘，每个锋面末端都有一条欢快的溪水涌出，先是形成瀑布，落到冰碛上，随后化为急流，穿过片片矮柳树和云杉树林进入海湾，一路载歌载舞很是热闹。从这里看对面，有一个 3 英里深的小海湾，后面有一座被壮丽冰山包裹着的山脉。其他地方都是相对较低的山脉，顶端生长着茂密的树林。

离开金矿航行了约 6 英里后，但凡经验丰富的登山者都会注意到前面地势宽阔低洼，峡湾开口应在不远处，朝向那里驶去后发现实际是海湾西部狭长海域的延伸，两侧都是巨大的花岗岩岩壁，岸边挤满了冰山，似乎除了飞鸟任何东西都无法越过这里。海岬一个接一个，排列蔚为壮观，看上去直上直下，让人晕眩。海岬的底部没在水中，上面露出的一小块地方连一个人都站不下，却一点儿都看不到将这些冰块注入海湾的冰川的踪影。我们在布满浮冰的水域缓慢前行，越过一个又一个海岬，希望能一睹冰川源头的风采，但总有突出的岬角挡住视线。于是我们加快了航行速度，边走边欣赏着这非凡的约塞米蒂式景色。两岸穹丘高耸，线条优美，直抵云霄，如同加利福尼亚溪谷一样宏伟完美，岩石的前部在冰川的冲刷下，形成了美丽的纹饰，其规模与精美程度，即便是经过设计的雕刻也无法企及。

一些狭窄的台阶和高山平地上生长着一排排的云杉和双叶松，在峡谷侧面后部背面的山峰基部还有大片森林，连绵的山墙因此间断。一部分山谷由于岩石坠落已经沉到了水面以下，延伸出去很远。尽头处就是座座冰山源头，条条壮观的溪流就是从这里应运而生。岩壁两侧还可以看到小型的冰川，仍在不辞辛劳地继续冲刷雕琢。我数了数，有 25 座小冰川，或许已经有 50 座甚至更多冰川挤入这片峡湾。这些冰川融化点的平均高度是海拔 1800 英尺，当这里只有一座萨姆达姆冰川时，它们都是这一主冰川残存的支流，布满整个峡湾，冰水从侧壁四溢而出。

下午的旅程非常劳累，我们一直在浮冰群之间艰难前行，却一点儿没见着冰山的影子。后来我们遇到了一位萨姆达姆海豹猎人，他当时正驾着一艘独木舟在浮冰间辗转腾挪，敏捷穿梭。他告诉我们，这里距前方的冰川还有 15 英里。此时已近傍晚，我收起了画笔，不再沿途做记录，和印第安人一起费力划桨，希望在天黑以前找到落脚的地方。大约 7 点时，我们似乎到达了峡湾尽头，仍然看不到有大冰川的踪迹，只看到一条小冰川，约三四英里长，位于海拔 1000 英尺的地方，正在慢慢融化。不久，4000 英尺甚至更高的悬崖峭壁间显现出了一条狭窄的水域，几乎和峡湾的整体流向成 90°角，大约在两英里开外，又被另一座无论坡度还是高度都毫不逊色的悬崖阻截而止。在沿着这个弯道上行时，风浪很大，行驶十分艰难，几乎一直靠着右侧的岩壁慢慢向目的地靠近。抬头仰望，岩壁似乎要压到头上似的。海浪击打着岩石和冰山发出了刺耳的声音，让人更加郁闷。在夜幕刚刚降临时，胜利的呼喊声才响彻山谷，这也意味着深深隐藏的大冰川终于被我们逼到了尽头。我在距山谷第二个弯道还有一段距离的地方找到了一个有利位置，可以清楚地一览冰川全貌，看洪流如何沿山间宏伟的航道涌入峡湾，它的每一条支流在其他任何地方都能被视为一座大冰川，现在从幽远的山间源头出发，四面八方汇聚而来。

印第安人笑着说："你迷路的冰山朋友在这儿，它好像在问你好呢！"一座座的冰山伴随着轰鸣声横空出世，泰因说："你的冰山朋友心情不错呢。听听！跟热情好客的人一样，这好像是在鸣枪向你表示敬意。"

我只在这里停留了一会儿，足够我草草画出冰川轮廓，之后便急切地让印第安人赶快往回行驶 6 英里，来时我注意到那里有个峡谷的侧面入口。如果我们找不到更好的安营之地，便只能在那里安身。天黑以后，我们在浮冰的水面航行更需格外小心。一名印第安人拿着桅杆将小浮冰撑开，同时引导我们寻找最为开阔的水域，一分钟内他大概会喊上十多次："朝海岸划！朝海上划！"10点后，我们才到达这个登陆的地方，还是在黑暗中跟随冰山的急流声而来。地面上满是沙砾岩石，丝毫没有可以躺下来睡觉的地方。印第安人先是帮我在远离潮汐侵扰的沙砾中搭了个结实的帐篷，然后用锚将木舟牢牢固定在岸边，他们打算在船上过夜，以免船被风浪卷走。他们返回木舟前，我问是否要去吃些东西，他们立即回答道：

"趁着冰山还没有发威，我们现在要睡觉了，明天再吃饭，但是如果你现在想吃的话，我们还有一些面包可以给你。"

我答道："不用了，去休息吧，我也要睡了，明天再吃。"那一夜我们没有东西可以用来照亮或生火，能做的只剩下睡觉了。找到最佳姿势躺下后，沙砾似乎也可以是张很舒服的床。

本来我以为帐篷所处的位置完全可以躲开冰浪的侵扰，但由于冰山和水流的撞击，半夜还是有一些海浪打在帐篷上，把我吵醒了。这些奇特海浪的始作俑者既非风也非潮，而是由于冰川突出部分掉下的大块冰山飞溅起来，或是一些长期安静漂浮的巨型冰山突然碎裂或反转而造成的。最大的冰浪有时能波及 6 英里甚至更远，才渐渐消退。在这静谧漆黑的夜晚，四周沉寂幽远的山间，隆隆的咆哮声显得格外引人注目。这似乎是在向世界宣布，又一座冰山诞生了，它们不断重复地诉说着，仿佛强迫人们非关注不可，这让我们想起了地震时的情景，波动有时会影响几千英里，从这片陆地传到那片陆地。

清晨，印第安人上岸后，看到我那被吹得乱七八糟的帐篷，便一边笑一边打趣说："你的冰山朋友昨晚一定派人给你带话了吧，他的奴仆是不是来敲你的帐篷问你睡得好不好了？"

　　我因为太久没吃东西，不能再继续艰苦地工作了。但当印第安人开始煮饭时，我还是决定要在早饭前爬上峡谷的另一边，去探寻一下那条曾流入峡湾的冰川踪迹。通过观察溪流流量的大小和水质浑浊程度，我推测那座冰川应该在不远处，而且规模庞大。我用了两个小时穿过荆棘丛生的灌木丛，越过岩石和冰雪混杂的雪崩陡坡，终于看到了那座冰川。冰川峰横跨峡湾，靠着两边山壁，表面岩屑密布，在悬崖阴影的笼罩下显得有些暗淡阴森。冰川排放的流水是从一个洞穴状的低洼凹陷处喷发而来，水量与一条河流相当，奔腾咆哮，响彻山谷。除此之外，在晴日照射下，远处众多支流纯净洁白，如新近飘落的白雪，从群峰中各自的源头涌出，沿着斜坡奔流而下，与山谷中间主冰川的晶莹水流相融相汇。这座精美的冰川海拔大约 250 英尺，要不是在穿过主峡谷时冲击力受到损耗，而且斜坡平缓影响了速度，说不定它能直抵前方的峡湾，同时释放出冰山。

　　10 点时，我返回营地吃了早餐，之后便将所有东西装上木舟，轻松起航，经过峡湾来到另一片地势低洼但较为开阔的水域，那里正对峡湾的巍峨悬崖是冰山存在的最有力佐证。我本来很高兴能够把这里所有的地方游览一遍，跟随溪流和浮冰的踪迹，进入最高处的冰雪源头。但我必须等待。幸好只停顿了一两个小时，之后我穿过一片灌木丛，爬上一块最高的岩石，终于看到了全景。主冰山的前部离峡湾并不远，不时有一些小冰山从上面掉落到水中。峡湾支流的谷壁极为高峻，呈明显的锯齿状，一块斑驳的红色岩石，可能是板岩，插入其中。返回途中，我采摘了许多成熟的橙色浆果，还有大量熟透的越橘，以及之前从未见过的有趣植物。

　　中午时分，趁着浪潮的流向对航行有利，我们踏上了返回金矿营地的旅程。阳光温暖，风平浪静。冰山间的水域像镜子一样平滑，倒映着万里无云的天空。美丽迷人的冰山折射出的七彩阳光使眼前的美景变得更加妙不可言。

　　不久，微风轻拂，水面波光粼粼，像朵朵洁白的百合旋转起舞，与冰凌折射出来的光芒交相呼应。

　　虽然大部分冰山由于风化作用，崩裂的表面呈现出白色，但在明媚的晴天里，有些冰山会略带紫色。而刚从源头处涌出或是由于翻转刚刚暴露于空气中的部分则是通体晶莹的纯蓝色。但冰山无论新旧，都有一些奇妙的天蓝色小洞或是细缝，最纯净的光芒跳动闪耀其中，与人间或天上的万物生灵一样洁白无瑕，可爱至极。

　　在经过一个印第安村落时，为了表示敬意，我们赠送给首领一些烟草，他回赠给我们熏制的鲑鱼。在此之前还问了一大堆关于我在当地海湾探险的发现，直言不讳地说他们全然不信什么冰川传说。

　　约9点时，我们返回了位于金矿的营地，得知杨先生早已做好次日与我们一起出发的准备。我在阿拉斯加最开心精彩的两天就此结束。

第十五章

从塔库河到泰勒湾

8月22日，我们告别萨姆达姆，沿着海岸北上塔库，阿拉斯加从未像此时这么美丽。早晨清爽安静，紫红色的晴空万里无云，一丝风也没有，海岸周围纤细的云杉树叶和沾满露珠的小草也都纹丝不动。阳光倾泻到连绵不绝的山脉和广阔的洁白冰山上，如同洒在成熟麦田里散发出的玫瑰红色，尽染丛林，也照亮了平静透明的水面和冰山，五光十色，美轮美奂。所有生物似乎都快乐无比，大自然的杰作也在热情似火地继续，即便是在深深休眠期，也能感知到此时正孕育着这片土地上所有的地貌特征，预示来年这片冰原上又将硕果累累，冰川进程从寒冬转向炎夏就是先兆。我们为之忧心忡忡的商业化生活蒙蔽了我们的双眼，其实无论是谁，只要有眼睛，就能看见上帝不辞劳苦的杰作。痕迹斑斑的岩石和冰碛生动地呈现出冰川时期的冬日之景，也显示出了曾经填满海湾、覆盖群山的冰川轮廓。现在，冰层已经化为了海水，许多鱼类在这里栖息。海湾里漂浮着几百座冰川，溪水夜以继日地流淌，以每分钟几千立方的速度，不断运来泥沙和石块，将海湾填埋。之后，随着季节的变化，天气转暖，耕地会在这里出现。

印第安人看到灿烂的阳光，心情愉悦起来，他们一边像海鸟一样叽叽喳喳地说个不停，一边用力地划桨，很明显，能够完好无损地逃离浮冰水域，他们分外开心。

"现在我们向塔库出发。"他们说着便划过波光粼粼的水面，"再见了，冰山，再见了萨姆达姆。"微风四起，他们趁机扬帆起航，收起船桨，像通常空闲时那样，将粮食、枪、绳索和衣物等按顺序放好，在太阳下暴晒。乔有一把老式火枪，总让我们想起了在哈德逊湾的日子，他想把火药射光，然后重装。这时，他走到船前，我还来不及阻止，他便朝飞过的海鸥开了枪，海鸥随即慢慢落到了船边，流出了鲜血，我质问他为什么要枪杀飞鸟，接着又谴责他愚蠢而残忍的行为。对于我的质问，除了说从白人那里学到，杀生并不是什么大事儿之外，他也说不出什么其他理由。泰因船长也指责了他的这种行为，并且说这可能会为我们带来厄运。

在白人到来之前，阿拉斯加的特林吉特部落人一直认为，动物也是有灵魂的，对于那些被他们当作食物的鱼或是其他动物，甚至是对它们不敬的言语也会带来厄运。他们这种迷信和发生在一年前兰格尔堡的一个事件有关。斯蒂金的一位酋长曾有个五六岁大的儿子，他对儿子宠爱有加，经常带他在附近乘舟，有时也拉着他的小手到镇上去。去年夏天，男孩生病了，身体变得虚弱无力，他的父亲不明病因，所以非常警惕，害怕孩子是被施了咒语。首先，他向传教士卡利斯医生求助，医生为他开了药方，但结果并未像父亲期盼的那样药到病除。在某种程度上说，这位酋长从前无论在精神上还是物质上都是传教士忠实的信众，但在这样的危急关头，他求助于自己父辈们的信仰也很自然。于是，他请来了部落里的萨满法师，向他说明了病情，法师通过念咒语，宣布他已经找到了孩子的病因。

他说："你的孩子失去了灵魂。事情是这样发生的：他在岸边的石头上玩耍时，曾看到过水中的一只小龙虾，用手指着取笑它说：'瞧你那腿都弯成那样了，怪不得你不能直行，只能斜着走。'这番话让龙虾很是生气，于是它伸出长长的钳子抓住孩子的灵魂，将其拉出他的身体，扔进深深的水中。"他继续说道："除非被抓走的灵魂能够回到他的身体中，否则他必死无疑。你的孩子现在已经奄奄一息了，现在活着的只是一副皮囊，虽然还能维持一两年，但他再无用处，因为他不会再变得强壮、聪明和勇敢。"

孩子的父亲询问萨满法师自己能否做些什么救救孩子，孩子的灵魂是否还被龙虾侵占，如果是那样，还能够召回灵魂将其放入孩子的身体里么？萨满法师的确有办法让灵魂和身体重新合二为一，但是这个过程非常艰难，而且可能还需要花费 15 条毛毯。

船划出海湾进入斯蒂芬斯海峡时，风渐渐停了，印第安人不得不又开始划桨，就这样我们结束了谈话。我们沿着海岸在银色的水域上前行，黑暗的森林向四面八方蔓延开来，那里有许多植物，但都像麦地一样单调普通。然而，独具慧眼的观察者无论走到何处，只要用心欣赏，就会发现有趣的变化。陡峭的山坡上生长着许多奇怪的树木，有着独特的颜色和形状，就像是坐在观众席的观众，一排高过一排，层次分明。有顶部塔尖状的蓝绿色孟席斯云杉，还有让人感到温暖的黄绿色莫滕云杉，它们树冠处的枝叶都指向同一个方向；还有叶子像小草一样优雅地低垂，如羽毛般绵软的褐绿色阿拉斯加扁柏。茂密的灌木丛沿海岸悬挂在悬崖边上，上面是白雪覆盖的山峰，下面是波光粼粼的湖水，还有变幻莫测的天色，所有的一切形成了非凡的风景，看多久都不会累。

傍晚，我们来到塔库部落的一个村子，它位于风景如画的海湾源头，非常安静，像是废弃了似的，连个萨满法师或是看守的人也没有。这里的人们快乐而富有，没有什么需要长期保存的易腐物，也没什么需要担心的事情。据同行的印第安人说，他们到远处去捕鲑鱼了。附近的印第安人村落每年都会有一段固定的时间离开村子，他们经常去捕鱼，采摘浆果，寻找驻扎地，持续在那里住上几个星期，在坚固的主要村落间往返穿梭。之后，他们夏天的工作就是将冬日的食物——鲑鱼晒干捆在一起，将鱼油和海狗油放入箱子中储藏，把浆果和云杉树皮压缩放进蛋糕里。之后夏天的工作便结束了。随后他们便着手处理平息一年来和相邻部落之间的一些积怨，全身心投入，大摆宴席，尽情地歌舞饮酒。塔库人曾经是一个好战的强大部落，但现在和其他部落一样，几乎看不到醉酒的影子。他们在塔库河还拥有一个更大的村庄，据传教士统计，一共有 269 人，男子 109 人，女子 79 人，还有 81 个孩子，这一数据表明这一部落正在逐渐走向消亡。

同行的印第安人希望晚上能找个废弃的房子休息，但我还是劝他们在野外找个干净的地方露营。天黑后，我们在一个多石的岸边登陆，周围长满了带尖刺儿的植物，让所有人都很反感。但是我们只能停在这里将就了，因为天黑了，不能再继续前进。在岩石上吃过晚饭后，他们疲惫地回到船上休息了，木舟停在岸边，远离低处潮水的地方。杨先生和我爬了好久，才发现了一处勉强可以休息的地方。

第二天，离开布满荆棘的营帐两小时后，我们绕过了一座将近 1 英里高的山石，进入了塔库峡湾。峡湾长约 18 英里，宽 3 英里至 5 英里，直接深入到山脉的中心，容纳了上万座冰川和溪流。古老的冰川又深又宽，相对分散，并没有对狭窄的溪谷形成冲刷作用，所以没有留下在别处常见的蚀刻景观，不过因为这一缘故，一旦发现壮观的冰雕，更是趣味丛生。这座峡湾，和我之前见过的有所不同，在这里可以看到海峡如何从普吉特海湾伸展到北纬 59 度岸边，形成一个完整神奇的航道体系，因为这个海湾是航道体系的一部分——斯蒂芬斯海峡的一个分支。海水流向和海岸的冲刷痕迹与最狭窄峡湾一样明显表明了冰川的作用，曾占据这里的巨型冰川的最大支流至今清晰可见。行驶到峡湾中部，我数了一下，大大小小的支流共有45条，其中3条来自壮丽的雪山，倾泻而下，直达海平面，形成了一幕奇景。3条支流中间的那个属于一等冰川，碎裂成若干个洪流涌入峡湾，方圆25平方英里汇集的都是它的冰山。旁边那座冰川和潮水之间虽然被一条狭长的冰山碎石带分开，但偶尔也会释放冰山。上午曾有大型冰块从它上面滚落，阻塞了河道，最终溪水还是冲破了阻碍，洪水般横扫过成千上万的浮冰，将其冲进峡湾。不一会儿周围又安静了下来，洪水退去，留下的只是冰川峰上一大块蓝色疤痕，以及冰碛上搁浅的冰山在诉说着它们的故事。

这两座冰川大小相当，有2英里宽，前端仅相距1.5英里。我在漂浮的冰山之间找到了一个地方，可以一直望见很远处它们源头所在的高山中央，坐下来勾画轮廓的时候，两名塔库部落的海豹猎人——一位父亲带着他的儿子正划着一艘极小的木舟朝我们驶来。他们来到我们旁边，友好地打招呼说："你们好！"询问了我们的身份和目的等，还为我们提供了一些有关这条河流、他们村子以及另外两条冰川的信息，说那两条冰川在前面几英里的河谷，几乎已经和海平面持平。巨大的冰山间，他们蜷缩在小如贝壳的船里，划着桨，拿着有倒钩的鱼枪，构成了一幅在文明社会中永远不会出现的画面，寒冷荒远，就像到过北部的探险家为我们描绘的一样。

穿过拥挤的冰山，终于到了峡湾尽头，我们驶入河口，但很快又被湍急的河流冲了出来。塔库河是一条巨大的溪流，光河口就宽约一英里，与斯蒂金河、奇尔卡特河、奇尔库特河类似，它的源头远在内陆，越过群山和壮丽的峡谷，沿途携带着大量的冰山缓缓前行。

像奇尔卡特人一样，塔库印第安人占据绝对有利的商业优势，他们占领了河流，并禁止内陆印第安人直接和白人进行交易，而要通过他们这一中间商进行买卖。

我们尝试逆流而上，但没能成功，这时，天也快黑了，因此我们开始寻找营地。沿峡湾左侧行驶了两三英里后，我们很幸运地找到了那两个印第安人所描述的隐蔽之地，有充足的木柴可以用来生火，而且还能把我们的木舟拖到岸上，远离海浪。扎营在这里既安全又能隔着海湾远远望见巨大的冰山，距离近到能目睹冰山的诞生和它们的喧哗骚动，还能清晰地听到它充满喜悦的狂野咆哮。晚霞为群山染上了色彩，像是这座雄伟高山的天花板。太阳落山后，峡湾处于一片阴影之中，几缕水平的光束照在绵延数英里的冰山上，折射出紫光，那光芒像照在水晶上一样，美得令人心醉。之后，除了最高的峰顶，所有一切都变得苍白起来。很快这些光芒也都消失了，如同闪闪发光的星星一样，降到了地平线以下。夜色逐渐浸染了冰山以及冰山之间的山脊，绚烂的霞光仍在排列整齐的一座座山尖久久徘徊，不愿退去。黄昏的最后一道紫光终于完全消失，星星开始闪耀起来，整个白昼就这样过去了。望着整个峡湾，海水漆黑得发亮，两座冰山似乎渐渐拉长，若隐若现，幽灵般延伸到影影绰绰的群山之中，白日里的崇山峻岭此刻在满是星光的天空的映衬下，显得很是漆黑阴森。

第二天一早下起了大雨，周围的一切很是阴沉凄凉。行驶在峡湾之中，呼啸的海风裹着雨点拍打在我们脸上，但我们仍继续顽强前进。直到上午10点，才离开峡湾进入了斯蒂芬斯航道。此时，已转为微风，而且是顺风航行，我们驶离了航道，天黑时到达了阿德默勒尔岛的尽头，扎营在一个遍布沼泽的山谷里的断崖上，周围是被松萝缠绕的云松树。暴风吹着冰凉的雨水，猛烈地打在身上，我们挣扎在这小小的沼泽地中，想要生火做饭。

　　天空亮起来时，我们才发现营地四周是一片荒地，至于我们是如何在黑暗中找到这里并宿营的，真的很难说。我们逆风沿岸行驶了几英里后，升起船帆，直接穿越林恩运河去往大陆。接下来的航行，没有遇到很大困难，夜幕降临时，风已经柔和了许多。在离艾希海峡入口很近的地方，我们遇到了去年见过面的那名洪那人，他赠给我们两条鲑鱼，我们给了他一些烟草，之后便继续前行，在锡特卡杰克抛弃的村庄附近安了营。

　　第二天一早风仍然未停，但日落前我们还是航行了约 20 英里，在法维尔岛的西边安了营。我们不小心撞上了暗礁，船被撞出了一条细小的裂缝，好在涂抹一些松脂就能粘好。这里的鲑鱼已经长大，红花覆盆子也早就成熟，我们爬到岩石上探路，尽管这个岛屿被一片至少五六英里宽、布满冰山的寒冷水域环绕，和大陆及其他岛屿相隔至少五六英里，但我在这儿发现了最喜爱的动物和鹿群迁徙的痕迹。

　　第二天我们一早出发，天空云层密布，风雨交加。一整天从源头吹来的风都很柔和。这里的潮水湍急，像河流一样。我们迎着风浪艰难划船，绕过了温布尔登角，缓慢靠近克劳斯海峡北面的巨大岩石边，那里地势陡峭，令人惊叹，汹涌的浪潮从斯宾塞角的开阔水域奔腾而来，激起了白色的浪花。我们脆弱的木舟此时就像一片羽毛，在洪流中忽上忽下。根据植被生长的最高点，可以判断浪花溅起的高度大约在 75 英尺至 100 英尺，这一刻我们心生畏惧，开始害怕海浪如果再高一些，我们将会很麻烦。但是小狗斯蒂金似乎很喜欢暴风雨，它注视着如仙境般雾气缭绕的悬崖，像一名游客在舒适地欣赏晚霞。大概下午 3 点我们到达泰勒湾入口，进入海湾前由此眺望开阔的水域，冰山湾的许多大型冰山在漂向大海的途中正在流经斯宾塞角。

　　5 点钟，我们到达了泰勒湾的河头，在一座巨型冰川附近宿营。它的冰川峰大约有 3 英里宽，横跨峡湾的岩壁之间。那里并没有冰山滑落，因为一片低洼、光滑、饱经冲刷的冰碛物质在涨潮时将其与峡湾巨浪分隔开来，冰川前端出现了众多网状的急流和潜流，小湖泊星罗棋布，地势较高的地方点缀着一块块黄色苔藓和鲜花盛开的花园，其中有柳叶菜、虎耳草、丛生草、莎草、柳树等。但是只有苔藓数量丰富，色彩夺目，使得冰川的泥沼和沙砾不再只是单调的灰色，而是充满勃勃生机。这个冰川峰和其他没有冰块滑落的冰川一样，像山眉一样圆润美丽，有裂缝和沟纹，但也闪闪发光，别具一番魅力。峡湾中的花岗石岩壁虽然很高，但是并未受到严重的冲刷作用。稍深的地方生长着树木、灌木丛，花花草草，打破了这里单一的物种，如同约塞米蒂、萨姆达姆海湾和塔库的溪谷一样，溪谷分流在峡湾的左右两侧，之前的支流被海峡中的狭长浪潮引导至流向东边的海湾旁，经过短途的陆上运输，进入大型冰川的支流形成的湖泊中。主要冰川的另一条溪流仍然向右流淌。如果将前段被分隔的部分都算上，泰勒海湾冰川长七八英里。

我们正在搭帐篷时，亨特·乔爬上了东边的岩壁寻找野生绵羊的踪影，但是一无所获。不过他倒碰上了一头棕熊，朝它开了一枪，但没打中。杨先生和我越过冰碛斜坡，蹚过池塘和溪流来到冰川的岩壁附近，有了很多有趣的发现，冰川最近几年有所移动，将沉积多年的冰碛土壤推挤向前，还吞没了沿途周边的森林。虽然现在没有冰块产生，但是冰川锋面底部很有可能远远低于海平面，在浪潮冲刷的冰碛下被推挤着向前移动。

在岩壁底部附近，我们发现了大量的红花覆盆子，最大的直径达到 1.5 英寸。周围还有许多草莓。来访的印第安人给我们带了一些草莓，无论大小、颜色和味道，都与我在其他地方见到的一样。我们在外面游逛了一两个小时，欣赏了壮观的岩石和水晶般美景，之后便趁着暮色，回到了营地，为明天的重要行程做打算。

8月30日早晨，我没惊动任何人，等不及吃早饭，只吃了几片面包便出发了。我还想喝一杯咖啡，但咆哮的暴风雨让我迫不及待地想要去领略一番。我正迎着风雨奔跑，上气不接下气，忽然看见牧师的小狗已经离开了帐篷中的睡床，正在风雨中朝我跑来，很明显，它想跟着我一起走。我让它回去，告诉它这样的天气可不适合到处乱跑。"回去！"我大喊道，"吃你的早饭去！"但它只是耷拉着头，纹丝不动。于是我继续赶路，一会儿环顾四周，看它还跟着我，就告诉它，如果一定要跟着就来吧，还从包里拿出一片面包给了它。

这时我忽然听到了从未听过的风声在耳边咆哮呼喊，雨不是垂直落下来的，而是和雾混为一体，横着飞舞在空中。狂风在冰面上呼啸而过，吹透森林，越上高山，横扫参差不齐的岩石、峰顶和冰川裂缝，一路上不断怒吼，阴暗忧郁，回荡在峡湾间，无形之中鼓舞人心却又令人毛骨悚然。我铆足劲儿迎风站起身来，面朝东边冰川的岩壁，那里曾有一片森林，但已经被冰山作用清空。我发现冰碛石上有一些残留的树桩，完全裸露在空气中，似乎在暗示50年到100年前这里并不是现在这样光秃荒凉。这段冰川的前面有一块长约半英里的冰碛湖泊，湖边的众多树木与膝盖同高，当然早已枯萎死去。毫无疑问这些都是近年来冰山移动的结果。

我沿着冰川左侧向前，那里的树木参差不齐，因而行进异常艰难。暴风雨越来越大，迎着风走几乎无法呼吸，于是，我躲在一棵树后稍作休息，一边欣赏一边等待，希望一会儿风雨会减弱一些。这里的冰山从一块凸起的岩石上倾斜下来，形成蔚为壮观的瀑布。由于降雨，溪水迅速上涨，已经变成了一股湍急的洪流，与风声、雨声和浮冰漂流声一起谱出了一曲气势恢宏的交响乐。

　　暴风雨终于有所减弱，我脱下之前蹚过平地冰溪时所穿的沉重的橡胶雨靴，和我的大衣一起放在一根原木上，以便回来经过这里时还能找到。尽管知道肯定会被大雨浇透，我还是系紧鞋带，勒紧腰带，扛起破冰斧，准备好了迎接即将开始的艰辛工作，就算风雨再大，也要坚定前进。我先是爬上了一个花岗岩斜坡，那里原本光滑的大块凸起上面四处散落着巨石，由于近期的冰山移动，参差的森林边缘有不少树木已被连根拔起，留在这里的是伤痕累累的废墟地面，行走因而变得磕磕绊绊。我循着冰山的边缘步行了两三英里，发现到处都是不同程度受损的森林，从这里回望有15英里到20英里都是如此。站在这条宽阔冰河突出的边缘，能看到下方50英尺左右的地方。人们把那里的原木和树枝挤成糊状用来造纸，尽管大部分纤维坚硬，质地粗糙，但有一些还是不错的。

　　循着冰山边缘行走了三四英里后，我掏出破冰斧边挖台阶边往顶端爬去。这座几近水平的冰川在乌云密布的灰色天空下一望无际，像是一片广袤的冰原。虽然还在下雨，但是风势缓和了一些，我对此并不介意，倒是升起的雾气让我开始犹豫是否还要继续前往对岸。尽管只有六七英里，却已经看不到对面山峦的任何踪迹，而且天色渐晚，我怕一旦离开可以参照的陆地，走到迷宫一样的岩缝中，就很难找到回营地的路了。

　　踟蹰片刻，望了望岸边，我发现冰山东边并没有大裂缝。见到的裂缝大部分都很狭窄，一步便能跨过去，偶尔有些较宽的裂缝，也能爬到它们的上面或是下面，找到狭窄之处再跃过去。云层也不再那么阴沉，而是出现了条条缝隙，于是我鼓足勇气开始向西岸行进，希望能再走上五六英里到达冰川峰的岩壁上面。每走一段距离，我便用指南针确定一下方向，以便在天黑有雾夹带着风雨的情况下能找到回去的路。但我主要的向导还是冰川本身的结构。一切都很顺利。随后，我来到了一个大概有两英里宽的深沟前，很长一段时间我都得不断挥舞破冰斧，跨越裂缝，贴着山沟边缘，沿着纵向的宽沟和裂缝之字形前进，很是艰难枯燥，终于来到一座横跨两侧的桥前。这样曲折的路程走下来是直行时的 10 倍还多。总的来说，通过使用破冰斧等工具，步行的路途还算顺利，大约 3 个小时我就到达了对岸，冰川在我站立的地方有大约 7 英里宽。行进途中，偶尔云层会消散一些，露出一截光秃秃的山顶，这些山脉四周都是浮冰水域，冰水日复一日年复一年地冲刷塑造，直到时机成熟，它们就会成为这里美丽地貌风景的一部分。

在我看到东面的山之前，西面的山峰率先跃入眼帘，我可以很容易地掌握前进路线。虽然行程很紧，我还是停下来凝望了这美丽纯净的蓝色岩缝片刻，在大自然最美的水池中饮几抔蓝色的冰川泉水，或是喝几口流淌蔓延在冰原上的溪水，一刻不停地仰慕着它汇入蓝色晶莹的海峡和壶口时那惹人喜爱的色彩和动听的歌唱，还有它坠入深不见底的坑井时发出的隆隆声，有些溪流会呈现出规律的螺旋状，就像是不停工作的钻孔机。蓝色悬崖上的瀑布趣味十足，溪水从岩缝中落下，或是沿着光滑的斜坡悄悄淌来，自然流畅，不露声色。那些 1 英尺到 10 英尺宽、20 英尺到 30 英尺深的圆形或椭圆形泉眼最为美丽，清澈见底。在这里，我的视野范围始终在 15 英里以内，雨雾之下，远方更加遥渺不及。

到达更远的岸边后，我又向北走了几英里，发现大部分冰川水流绕过山腰向西流淌，形成了一条鲜明优美的弧线，似乎径直奔向了开阔的大海。它远离主冰川，喧嚣咆哮着从座座高峰顶端盘旋落下，托举溅起的冰块波浪一样荡漾，形成水晶般无与伦比的大瀑布，比尼亚加拉瀑布还要恢宏壮丽。

沿着冰山航道走了三四英里，我发现它最终注入了一个满是冰山的湖泊。冰川这条支流的锋面宽约3英里。起初，我以为这个湖泊是海湾的尽头，等我向下走到岸边，尝了下湖水，却发现很是清冽。我的气压计显示这里海拔还不到100英尺。由冰碛形成的大坝将它和海水分隔开了。我没有时间再观赏海岸了，时间已经接近5点，而到营地还有15英里的路程，我必须在天黑之前重新越过冰川，大概要到8点才能返回。因此我赶紧爬上主冰川，在指南针引导下，顺着冰川的走向，再次朝着来时路上晶莹壮丽的冰原进发。一切都显得很安静，凝固了一般，应该是低空的雾气所致。我能够深切感受到周围美丽的一切，但同时也觉察到了危险的气息，似乎有什么不好的事要发生。果然，陆地很快就消失不见了，云层开始增多变厚，真正的黑夜无声无息地降临了。此时，只能看到冰面，只能听到磨坊一样的隆隆低吼和每隔一段时间从远处传来的滚石落水的声响，除此之外，就是黑暗中传来的风声和瀑布低沉可怕的呜咽。

　　两小时的艰难跋涉后，我来到了迷宫般的裂缝前，这些裂缝无论是宽度和深度都十分吓人，显然，从上方或是下方都无法跳过去。我边走边考虑到可能的危险，不由得绷紧了神经，但还是大步跳跃，打了几个踩脚点后，稳稳地落在让人眩晕的石头边缘，然后使劲一蹦，越过了可怕的岩缝。就这样行走了几英里地，大部分时间都在冰川上爬上爬下，尽管如此，还是没有前进多少，而不得不在冰上过夜的危险却在慢慢逼近。冰上过夜对我来说也不算什么，衣服已经浸湿，又遇到这样的天气，顶多有些令人厌烦。为了走出迷宫一样的岩缝，我经常要跨越有二三十英尺宽刀刃状的冰桥。为了让小狗斯蒂金跟上，我砍去冰桥的尖刃，把它们变得平坦一些。要想成功，我必须跨坐在桥上，一边削一边慢慢向前挪动，像个爬栅栏的小男孩。这只小狗一路勇敢地跟随我，即使在我跳过岩缝边缘时，它也从未犹疑。但四周逐渐暗了下来，要越过岩缝更加困难。上午它还和我保持着一定的距离，后来知道了冰面很滑，于是就紧紧跟在我身后，寸步不离。现在根本看不到任何陆地。雾气更重天色也更暗了，空中飘起了雪花。在冰川上，我看不太远，因此无法判断该如何走出这令人困惑的迷宫，也无从得知要如何努力，才能在今晚赶回营地。这个希望和天空一样逐渐暗淡起来。天黑后，为了避免冻僵，我只能在岩缝间一块平坦的冰面上跳上跳下，伴着风浪声蹦跳了整晚。本来我就又累又饿，这样的冰上活动让我更是处境艰难。面对不断增加的危险，很多次我都想要放弃，但是凭着坚定的信念和不畏恐惧的勇气，最终逃出了这张可怕的冰山网，与小狗斯蒂金一起热血沸腾不知疲倦地征服险境，继续前行。我们度过的最艰难时刻是跨越最后一座银灰色的冰桥。我先是仔细观察了两处宽阔岩缝中的一条，沿着它的边缘前进了大约一英里，发现最狭窄的地方也有八英尺宽，正是我能够跳过去的最宽极限。而且，我所在的地方是西岸，比另一边高出了一英尺，我担心万一前方还有更加难以跨越的岩缝，那么我将很难从较低的一边再跳回来。然而，放眼望去，可以看到的冰原光滑平整，似乎没什么裂缝。于是，我在圆形桥边上凿出了个落脚点，接着跳了过去。随即发现非但没有省去什么麻烦，反而更害怕要往回走了。小狗斯蒂金看也没看就跳了过去，我们愉快地在光滑的冰上向前跑，真希望已经把危险抛在了身后。可是还没走出一二百码，就沮丧地发现前方还有一个纵向更宽的岩缝在等着我们，大约有四十英尺宽。我沿着它的边缘向北跑去，急切地希望能绕过它的尽头，但令人担心的事还是发生了，我刚刚走了一英里就发现这条路的尽头是我刚刚跃过的那条裂缝。于是我又沿着边缘向下跑，跑到距我第一次见它的地方还有一英里多，但低处这一端最终还是和我跳过的那条裂缝融合到了一起。这悲惨地表明，我们被困在了这个两三百码宽、两英里长的岛上，而离开的唯一出路就是再次跳过那条让我发怵的岩缝，或是冒险穿过这条更大裂缝上面的银色冰桥。那是我见过的冰桥中情况最为糟糕的一座，桥身已经严重风化，导致边缘变得刀刃般锋利，中间低垂松弛成了条曲线，就像是两头系在同一高度松松垮垮的绳子。最糟的是曲线冰桥的两端在冰川表面下八英尺到十英尺。因此，下到桥的一端，过桥后再爬上另一端，似乎是不可能的事。为了不走回头路，我还是鼓起勇气试一试这座可怕的冰桥。我在桥边的圆形边缘挖了一个低槽，膝盖顶在那里，身体趴在桥上，开始在光滑的一面凿出其他的立足点。在我忙碌的时候，小狗斯蒂金一直在我身后，把它的头放在我的肩膀上，望着岩缝中间和刀锋一样狭窄的冰桥，然后扭过头来看着我的脸，似乎在抱怨："别告诉我你想从这里过去。"我说："说对了，斯蒂金，这是我们唯一的路。"它开始大声狂叫，顺着裂缝边缘奔跑起来，试图找到一条更好的路，当然是一无所获，它只能趴到我身后，叫声越来越响。

我走了一步，接着又小心地弯下腰，凿出踩踏点，就这样一个接一个，一直凿到冰桥和冰川壁相连的地方。我小心地保持着身体的平衡，先凿掉冰桥弯曲的上沿，直到凿出了 1 英尺宽的平坦踩踏点，才开始顺着上倾的桥慢慢前进。弓着腰，两腿跨在桥上，用膝盖稳住自己，将桥末端的细条砍掉，一次只能前行一两英寸，我还给小狗斯蒂金留下大约 4 英寸宽的路。整座冰桥大概有 70 英寸长。我到达了桥的另一端后，又开始用刚才的方法将凸起的地方凿平，然后小心地抬脚，忍着剧痛，在冰川壁上凿下狭窄的落脚点和手能扶住的凹槽，终于安全地过了桥。在这段可怕的时间里，小狗斯蒂金一直在大声叫喊，仿佛心都要碎了。我尽量用鼓励的语气呼唤它，但它反而叫得更响了，似乎在说它永远不可能下到那个地方，这个勇敢的小家伙终于知道了什么是危险。我装作要把它留在这里的模样，它仍然不停地号叫着不敢跟上来。我只得再次回到岩缝边缘告诉它，我必须走了，它只要试一下，就能够越过。最后，它终于绝望地安静了下来，慢慢走到光滑的冰桥上，把它的小爪子踩进我的脚印，小心翼翼地沿着冰桥走过来，好像也屏住了呼吸。这时，天空飘起了雪花，风在低吟呼啸，仿佛在威胁要把它吹下去。当它到达了我下面的斜坡底部时，我跪坐在峭壁边准备帮帮它。它望了望我凿出的凹洞，似乎要将它们记在脑子里一样，之后铆足了力气向上一跃，飕地一下掠过我，跳到了水平冰面上。经历了深深的绝望，再过渡到胜利的喜悦，它边跑边汪汪地叫着，异常激动地打起滚儿来。我想抓住它，拍拍它，然后告诉它，它非常勇敢能干，但根本就抓不住它。它一直原地绕圈，就像是秋日里从树上打着旋儿飘落的叶子一样，然后卧下来，头尾蜷缩成一团。我告诉它我们想在天黑前离开冰川还有很远的路要走，现在必须停止胡闹。穿过冰线时我知道我们正一步步接近海岸，很快陆地就进入了视线。河口的陆地距离冰川峰大约四五英里，沿途覆盖着云杉树，虽有雾气和小雪，但隐约可见，距离我们不会超过两英里。后来遇到的浮冰都很好跨越，因此我们在黄昏时就到达了冰川侧碛。现在我们已经安全了，却四肢发抖，步履蹒跚、跌跌撞撞地走过冰川边上的沙砾，越过瀑布旁危险的岩石，这时天空还有一点儿日光。终于安全了，无论平时工作多么艰辛，都没有感到过这样劳累。我们艰难地穿过树林、圆木、灌木丛和草丛，每一次踉跄迈步，都会被脚下的植物刺痛皮肤。终于顺利到达了泥泞的斜坡，虽然只有 1 英里远，但是我们已经一步一跛地向营地走了。印第安人鸣枪为我指路，他们已经生好火，做好了晚餐。他们很少惦记我，但这次却担心恐怕得被迫到处找寻我的下落了。我和斯蒂金都太累了，吃不下什么东西，奇怪的是，我们居然也睡不着觉。半夜我们俩一次又一次地惊醒过来，以为自己仍在那个布满死亡阴影的可怕冰桥上。

　　尽管如此，第二天我们还是开始了新的生活。这里的岩石、冰山、树木此刻看起来从未有过的美丽奇妙，即便天气寒冷，暴风雨冰冷刺骨，似乎也充满了友善，是对我之前所付出艰辛的最好补偿。我们沿着海湾继续前行，尽管一片灰暗，大雨倾盆，却开心快活。

第十六章

冰川湾

　　我和小狗斯蒂金不在时，一位洪那部落头领来拜访杨先生，送来了鼠海豚肉、浆果，还讲了许多趣闻。他自然希望我们能回访他。我们沿着峡湾走了一两英里，来到他的家中，他说妻子冒雨采摘新鲜的野果去了，准备为我们做一顿大餐。然而我们仅仅停留了几分钟就离开了，因为我不知道行程里有这个安排，而且也不清楚杨先生和他早有约定。我之所以急着要走，是想早点儿绕过温布尔登角，害怕到时暴风雨会更强劲。由于不知情，我并没有向他表示歉意，结果惹得那位友好的洪那人非常愤怒。那天晚上，我们向他解释了我们要赶路，并真诚地道了歉，又赠送给他许多礼物，终于和平解决了此事。

　　经过与暴风雨的一番苦战，我们绕过了温布尔登角，进入了另一条去往北部的峡湾（科伦纳斯塔克·苏纳丹达斯海湾）。那里正下着冰冷的雨，天色虽然暗淡，但并不能掩饰住异常美丽的风景。优美的海岬，侧面的峡湾，还有轻盈的岬角和岛屿，每一处都很迷人，互相搭配得恰到好处。雨一直下着，天气很冷，但我们还是迎着风雨划得筋疲力尽。此处海湾的支流又多又深，由于风雨和浮在低空的乌云遮掩，我们根本看不到山峦标记，因而分辨不清峡湾的主要流向，只能在雨雾中穿行，摸索着经过一座又一座岛屿。终于发现山前一块能遮蔽风雨的岩石上升起了一缕烟雾，隐隐听见瀑布正在齐声歌唱。

我们兴奋地朝那儿进发，到达之后高兴地看到这里有一个营地，属于一位上年纪的洪那头领。他身材高大强壮，即使在这样泥泞的天气里，看起来仍高贵得体。尽管他光着腿，穿着一件湿透了的旧衬衫，披着一张褴褛的毛毯，但处处都体现出首领的威严。他紧紧地和我们握手，严肃地看着我们，用特林吉特语言和我们交流，要不是约翰从中翻译，我们一句也听不懂。他一一和我们寒暄，表示正如约翰翻译的那样，我们的到来对他们来说如同火和食物一样重要。他很欢迎白人，尤其是教师，因为和我们相比，他和他的族人还只是幼稚的孩童。杨先生告诉他，马上会有一位传教士来此为他的子民传教。他回应说要把人们召集在一起，迎接教师和传教士的到来，并让他的子民抛弃愚蠢的行为和想法，敞开心扉接受传教士的训诫。之后，他向我们介绍了他的三个孩子，其中有一个五六岁大的裸身儿童，他怜爱地看着他，向我们保证说很快这个孩子就会成为一位酋长，接着介绍了他的妻子，是位聪慧的女性，他很为她感到自豪。当我们抵达时，他的妻子正在山上的瀑布下采摘浆果。现在她满载而归，浑身湿漉漉的。回来后她把最好的浆果挑出来分给了孩子们，满眼骄傲和疼爱地从最小的孩子分起，那个小孩浑身上下只带着一个鼻环和一串珠链。妻子身上随便穿着一件棉质长袍和一小块毯子，而且全部湿透了。卸下浆果以后，她拿着一件干净的印花棉袍退到墙角边的岩石后面，很快整个人精神焕发地走了出来，如同鲜花一样美丽，接着便尊贵地坐到了火堆边。随后又进来了两个搬着浆果的妇人，似乎她们就像外面的灌木和树木一样喜欢下雨。她们只简单地穿了几件衣服，所以比较容易烘干。至于孩子们，只披着一层薄薄的被单当衬衫，似乎根本没有注意到衣服已经湿了一半，而我们穿了三四件干衣服却还瑟瑟发抖。这样潮湿的天气里男人们也同样穿得很少，好像天生喜欢赤裸似的。他们即便出去一整天顶多也就披上一张毛毯，但是如果在营帐附近干活，比如捡柴生火，煮饭，或是看管他们珍贵的帆布时，却几乎什么也不穿，省得下雨淋湿衣服还要晒干。这里的孩子们肩上时常挑着许多柴火，这在其他地方很是少见，他们走在石砾上时，弓腿前行，背部肌肉凸起，非常稳健。

我们送给老酋长一些烟草、大米和咖啡，之后在他的屋子附近高高的野草中间搭起了帐篷。我们到达后不久，那位泰勒湾的副头领就从与我们相反的方向赶来了，而且说他是从一个已经中断的水路过来的，那条路在我们的地图上找不到。因为前面提到过的缘由，我们极力安慰他受伤的心灵。最后，他说我们的话语和礼物温暖了他受伤的内心，使他感到高兴舒畅。

我觉得岛屿间的海湾沿岸是我所见过的最美风景。

天气非常寒冷，阴雨连绵。尽管如此，我和杨先生、我们的船员以及一位作为向导的洪那老人还是一起离开了营地，到海湾上游去考察，听说那里有一座大冰山。我们沿着一条夹带着冰川的溪水前进了几英里，湍急的水流因为横卧溪中的岩石而分道扬镳，两岸赤杨和柳树低垂。我离开木舟，来到右岸，穿过一座约有 1200 英尺高的壮丽瀑布，爬上山肩，这才将冰川低处的景色好好欣赏了一番。我猜想这里可能是泰勒湾或是布拉德利冰川的一条分支。

等我们回到营地已是浑身湿透，感觉异常寒冷。老酋长来看我们，他的状况也好不了多少。

他说："我一整天都在挂念你们，知道了你们的悲惨境遇，我很是同情。一看见你们的船返回，我就觉得特别惭愧。你们在暴风雨中受苦受难，我却坐在火堆前享受温暖干爽。所以我赶快换上这些破烂的湿衣服，希望能够分担你们的痛苦，以此来表达我有多爱你们。"

第二天，我和老酋长促膝长谈了一次。

他说："我实在无法用语言形容你们的话为我带来了多少好处。那是金玉良言，充满力量。我的一些族人较为愚笨，比如他们抓鱼设陷阱时都不会注意到杆子是否牢固地系了一起，所以当有洪水来临时，陷阱就会被冲走，这都是因为制作陷阱的人太愚笨了。但是你的话很有力量，如果用暴风雨来检验，它们一定能抵挡得住。"

道别时我们不停地握手，互相保证友情长存。伟大的老酋长站在岸边看着我们离开，一直向我们挥手道别，直到看不到我们的身影。

现在我们开始向缪尔冰川进发，第三天晚上到达了冰川峰的东端，在冰碛尽头的一条小溪旁安营扎寨。泰因船长一直使木舟与冰川壁保持着相对安全的距离，因为随时可能有一些冰块滑落。我们都劝他大胆一些，最终他冒险前进到了离悬崖半英里的峡湾东侧。我和杨先生上岸，在冰碛之间寻找合适的营地，印第安人则留在了木舟上。靠岸几分钟后，高处有一块冰山忽然断裂发出巨响，胆战心惊的印第安人立刻沿着海湾逃之夭夭，使出了全身的力量拼命向前划桨，最后在冰碛南端的一处安全港湾靠岸。我本来已经发现有个细长的山谷可以作为我们的营地，周围还生长着云杉可以当作柴火用来生火。但无论怎么劝说泰因，他都不肯离开那个安全的海港。他说："没人知道愤怒的冰山能把海浪摔出多远来击毁我们的木舟。"我只好带上铺盖和一些粮食独自来到细长山谷的营地，在这里我可以看到冰山的释放过程，还有夜晚冰川的景色，以及它横跨峡湾两侧陡峭的锯齿状身姿。一整晚水面上都闪闪发光，冰山滑落时激起的海浪猛烈搅动着这片水域，荡起朵朵银色的浪花，在黑暗中显得异常壮美。我又沿着东岸向后走了五六英里，爬上了一座位于冰川两条东侧支流之间的高山。尽管山巅周围长满了草，但极为陡峭难行。我发现顶部附近有一处冰雪形成的凸起山脊，实际上是一座冰川的残余部分，之所以能达到那么高的海拔，是由于冰碛物质的保存以及后来矮灌木和草地的支撑。

第二天早上天亮的时候，我迫不及待地回到冰川相对光滑的东部边缘，想尽可能多地看一看上部的源头区域。往回走了 5 英里后，我开始攀登一座 2500 英尺高的山峰，到达鲜花盛开的山顶时天已大亮，这座冰川的主流和支流一览无余，壮观之至。缪尔冰川不像瑞士冰川那样顺着山墙环抱的峡谷状沟槽而下，而是好似一个广阔起伏的大草原，条条冰碛分布其上，还有许多深深的裂缝。四周矗立着许多山峦，冰川的众多支流从群山中汩汩而出。这座冰川共有 7 条主、支流，均有 10 英里至 20 英里长，2英里至 6 英里宽，最后都汇入主流。每条支流又分出了许多小支流；不算那些最小的支流，从山上倾泻下来的大大小小分支总数也能超过 200 条。这一座大冰川的排流区域至少有七八百英里，载冰量可能比 11 条瑞士冰川合起来还多。冰川从峰壁到最远处的源头长度有四五十英里，下方的主要支流汇合处宽约 25 英里。虽然冰山看起来和山一样不易移动，但是它一直都在流动，每一部分每个季节流度都在变化，但大多是与当前水流的深度、坡度、平整度和水域不同部分的弯直度相关。里德教授所测量的冰川峰附近中央层叠部分的水速为每小时 2.5 英寸到 5 英寸，或说每天 5 英尺到 10 英尺。主干中有一条分支宽约 1 英里，沿东岸延伸约 14 英里，汇入一个灌满冰川的湖泊。它的流动极不明显，也很少受到裂隙的影响，即使是 100 名骑兵并肩从上面经过，也绝非难事。

这座广阔的冰川绝大部分从远处看起来都光滑平整，实际却密布着令人迷惑的圆丘山脊和冰桥组成的褶皱网络，中间还有很多鸿沟和裂缝，因此探险家要想从此岸到彼岸，难免要经历一段艰难的路程。冰原中心地带的大小坑洼都算得上是个湖泊，冰川欢快的溪流静静淌过蓝色的航道来到这里，奏响了优美的旋律，粼粼波光中歌声清脆甜美，就像岸边绽放的花瓣一样晶莹美丽，光彩照人。然而，欣赏到它们的人并没有几个。幸运的是，对于大部分旅客来说，不时咆哮的冰墙更容易接近，那也是最引人注目的冰川景色。

　　站在这里能看到环绕冰川的山脉，同样辉煌动人，排排峰峦结组列队，颇为雄伟。沿主支流的山谷向西北望去，可以看见幽深的尽头，山峰好似披着雪白的长袍，十分壮丽。最显眼的是伫立在从左往右数第二条支流中间的那座高山，造型酷似两侧带波纹凹槽的华贵皇冠。向西眺望，费尔韦瑟山脉峰峦叠嶂，高耸入云，与冰川一起直逼蓝色苍穹。它虽然不是最高，但无论姿态还是结构都最为高贵和威严。山脉最南端的拉佩鲁兹峰同样是一座绮丽雄壮的高山，山尖相互对称，刻纹遍布，身着冰雪长袍，更显气质高贵。从这里看立图亚峰感觉像是一座巨大的塔楼，身型魁伟却又极为素净，给人感觉既精美又有几分可怖和孤傲。克瑞林峰虽然是这些山峦中最高的一座，有16000英尺，却没有任何明显的特征。厚重的冰川已经把它变成了一条蜷缩的长长山脊，从这里望去，就像一个扭曲了的巨大贝壳。缪尔冰川四周低矮的山峰像我最先攀登的这座一样，虽然总体颜色并不抢眼，但是到处被花朵装点得生机盎然。从冰川慢慢靠近这些山峰时，能够看到斜坡上有明绿色线条和斑驳，那些两三千英尺的峰顶则呈现出暗绿色。较低处大多生长着桤木和灌木丛，而山巅则大多是五彩缤纷的开花植物，主要有岩须花、越橘、鹿蹄草、飞莲、龙胆草、风铃草、海葵、飞燕草和耧斗菜以及一些草类和蕨类植物。其中岩须花最为常见，也最美丽，数量最多。在某些地方，方圆几英亩内都能见到它用曼妙的茎秆铺成足有 1 英尺厚的地毯，它的花朵四处盛开，随手一拽便能采到数百支淡粉色的铃铛花。一想到阿拉斯加这个大花园我就满心喜悦。几个世纪前冰川在这里的流动就像河水经过河床一样平常，如今尽管饱经风雨，地面几乎升高了半英里，但是经过黑暗和冰川的研磨雕蚀过后，这片土地重又迎来温暖鲜活的美景和生命，同时也告诉我们，那些被我们无知和胆怯地称为毁灭的东西，实际正在创造出越来越美好的事物。

夜晚来临时，我走出花园，来到冰川附近，孤独地返回营地，喝了咖啡，吃了些面包，随后来到了巨大冰墙东端的冰碛处。它长约 3 英里，但孕育冰山的锯齿形区域只有约 2 英里长，水上部分高 250 英尺到 300 英尺，它不断向峡湾两边延伸，像一个巨大的绿蓝色壁垒。根据船长卡罗尔的测量，这面冰墙的水下部分有 700 英尺到 20000 英尺的深度，还有三分之一被埋在冰碛碎屑之中，无法测量。因此，如果将水和岩石碎屑都清除后，将会出现一个长 2 英里、高度却大于 1000 英尺的陡峭悬崖。当你来到峡湾中，向远处望去，你会发现这道屏障的形状似乎比较规则划一，其实恰恰相反，险峻的锯齿状海角向前深入峡湾，其间夹杂着新产生的深海角和崎岖山谷，而顶部则粗糙地点缀着无数尖塔和锥形物体以及锋利冰刃，或倚或倒，或是被削得笔直插向天空。

冰山产生的数量会因天气和潮汐而有所不同。如果只计算那些轰鸣声能传到两三英里外的冰山，平均每五六分钟就会产生一座。其中最大块儿的冰山在条件适宜的情况下，咆哮声可以传到 10 英里外甚至更远的地方。每当岩壁上的裂缝有巨大的冰山降落时，先是会有雷鸣般尖锐冗长的响声，继而变为低沉的咆哮，之后便是无数冰块碎落时细微的摩擦声和碰撞声，这是随海浪一同起舞的冰山在对新同伴们表示欢迎。最后海浪被高高漾起，泼到岸边冰碛上，发出阵阵冲击和怒吼声。但最大最迷人的冰山，不是从冰川壁风化了的那部分落下来的，而是浸泡在水中的冰川有一部分凸浮了起来，这种情况下会产生更大的喧嚣。伴随着几声巨响，只见它们从水中一跃而起，几乎要碰到冰川壁的顶端。几吨海水一下子喷涌而出，长发般从两侧顺流而下，冰山一会儿猛冲入水，一会儿又高高浮起，来回无数次后最终找到最完美的姿势才沉静下来，在与缓慢移动的冰川相伴几个世纪后，它们终于自由了。我们还在思索这段历史，而它们已经平静地汇入峡湾，流入大海。二三百年前，偏远山峰上的冰雪挤压而成的冰块，在崎岖不平的岩石场中经历了那么多辛苦跋涉，研磨雕琢后，颜色依旧那样纯净可爱，真是不可思议。

海湾中到处都挤满了冰山，上浮下沉互相撞击，喷溅水花无数。阳光透过山间缝隙洒在水面，浪花晶莹闪亮，光芒四射，辉煌壮观，根本无法用语言来描述。晚上在月光和星光的照射下，景致也毫不逊色。冰山产生的巨响比白天时要大很多，淡淡的月光下，它向前突出的地方显得更加高大。新生的冰山隐隐约约，激起的浪花在微弱的月光中映成了一条彩虹，皇冠一般置于冰山顶上。但只有在最黑暗的夜晚，风狂浪巨，浪花像磷粉一样闪光时才会欣赏到令人印象最深刻的表演。连绵的冰山悬崖清晰可见，在阴暗中伸展开来，散发出奇异神秘的夺目光彩。闪闪发光的浪花泡沫拍打着峭壁和漂浮的冰山，就在这种极光般的壮丽景象中，又有新生的巨大冰山滑落，泛起了更加明亮的泡沫，湍急的流水从它的侧面淌下，仿佛披了一件耀眼光鲜的长袍；与此同时，冰流同风浪一同咆哮起来，声音遍及整个美丽的海湾，回荡在山谷、冰山和峡湾之间。

在这里逗留了几天后，我们来到了艾希海峡南边洪那部落的主村落，因为有一条去查塔姆海峡的短途运输航线被堵塞了，我们又在此停歇了数日。之后从这里穿过派里尔海峡，连夜赶路，希望能够赶上次日锡特卡的邮政汽船。天亮时分，我们到达了海峡顶端。此时，潮水已经有所下降，与湍急冰流一起说笑逗趣，好像从宏伟瀑布上倾泻而下是一次难忘的经历。当天夜里我们到达了锡特卡，我付给船员酬劳，因为多耽误的几天，我又多给了他们一些补贴，之后大家各自回家，而我则登上了回波兰的汽船，结束了这一季的勘察探险。

第三部分

一八九〇年之旅

第十七章

宿营冰川湾

　　1890 年 6 月 14 日上午 10 点，我乘坐"普韦布洛城市号"轮船离开旧金山，前往冰川湾。这是我第三次去阿拉斯加东南部，也是我第四次到达阿拉斯加，包括阿拉斯加北部、西部以及乌纳拉斯卡、巴罗角和西伯利亚东北海岸。金门海峡的沙洲十分平坦，气候凉爽舒适。小海湾上的红杉树紧邻海岸，被修剪过的矮小树尖遍及峡谷的各个角落，一直绵延到俄勒冈。丘陵终日被大风席卷，偶尔还会被阵风侵袭，自然罕有树木生长。俄勒冈和华盛顿沿岸的树木都离海很近，这里多是云杉和扭叶松，它们比红杉树更强壮，更能承受咸涩的海风。我们沿海滨和瑞斯礁之间的内航道行驶，这一带岛礁连绵，许多船只都曾在这里失事过。大风驱赶着从太平洋深海飘来的碎浪，在光秃秃的小岛岩石上激起很多泡沫，极其壮观。波涛拍岸，激起百英尺高的水花，曲线优美，凹凸有致，如火焰般闪烁不已。这些向上翻腾的波浪略带淡紫色，时而俯冲，时而碎裂，庄严而安详，优雅美丽的同时又充满无穷的力量，真是无比壮美迷人。我发现在树木繁茂的高山和海滨之间的绿岭上有一些小村庄。在哥伦比亚河河口北侧，沿岸沙滩上出现了许多新房子。

　　在普韦布洛号上，我结交了不少不错的同伴，还坐在了轮机长的桌旁，他是个愉悦而健谈的人。一个从旧金山来的老律师呆板严肃，声称认识我的岳父斯庄特埃尔博士。同行的还有三位女士，忍受不了轮船的颠簸摇晃，一路上大部分时间都待在客舱里。和我聊得最投机的是那位斯堪的纳维亚的老船长，他在布莱克利港有一艘新造好的船。这是位有趣的老水手，言谈举止间充满海的味道，像海浪一样坦率诚挚，眼光锐利，勇敢自立，是个顽固的怀疑论者，甚至不肯相信有冰川存在。

"在你见到你的帆船后，"我说道，"而且一切都如你所愿按部就班后，你最好去阿拉斯加，看一看那里的冰川。"

"哦，我已经见过不少冰川了。"

"但是，你确定你知道冰川到底是什么吗？"我问道。

"好吧，冰川就是一座被冰雪覆盖的大山。"

"那么，"我说道，"一条河就应该是一座被河水覆盖的大山了。"

我向他解释了冰川到底是什么，成功地引起了他对冰川的兴趣。我告诉他，他必须要改进自己，因为一个不相信上帝或是冰川的人一定非常糟糕，而且肯定是所有无信仰者中最糟糕的那一类人。

在汤森港，我遇到了卢米斯先生，他同意和我一同前往缪尔冰川。我们乘坐"女王号"轮船从这里出发，又一次在维多利亚登了岸，我在附近的树林和花园中溜达了一圈，看到各种植物都生机勃发，尤其是该地盛产的野生大玫瑰、绣线菊和英国忍冬花。

6月18日上午10点30分，我们乘坐"女王号"驶离维多利亚。在去兰格尔堡的路上，一直在下雨，即使是在这最沉闷的天气里，风景依然美丽宜人。这里有许多森林、岛屿和瀑布，乌云萦绕在高空，雪崩形成的斜坡和断层，灰白色的天空，棕褐色的树林，以及林边紫色的花朵，轻薄的雾气，水天相接，变幻无穷，但所有这些景致都没有引起游客们很大的兴趣。我注意到有一条小鲸鱼一直在这些海峡间游来游去，就告诉了其他游客，随后指引人们关注一群迷人的岛屿，他们却把目光从岛屿上移回来，说道："是的，是的，这些岛看起来很美，但你说的鲸鱼在哪儿呢？"

沿维多利亚往北走，沿岸岛屿上的树木很高大，明显从各方面看来都略胜一筹，或许是因为南部总是炎热少雨的缘故。所有的岛屿之前都被冰盖席卷而过，如今却没发生什么变化，除了几座最高峰受到了残留冰川的侵蚀，其他山峰看上去都形成于冰盖下滑的巨大力量，或多或少地受到了当地冰川的侵蚀。每个海峡都是在冰川的巨大作用力下塑造成形。像我们之前看到的岛屿，仍旧在冰川湾和北部地区不断涌现。

我在船上遇到了很多亲切友善的人，不过很奇怪，他们对地表侵蚀和地貌形成一无所知。波士顿理工学院的奈尔斯教授，还有地质调查局的拉塞尔和科尔，他们要去圣·伊莱亚斯山，希望能登顶；此外，还有加利福尼亚州第一任州长彼得·伯内特的孙女。

我们冒雨前往兰格尔，晚上 10 点 30 分才抵达。大家匆匆忙忙地赶到岸上去买古董，观赏图腾柱。商店里人潮涌动，一些简陋的礼品明显就是做旅游纪念品用的，却被哄抬到很高的价格。由印第安铁匠打制的不值 1 美元甚至半美元的银手镯最受欢迎，其次便是毯子，还有用黄杉木做的独木舟玩具模型、船桨，等等。大部分游客都只看《旅游指南》上列出的东西。由此可见，《旅游指南》不管多没有知识含量，它的影响力却是很大的。我去拜访老朋友泰因和赫克斯，可惜他们都不在家。

6 月 20 日清晨，我们早早地离开了兰格尔，在涨潮的时候穿过了水势湍急的兰格尔海峡。我注意到范肖海角附近有从兰格尔冰川漂来的冰山。离兰格尔 10 英里远的海水都被从斯蒂金河冰川和金帝冰川漂来的微粒染上了颜色。兰格尔北部海峡的海水被冰川侵蚀，都变成了绿色或淡黄色。

在去朱诺的路上，我们可以清晰地看到冰川的模样，却一直没有看见它们高处被云朵遮蔽的源头。在萨姆达姆海湾入海口处的冰碛沙洲上搁浅着一些冰山，看上去和10年前我第一次看到它们时一样。

到达朱诺前，"女王号"途经塔库湾，在河口处乘客们可以看到一座雄伟的冰川，船冒险开到距冰川峰排出口前端半英里远的地方，那里大概有四分之三英里宽。在这里，冰山很少往下掉落，差不多半小时才掉下来一座。冰川峰锋面下降速度非常快。因此，在冰川减退的情况下，塔库湾的界限也不会有多少延伸扩展。航道两岸宏伟的岩石生动地展现出了冰川的侵蚀作用。位于塔库湾下游两英里的诺里斯冰川是处于冰川衰退期第一阶段的最好例证。塔库河从远方的主海岸山脉奔流而来，从冰川东部进入河湾口。每位乘客都很高兴能亲眼观看到冰川的景象。这里及朱诺海峡的景致都很美丽迷人。道格拉斯岛上有一个拥有240台捣碎机的大磨坊，由一个小水轮来维持运作，而这个小水轮在水的不同压力下产生运动。磨坊周围的森林由于遭到破坏已消失殆尽。据说这里的风刮得很猛烈，能把人和房子都吹走，甚至一直吹到山的另一侧山坡上。由于风大，冬天这里的积雪很少会有一两英尺那么深。

6月21日下午5点，我们抵达了道格拉斯岛，先去参观了一个磨坊，每天都会有600吨的次等石英在这里被压碎。朱诺位于道格拉斯岛磨坊对面的大陆上，是一个村庄，各种生活设施齐全，有商店、教堂，等等。还有一个舞场，本来是为了让印第安人表演各式土著舞蹈而建的，似乎已成了这里的最佳娱乐场所。一位负责报纸印刷的布鲁克斯先生向我们介绍了一些关于圣·伊莱亚斯山、兰格尔山、库克海湾以及威廉王子海湾地区的一些情况。还告诉地质调查局的拉塞尔，他永远都不可能爬上圣·伊莱亚斯山的顶峰，因为这座山是无法征服的。在库克海湾，他至今没见过产出冰山的冰川，不过在威廉王子海湾倒是有不少。

　　6月22日中午，我们离开朱诺，沿途游览了位于道格拉斯岛和大陆之间海峡海口处的海雀冰川，还有林恩运河东侧的雄鹰冰川，好好欣赏了一番这两座冰川的景致。接着，戴维森冰川出现在眼前，曲线优美，上面分布着带状的冰碛，前端被树木环绕的壮丽冰碛包围。除此之外，林恩运河附近的山间还有许多不同大小和样式的冰川，大部分规模相对较小，正在不断完善它们的蚀刻雕琢。位于运河尽头两侧的山脉一年四季都异常美丽。今天的天空格外晴朗，空中云朵徘徊于山峦之上，淋漓尽致地展现出山脉向上伸展的壮观之势，使它们看上去仿佛各自独立，独具特色。每座山脉都覆盖在冰川和云朵之下，经过精雕细琢，在平滑渐变的光线中熠熠发亮。这些山脉仅有少数超过了5000英尺高，但是人们习惯将高海拔同冰雪覆盖联系在一起，况且冰川的侵蚀如此明显，因而它们看起来似乎更高了。如今林恩运河的上游建起了两个罐头工厂。印第安人以每条10美分的价格为其供应鲑鱼。大家都熬着不睡，想看看午夜的星空。每年的这一时节，这里都是没有夜晚的，夕阳已经落到地平线下，按旧金山时间已是晚上12点，但人们依旧能在外面看书。

　　6月23日早晨，我们抵达了冰川湾，穿过海湾河口处的重重冰山。由于强风和潮汐的原因，缪尔冰川前端已经没有多少冰山了。通过海岸和冰碛石上沙子的干燥程度可以判断出，过去的一两周中难得有这么晴朗明亮的天气，在这一带也极为罕见。大部分乘客都上了岸，爬上东边的冰碛石，在前壁顶部稍高一点儿的地方俯瞰冰川的景象。有几个人鼓起勇气，向前多走了一两英里。这一天气候宜人，我们这180位乘客都很开心，凝望着美丽的蓝色冰山和已被蚀刻为尖塔形状的冰墙，巍峨高耸，晶莹剔透，不时为冰川升降发出的轰鸣和怒吼声感到惊叹。冰山的起落激溅起百余英尺高的泡沫，一时间万涛飞荡，所有的冰山都随着汹涌的冰流上下起伏，咆哮着奔向海滩，诉说着每一座冰山的诞生记。冰川中排出的冰山数量也多少不等，无疑在某种程度上受潮汐、天气和季节的影响，有时半天里平均每五分钟排出一个，有时间隔二三十分钟都不会有任何产出，但接着可能在数分钟之内就落下三四座大冰山。那声音犹如霹雳响彻云霄，雷鸣般的声响过后便是持久的咆哮声，在三四英里远的地方就能听到。我们的帐篷距离冰山掉落的地方有一两英里，听到了巨大的轰鸣，感觉大地在震颤，仿佛就在身边发生一样。

我得照管好宿营物资，因此今天早晨很晚才离开轮船，同一群人一起到冰川附近去了。然后，为了充分利用这样好的天气，我只身来到东边一个鲜为人知的寂静冰原，抵达了努那塔克岛，这里约高出冰面 500 英尺。我在两座小岛中较大的那一座上发现了一个小湖泊，许多大大小小的树木化石散落在岸边，似乎几个世纪前就已经在这里了。我打算用这座小岛做站点，打下木桩来测算冰川的流动情况。费尔韦瑟山距此约有 30 英里，从这里能够看到它的山顶，脊峰东部边界上的冰面很平滑，只有中部被破坏得很严重。我下午两点半才返回到船上。本打算在中午回去，寄几封信，和朋友道别，但还是忍不住在冰川附近多逗留了些时间。我刚到冰碛石断崖上，船就起动离开了，我和卢米斯挥着帽子同在船上结识的同伴相互道别。

我们把物品——毯子、粮食、帐篷等放在一个冰碛岩石山谷中，距冰川边壁不到 1 英里。不断排出的冰山起起伏伏，不断发出雷鸣般的回响，几只海鸥轻轻拍打着翅膀飞来飞去，或是像泡沫斑点一样静止不动。这些都是我们的邻居。

走了 12 英里之后，我吃了些饼干，计划搭帐篷宿营。忽然我发现把一个箱子落在了船上，不过我们的东西仍是绰绰有余，并不缺什么物品。在朱诺，我们得到了两捆干木头，是卡罗尔船长好心派人翻过冰碛石送到我们营地中来的。我们用木头搭起一个防风障，然后用从西雅图带来的木材为我们的方形帐篷铺了一层 9 英尺见方的地板。我们搭好了帐篷，把粮食储存在里面，然后铺好了床，一直忙到晚上 11 点 30 分才完工，幸好晴朗的日光一直持续着。我们在宽敞舒适的房子里好好睡了一觉，我还在这广袤的冰原上梦到了加利福尼亚的温馨的家。

6 月 25 日，天下着雨。有几个小时我一直在数冰山排出的数量，然后沿着海滩散步到晶莹的冰川壁尽头。这段路途有一部分充满危险，冰碛悬崖被冰川裂片所覆盖，一旦冰川融化，就会有岩石和冰片掉下来。涨潮的时候条状的沙质海岸仅有数杆宽，只留下一点儿地方可以躲避掉落下来的冰碛物和涌来的冰浪。冰崖、石林、山尖和山脊的景致独特而壮丽，处处展现着自然的力量以及对美的热爱。

在距海岸 150 英尺的地方有一条庞大的冰河，河水从冰川壁上一个拱形的海峡中流出，在奇怪而乌黑、雾气弥漫的棕褐色河流映衬下，蓝色的冰凌走廊显得异常精致。缪尔冰川前壁大约 3 英里宽，但只有宽约 2 英里的中心部位排放冰山。冰川两侧翼曾因被冲刷和侵蚀的冰碛物有过上涨，但几乎没再移动过，它们融化和消退的速度甚至比前进的速度还要快。这些冰川在陈旧再生的冰碛石上至少上涨了 1 英里，这从最近形成的覆盖其上的层层尖角冰碛物就能推断出来，如今这些冰碛物已经下沉，同冰川的中央冰碛石连在了一起。

在层层堆积的古老冰碛岸上，树木的枝干仅生长在潮水上方百余英尺的地方，几乎没有一点儿被侵蚀的痕迹。我还没拿这种树木化石和岸对面的那些沉积物进行过比对，似乎很明显的是冰川曾从现在的界限开始有过相当规模的溶退。巨大的水流带着层层冰碛物注满了整个海湾，几个世纪以来，有利的气候条件为森林的繁衍提供了便利。最终冰川大概向前扩展了三四英里，将安然生长了几个世纪的树木连根拔起，统统掩埋。接着便是冰川的融化期，产生的洪水使连根拔起的树木堆积起来。生长在海岸两边的树木也遭到了破坏，或许是由于冰川边缘被掩埋的土壤解冻所造成。这些土壤是冰川撤退时留下的，又经冰碛物覆盖而得以保存下来，不像冰川裸露部分融化得那么快。冰川位置海拔较高时边缘看上去好像残留物一样的东西仍然留在左岸，或许在当前冰川终端下方的河流两岸都有残存。

6月26日，我们在冰川左翼做了一个标记，来探测它是否还会移动。这一整天都在下着雨，但我还是踏着泥水走了很远，穿过冰面和岩石，一直来到海湾的东部山壁附近。棕褐色的板岩上条纹密密实实，从海湾入口渐渐下沉，呈现出当初冰块运动的边界，也造就了极其美丽壮观的地貌，有的被打磨圆滑，有的形成沟槽和沟纹，光亮夺目。

次日，雨又继续下了一天。山峦笼罩在暗淡的迷雾中，雄伟的冰川在薄雾边缘隐约可见，呈现出美妙的景观。座座冰山轰鸣着，在雾气中隆隆作响。要探险的话，这可不是一个好天气，不过，这倒使得本就奇特神秘的地区更加奥妙无穷，这一点倒是令人欣喜。

6月28日，小雨。有两队印第安人来拜访我们。靠岸后，每只独木舟里都有一个男人登上岸来，留下女人看守小舟，提防它们被冰浪冲走。我试着用切努克语和他们交谈，表示过几天我想雇佣两个人带我回到冰川附近，再绕海湾航行一周。他们是海豹猎人，答应下次带查理一起来，他很懂英语。

这一天，我目睹了三座大冰山的诞生，海浪溅起约200英尺高，平静的水面上倒映出淡蓝色的冰川壁和山脉。海市蜃楼在这里很常见，使得搁浅的冰山看起来就像排出它们的冰川陡峭的前壁一样。

　　我正在观察冰壁和冰山的诞生及其变化。这两天，我只看见孤零零的京燕在帐篷周围飞来飞去寻找食物，岸边还有一只矶鹬，几只潜鸟、野鸭、海鸥和乌鸦，还有一只秃鹰，这是我目前为止所观察到的所有鸟类。冰川一直在发出壮丽的轰鸣声。

　　6月30日，天朗气清，阳光明媚。不到一分钟我就目睹了三座大冰山的诞生过程。起初是一些相对较小的冰块发出轰鸣声，然后大块的冰块开始掉落，接着便是巨大的碰撞声，霹雳般的咆哮响彻海湾。在大冰块成片掉落的时候，时常会听到三四声巨响和隆隆的爆炸声，在冰川恢复平静之前，这些冰块还会再三掉落或是上浮，发出第二波撞击声和轰鸣声。冰川的前端断落下来形成的塔状、垛状和山尖状冰山很少像比水平面高些或低些的树木倒下时的那样，从底部开始向前倾斜倒下，通常是直直地或几乎垂直地沉下去，好像受到了海湾中冰水消融作用的破坏一样，偶尔沉到水平面下很深还会保持竖直的状态，然后又升到100英尺甚至更高的空中，带出的水流像头发一样从顶部垂下来，随着再次跌落下来时发出的雷鸣般巨响并向前平稳地落在水面，激起像火焰一样华美的浪花，喷射出的气流和冰片有时会飞溅到冰川前壁的顶部，壮观之极。水花和菱形的水晶冰块在阳光的照射下美得无以言表。一些排出的冰山呈碎块状从冰川裂缝中一涌而出，像瀑布一般倾泻下来，但喷洒的都是白色冰屑，还会有细小的冰粒打着旋儿落下，接着便是急促而连续的轰鸣声，最终汇聚成一片巨大而庄严的咆哮。这些冰山碎片大部分是从极度破损的冰壁中央排出的，冰墙末端那坚硬的深蓝色冰块则从冰川底部冒出来，形成大型冰山。

　　在一英里左右的地方很少能够听到冰塔落入裂缝或是新有开裂形成时发出的细小声响。冰山产生的时间极不规律，1小时从3座到22座不等。

在一次涨潮的时候，6 小时排出了 60 座冰山，都非常庞大，方圆一英里半的地方都能听见它们的轰鸣声，而在一次退潮期的 6 小时内排出了 69 座冰山。

7 月 1 日早上 4 点钟，我们被"乔治·W. 艾德号"轮船的汽笛声惊醒。我走出帐篷，爬到冰碛石上，朝轮船挥手致意，轮船也以嘟嘟的汽笛声回应了我。很快一群人来到岸上，询问我是不是缪尔教授。领队的是从俄亥俄州克利夫兰市来的哈里·菲尔丁·瑞得教授，他做了自我介绍，并一一给我引见了他的同伴：库辛先生，也是克利夫兰人，还有七八个青年学生。他们带着仪器全副武装来这里研究冰川，卸下了七八吨的货物，并且在我们的帐篷旁边安了营。我很高兴能有如此志趣相投的伙伴们——我们现在已经能组成一个村庄了。

随后，我开始爬第二座山。这座山高 3000 英尺，位于冰川的东边。途中遇到很多在冰川东部平坦的边缘漫步回来的游客，出于礼貌不得不回答了他们好多问题。虽然攀登的过程十分辛苦，但是我看到了美妙的景致，还从这个山峰上勾勒出了冰川草图以及它高处的源头。

这里生长着许多精美的高山植物：山顶上生长着一株银莲花，粗糙杂乱的草丛中长着两种岩须花，三四株矮柳，毛茸茸的大棵蓝色羽扇豆有 18 英寸高，还有梅花草、夹竹桃、一枝黄、蒲公英、开着白花的欧石楠、雏菊、马齿苋、柳叶菜等，周围还长着青草、莎草、苔藓和地衣，形成了一片可爱如海绵般的厚厚草坪。土拨鼠直挺挺地站在那里，哀愁地发出吱吱的叫声，下巴滑稽地使劲儿伸出来，好像是在笨拙费力地奏乐。这些脏兮兮的小家伙是矮小条纹鼠类的一种，通常直立着，同道格拉斯松鼠一样发出吱吱的口哨声。我还看到了三四种鸟：一只麻雀从窝里飞出来，落在我的脚边；另外，我差点踩坏了一个年幼雷鸟的窝，它们慌忙散开，几只羽毛光滑如丝的棕色小鸟虽然很小，但跑得很快，沿着雪岸越过巨大的岩石，躲进柳树林、草地和花丛中。鸟妈妈一瘸一拐的，跌倒在我脚边，索性摊开躺在了地上。我一直没动，直到小鸟们开始叫妈妈，而鸟妈妈则"突突突"地叫着回应，表现出了良好的判断力和牺牲精神。她长着褐色的羽毛，翅膀上的初羽毛则主要是白色。她有这片场地来带领和喂养她的孩子们真是再好不过。

今天空中万里无云，北面原本起了一片薄雾，到中午的时候已消失不见，只剩下一片晴空，散发出柔和朦胧的光芒。宏伟的山脉环绕着冰川四处蔓延的支流；雄壮的主冰川轻轻波动，像草原一般蔓延辽阔，东边呈浅蓝色，西边和北边则是一片雪白；一连串的冰碛石盘绕回环，划出壮丽的曲线，黑色、灰色、红色和棕色，异彩纷呈。冰川裂缝处瀑布般猛烈的急流、数以百计的泉源、高峻的费尔韦瑟山脉、冰山掉落时发出的雷鸣以及安静地漂浮在海湾中的冰山群——所有这一切都构成了一幅鲜艳的图画，展现着自然的美丽与力量。

7月2日，我同里德和亚当斯先生一起穿过了海湾。一路上，海湾的西侧从上到下都浮着层状冰碛，冰碛上还有一些枯木。海湾的东侧，只有在约120英尺高的沙砾和泥土上才有树木。一些生长在西侧岸上的树木扎根于黏土之上。我注意到，在冰川前端附近的一条被洪水冲蚀的航道中有一大片树桩，但我没空去仔细查看。很显然，曾有一场夹带着大量沙子和沙砾的洪水席卷过这里，将这些树木折断，只剩下高高的树桩。在它们上面大约100英尺甚至更高的沉积物刚被冰川的一条排水溪流所冲蚀，使一部分估计已有两三个世纪历史的古老森林遗迹袒露了出来。

我沿着冰川最低的分支右岸攀爬，在一座1400英尺高的山脊上竖起一面标志旗。这条支流有1.25英里到1.5英里宽，有四条分支，延伸到了潮水中，却没有产出冰山。此后我又爬上了努那坦克岛，它高约 7000 英尺，位于冰川西部边缘附近。主要由夹杂着潮湿卵石的碎裂花岗岩组成。岛上两侧和顶部有一些经久不衰的岩丘，打磨刮刻得很是厉害，这表明它原来比现在的位置要深 1000 英尺，冰川曾猛烈地从此扫荡而过，就像浸没在河道中的一个水下巨石。这座岛屿的形状很不规则，原因是花岗岩构造节理的变异。岛上有很多小湖，湖里都是冰碛，由于小岛两侧附近冰块的融化，冰块随之脱落，同时小岛自身也有碎片掉下。我向下爬到北边一个深陷的岩石水沟中，这是我在这一带所见过的最原始、最泥泞、灰尘最多且最危险的地方。这座岛上还散落着相当多的古老森林，尤其是在岛的北边，而岛的南边则已被冰川的第一条支流清扫一空，这条支流初期地势曾逐渐降低，融化较早，接纳了冰碛石材料的土壤流入，同那些树木一起被冲走了。而岛的北边现在正在经历冲刷和掩埋。随着最后一个主冰块底座融化，冰碛石材料被一次又一次地重构，那些倒下的树干，有的全部腐烂，有的腐烂了一半，还有的被保存完好，它们不断被掩埋又被挖掘，或是被带去与终碛或是侧碛混合在一起。

我发现了三株锡特卡云杉树的小幼苗，这便是一座新森林的开端。小岛的周长约为 7 英里。我在半夜回到了帐篷中，又冷又累。乘着摇摇晃晃的小破船，从满是冰山的海湾中驶过可真是危险，我很高兴终于上了岸。

7 月 4 日，我沿着山的东侧爬上了一座约有 3100 英尺高的峰顶，旁边就是地处最北、毗邻黄色山脊的深谷。我发现峡谷上半部分有约 1 英里的积雪，山顶上也有一小块一小块的雪地。有些雪块可能常年不化，因为下面的土地几乎草木不生。在一些雪堤边缘，我看到了岩须花。从帐篷里看起来薄薄的绿色苔藓一样的小小地块实际是由繁衍茂盛毛茸茸的岩须花、开白花的欧石楠、亮粉色的矮棵越橘以及虎耳草、银莲花、风信子、龙胆草、小飞莲、马齿苋、矮柳和几种小草构成的。在这些植物中，四棱岩须花长势最旺最美，形成了 1 英尺厚的地毯，面积约有 1 英亩甚至更多，具体大小要由土壤地区的规模和排水面积来测算。我发现一些植物在剥落不太严重的陡峭岩丘和阶梯上扎了根——有梅花草、金蜡梅、岩黄芪和江珧菊等。半山腰上看起来较低且粗糙不平的地方长满了 10 英尺到 15 英尺高的桤木丛。在我落脚的地方，可以尽情欣赏群山的顶巅。山脉的峭壁正好构成了海湾西侧上部的围墙，还有几条冰川，是缪尔主冰川东部第一级支流的分支，大概有五六条这样的支流，现在它们大多已经从主冰川中消融，变成了独立的分支。东部的最高峰海拔约为 5000 英尺或者少一点儿。我也领略到了费尔韦瑟山脉、拉彼鲁兹、克利翁、立图亚和费尔韦瑟几个山峰的壮观景象。其中费尔韦瑟山是所有高山中最美的一座，像是冰川湾的哨兵一样守护在它周围。当阳光从东部或南部照射过来时，它壮丽的冰川和色彩显得格外宏伟动人。傍晚时分，它的面容已不再那么清晰了。空气看起来暗淡朦胧，虽然在费尔韦瑟北面和东北方还有无数白雪皑皑的山峰，但缪尔冰川最高处挤在一起让人眼花缭乱的源头对登山者来说才是最刺激最迷人的场景。总之，我度过了愉快的一天，也是第四次亲眼见到如此辉煌的庆典。

7 月 6 日，我沿着海湾东海岸向前行驶了三四英里，在一个分层的冰碛石岸边登陆，同行的是雷德团队的厨师，据说大家公认他具有丰富的野营和勘探经验。

1880 年我就在此处露营过，当时的地点距冰川前端不到 0.5 英里，而现在营地距冰川前端已有 1.5 英里远。我发现了 10 年前用过的印第安旧帐篷，还有赖特教授 5 年前用过的帐篷。他们用桤木枝搭成的床和烧过的火堆虽然有些腐烂，但仍旧在那里，清晰可见。我发现这里除柳树外还有

33 种开花植物，主要种类有江珧菊、岩黄芪、梅花草、柳叶菜、风铃草、一枝黄、玉凤兰，结着半生不熟果实的草莓、熊果、滨紫草、飞莲、杨柳、高茎草还有桤木，在高于海潮几英尺的岸边形成了一座艳丽的花园，细小的溪流浇灌其中。在这座花园里有许多蝴蝶飞舞，海鸥也在附近繁衍，今天我在水中就见到了一只小海鸥。

在回宿营地的途中，我在一个洪水冲蚀过的冰碛石山谷中发现了一片巨大的树桩，于是便上岸仔细查看了一番。山谷中有条航道比平均潮位高 80 英尺，距海岸四五百码远，树桩就位于航道里一处干燥的地方，被来回翻滚其上的岩石捣碎撞垮了很多，使它们看起来像巨大的剃须刷。最大的树桩直径约为 3 英尺，大概有 300 岁了。我打算等闲下来一定再回去好好研究它们。有个小树桩仍稳稳地扎根在一棵碎裂的古老树干上，这表明至少有两代树木在这里繁衍时未曾受到冰川前进或是衰退的影响，也未受到排泄洪水的影响。这种树是锡特卡云杉，大都完好无损。目前，这些树在没有被连根拔起的情况下是如何折断的，对我来说仍是个谜，可能它们的大部分同伴都被洪水连根拔起，冲得无影无踪了。

Ruins of Buried Forest, East Side of Muir Glacier
被掩埋的森林遗迹，缪尔冰川东侧

7 月 7 日是一个晴天，天空中几乎没有一朵云彩。由于海市蜃楼的缘故，海湾中的冰山从远处看就像一座大冰川的前壁。我一边写信，一边期待着下一艘轮船——"女王号"的到来。

下午两点半左右"女王号"载着 230 名游客抵达这里。他们的身上的缎带和相机简直成了另一番壮观景象！每个人看起来都很开心，热情高涨。不过令人惊奇的是，无论看似多专注地在凝望庞大雄伟的冰山，一旦晚饭铃声响起，他们全都会迅速停止，果断去用餐；每当有印第安人来附近兜售些小玩意儿，也会立马将他们的注意力从轰鸣的冰天雪地中转移过去；还对我们的小帐篷和厨房设备充满兴趣，不惜浪费自己宝贵的时间到我们简陋的小屋附近游荡，不时窥探一二。

7 月 8 日，晴空万里。我沿着冰川往上走，去查看那些木桩，发现水流中央附近的标记点在 8 天内移动了约 100 英尺。但在冰川前壁 1 英里外的中央冰碛石上没测量到移位现象。还看见一只乌鸦正在湾口的浅滩上吞食一只雄性鳕鱼，这只鳕鱼还活着。它似乎曾被海豹或是老鹰袭击过，因而受了伤。

7 月 10 日，我逐步了解了冰川和它源头山脉的保留特征之后，开始就其主要支流和像草原一样辽阔的干流上游进行探测，这是我一直渴望的旅程。我一直在为此做一个雪橇，现在必须彻底准备好，不管天气好坏都要出发。昨天晚上我目睹了一个蓝色的大冰山从冰川前端滑落分离下来的过程。在它漂过营地时，里德教授的两位随行人员拼命划船跟上了它，据估计，它约有 240 英尺长，100 英尺高。

缪尔冰川的雪橇之旅

　　7月11日早晨，我开始了难忘的雪橇之旅。此行目的是想纵览位于缪尔冰川上半部分主干和它的七条重要支流。我坚信自己这次肯定大有收获，同时，还能摆脱继那次流感之后困扰了我三个月的严重支气管咳嗽。我打算每晚都在冰川上露营，也的确实现了这一愿望。我的咽喉逐渐好转，最后终于痊愈，因为低地的细菌无法在这样的旅途中存活。我的雪橇约三英尺长，尽量做得很轻，上面牢牢扎着一麻袋硬面包，少许茶叶和白糖，还有一个睡袋，这样，不管在穿越冰隙时震荡得有多厉害，东西都不会掉下来。

　　两个印第安人搬着我的行李，穿过岩石冰碛，来到努那塔克岛东侧一座清澈的冰川附近。卢米斯先生陪我来到第一个宿营地，帮我将空雪橇拽过冰碛石。我们大概9点的时候到了努那塔克岛中部，随后我就打发两位印第安搬运工回去了。第一天，在卢米斯先生的协助下，我把装满货物的雪橇搬到了位于汉姆洛克山脚下的第二个宿营地，第二天早晨他便回去了。

　　7月13日，我绕过山脉向东走了几英里，欣喜地发现有一片树林高高地耸立在山脉参差不齐的岩石边缘，这是我第一次在冰川湾或者说在冰川的河岸上见到树木。我把雪橇留在雪地里，爬上山去看看能发现什么。看到所有的树种都是高山铁杉，很明显，这里曾是一座拥有相当规模的繁茂森林，现在屹立未倒的树木所在都是当初最为稳固的那片土地，其他都因为石板基岩的瓦解和土壤一起坍塌了下去。这里的树木最低也生长在海拔约 2000 英尺的地方，最高的生长在约 3000 英尺甚至更高处。这些原始、破碎、树木采伐一空的区域看起来像一个正在运作的采石场，然而草木繁茂富饶的地方遍地的岩须花和欧石楠正在怒放，下面还铺着一层毛茸茸的厚厚开花苔藓，对比极为鲜明，令人震撼。这一片片的花园里满是艳丽的色彩——有龙胆草、飞莲、银莲花、飞燕草以及耧斗菜，那些欢快的小鸟、蜜蜂和土拨鼠又为这景象平添了几分生气。我爬到了 2500 英尺的高处，已经比冰川高出 1500 英尺，看到几只土拨鼠，三只像农场中的家禽一样温顺的雷鸟，听见了它们的叫声。山脉边缘上的草皮已经脱落，变得参差嶙峋。来自东南方的暴风雨把树木吹得弯下了腰。海拔 3000 英尺的地方只能见到一小部分植被，2500 英尺处则生长着鹿蹄草、藜芦、越橘、尤须草、莎草、杨柳、高山桦木、毛茛以及遍及数英亩正在盛开的岩须花。

　　在狄怀德冰川的尽头有一座挤满冰山的湖泊，远处是一个宽广平坦的山谷，有 10 英里长，或许会朝东南方向流入林恩运河，山谷西边的山上草木丛生，森林密布。冰川的分水岭差不多在第三条东部支流的正对面。另一座布满冰山的湖泊位于西部几英里远的地方，有 1.5 英里长，布莱德冰川的河水汇入其中，这个冰山湖的东南侧就是引人瞩目的歌多德冰川。

　　在冰期刚刚到来之时，如今向北流入啸鸣山谷的大片缪尔冰川，曾作为缪尔的支流向南流入冰川湾。所有的岩石等高线都能证明这一点，中央冰碛石也印证了这一事实。冰山湖泊里挤满了冰山，因为它没有排水口，冰山融化速度极为缓慢。我一点儿没听见冰山排出的声响。穿越分水岭冰川的过程真是步履维艰，最终我选择在这里安营扎寨。随后在湖泊后面半英里远的地方找了一些小枯木，在冰碛岩石上生起一堆火煮了些茶喝。夜里我在雪橇上睡得相当安稳。啸鸣山谷西侧杂草丛生的青山上有四条瀑布，我听到了它们的咆哮声，还在海拔 1500 英尺的绿色陡坡草场上看到了三只野山羊。

7 月 14 日，早晨天气阴沉，乌云密布。我 4 点就起床去寻找野山羊的足迹，但只看到了一只。我猜测有野山羊的地方一定有狼，果不其然，几分钟后就听到了它们低沉而遥远的嚎叫。有一只狼的叫声听起来很近，而且似乎离我越来越近，已经到了冰川边缘不到四分之一英里远的地方。它们肯定早就看到了我，也许有一只或者几只还跑到附近来观察了我一会儿，但是我看不到它们。半小时后，我正在吃早餐的时候，它们又开始嚎叫起来，声音听起来如此之近，我开始担心它们想要袭击我，于是急忙躲到一块庞大的方形岩石后面，这样的话即便我没有枪，至少也可以用我的铁头登山杖抵挡一下狼群的正面攻击，保护自己。我等了大约半个小时，想看看这些野狼想干什么，但没有任何动静，因此，我冒险继续前行，来到了雪穹山脚下，在那里露营过夜。

分水岭冰川西北侧有六条分支，一直数到格雷冰川，与之毗邻的是花岗岩峡谷冰川。接着便是已经枯竭的尘埃冰川。我看到距此处 1 英里远的主冰川边缘有一些冰山，零零散散地搁浅在岸边，似乎是从一个下陷山谷中的一个池塘里排出来的。在冰川后面 20 杆的地方，池塘边缘环绕着一圈浮木，标识出了湖岸的边缘范围。现在已经 10 点 30 分了，日暮降临，我坐在小火堆旁写下这些笔记。一只奇怪的鸟儿鸣叫着，听起来像在发牢骚。一条小溪正好从我搭的帐篷旁流过，匆匆汇入一座冰川中。因为害怕山上的落石，我把帐篷搭在山脚向后几码远的地方。一些小石块正从陡坡上滚落下来，嘎吱作响。现在我必须得睡觉了。

7月15日，我爬上穹丘开始规划路线，大略扫了一眼冰川，观测了一下方位等，以防暴风雨降临。从这里可以看到，主分水岭约有1500英尺高，第二大分水岭位于其东南方向1.5英里处，也有1500多英尺。虽然没有结冰，但是昨天晚上冰川的水流量明显减少，现在又有所上升。时不时地有石块滚落到冰隙中或其他新的地方，你推我搡，一起滑下来，落到冰碛石上，几乎要将其掀翻。泥土裹着小鹅卵石慢慢地从冰丘上滑落，反复无穷。要经过多少道工序、用多少种方法才能使岩石最终打磨成形，不再变化，成为农场和农田的基石，成为森林和花园？自然轮回，它们又如何从裂缝中滚进滚出，成为冰碛物，由于雪崩发生移动、加固和重塑，继而又从底部开始融化……在这一过程中，降雨、霜冻和露水也起了推波助澜的作用。最后，砾石会随席卷而来的溪流陷入冰川锅穴被打磨碾碎。干净的卵石冰碛，同冰河边缘的其他冰碛一样，都是由雪崩后储存在裂缝中的冰雪沉积而成，饱经风霜后才变成冰雪之上的冰碛石浅滩。我扎营的地方就有一块这样的冰碛石。

在20码远的一块岩石上有一只雷鸟，好像正在演出一样。它的眼睛是红色的，还有一道不太明显的过眼线，腹部是白色的，翅膀混杂着棕黑两色，但上半截有白色的斑纹。它飞起来的时候看上去几乎是白色的，但覆羽和身体其他部分的颜色一样。只有折叠的羽翅是白色，张开时仅有3英寸。它的胸脯金黄，似乎闪闪发亮，而翅膀下面是白色。它只允许我走到离它20英尺的地方，随后便沿着岩石走下一个60度的斜坡，拍打了几下翅膀就完成了400码的完美滑翔，先是落到了一块平坦的地面上，最后消失在一座悬崖边缘。10天前，卢米斯曾告诉我他发现了一个鸟窝，里面有 9 个蛋。在下山去拿我的雪橇途中，我看到了几只雷鸟。当它们受到惊吓时，便发出刺耳的叫声。"可瑞克，查克，可瑞克"，其中"r"音尤其饶舌拖长。此外，我还看到了野山羊留下的新旧足迹，还有一些明显是狼的骨头。

第三条冰川河口两侧群峰林立，美不胜收，中间有一条通道。无论是高度还是外形，坐落在东北边的山脉更胜一筹。山上有三座冰川，都是第三大冰川的支流。第三座冰川一共有 10 条支流，每一侧各有 5 条。怀特冰川左侧的山脉高约 6000 英尺。歌多德冰川的冰碛石很少流向别处，只有少数物质冲入了冰山湖泊，剩余的仿佛永久留在了几乎没有运动迹象的主冰川地带。从山顶上看去，最后这些湖泊的曲线非常美丽。

这一天天气格外好，阳光普照。在日落前一两个小时，远处的山脉，这些广阔无垠的东道主们，看起来似乎比往日任何时候都更加轻柔缥缈，淡淡的蓝色散发着无以言表的美丽。在这样一个柔和的黄昏，所有的棱角与不和谐都消融了。在这样一种神圣的紫水晶色光线照射之下，甚至连冰雪和无休止磨削倾泻的冰川都变得极为温柔美丽。我七点一刻回到了宿营地，没有一丝倦意。在吃了硬面包做的晚餐之后，我本来还能再次爬上山峰，然后在日出前赶回来，但是拖拽雪橇把我累坏了。当时我已经走到距帐篷三分之一英里远的冰川，去探测一块类似冰碛石的地方。它大概有 1 英里长，100 码宽，上面长满了树木。我猜测它是雪崩时同雪一起从山上滚落下来，掉在冰上，然后在冰川涨潮时又从岸边被冲到了洪流之中。这就解释了这片冰碛石独立的原因。这块冰碛地带似乎来源于雪穿山西北侧一个巨大宽敞的冰斗或是圆形凹地中。

为了缩短回程，我试图从一个看起来满是白雪的陡峭山谷滑下去。一切都很顺利，直到一片浅蓝色区域，踩上去才发现那是冰，我一下失去了控制，滚入了山脚下的一个碎石坡，不过毫发无损。就在我爬起来想确定方位的时候，听到了一声巨大而凶残的吼叫，这种恶魔般狂喜的声音让我吃惊不小，似乎是某个敌人看到我摔下来，正为我的死去而得意扬扬。紧接着，两只乌鸦从天上猛地冲下来，落在距我几英尺远的一块岩石缺口处。很显然，它们希望我受伤，这样它们就会扑上来饱餐一顿。就在它们盯着我观察我的状况不耐烦地等着进食的时候，我明白了它们的打算，便大喊道："还没到时候，还没到时候呢！"

7 月 16 日，早上 7 点钟我离开帐篷去穿越主冰川。我一离开就有 6 只乌鸦来到了营地附近，它们的眼力实在是太好了。在这座冰封的荒原上，一点风吹草动都逃不过这些勇敢的鸟儿的眼睛。这是我在阿拉斯加见过的最优美的早晨：广阔的天空中一丝云也没有，东边有一团淡黄色的薄雾，西边的天空则泛着白色，柔和甜美，好似威斯康星州的夏天，但比那里还要更美妙，更缥缈，上帝的圣洁之光使一切都变得神圣起来。

约 1 个小时后，我来到缪尔冰川 7 个主干大支流中第一条支流的汇流处，看到的景象非常壮观。水从宏伟纯净、四面环山的盆地奔流席卷而来，狂野倾泻而下，一直汇入水晶般的主海域。承载着冰山源头的众多雄峰，层峦叠嶂，都急着献上它们各自的溪水，来扩充那本已宏大的冰流。我从冰川汇流点下面一点穿过了它的前端，在这里那些之前分散为两三英里宽的细碎支流又都汇合在了一起，还有许多小溪和相当规模的河流从纯净淡蓝的海峡中汩汩流过，为这冰冷孤寂的地方带来了喜人的生机。

今天穿过的冰面大部分都很凹凸不平，还要搬着雪橇在冰丘中寻找道路，弄得我筋疲力尽。有时还要心惊胆战地穿过许多布满冰冻裂缝的狭窄冰桥，我不得不使出浑身气力将雪橇整个举起，双脚叉开保持平衡，还要小心翼翼地把雪橇推到我前面，因为冰桥两侧都是断层和裂痕。到了晚上

6 点，我直线距离似乎也就前进了最多 8 英里。冰面上到处都是圆冰丘，而且这条路冗长乏味，因此我决定停下来安营扎寨，不再前进了。我打算把雪橇留在这个盆地的中央，只带上睡袋和粮食向西侧进发。尽管非常疲惫，但在如此宏伟的冰雪风景之中小憩片刻，还是觉得很舒服惬意。我从雪橇底板削下来一些碎屑和刨花，在一个小罐子里生起一团小火苗，然后煮了一杯茶。这是我生过或说见过的最小一团营火，但对于烧一杯茶来说，已经绰绰有余。寒风刺骨，双脚湿乎乎的，于是，我不到 8 点就钻进了睡袋。我的一只鞋已经快要坏了，需要安一个木鞋底。

今天一天都晴朗无云，和煦的阳光洒满大地，傍晚和黎明的天空都泛着紫光。从这个雾蒙蒙的冰雪世界中央看山脉周围，真是不同寻常，广袤的平原在柔软温和的阳光下休憩，冰原山脉轮廓分明，高耸挺拔，冰雪覆盖下展现出无穷的力量与美丽。我在距最近陆地约两英里的冰川上发现了一只野山羊的头骨和其他部分的骨头。它很可能是被狼群追逐逃出了自己山中的窝，到这里被吃掉了。我把羊角收起来继续前行。我看到这里的冰川表面有很多相当规模的凹陷地，还有一个陷阱一样形状不规则的洞，一点不像那些沙石覆盖的小山丘斜坡上的普通深坑，这个洞朝向南方。现在太阳已经落山了，天空呈现出橘黄色，由东西开始向南北慢慢褪成了一抹紫色。躺在床上写下这些日记真是一次奇特的经历。冰丘如波浪起伏，从四面八方升起，边缘有许多裂缝和小坑，环视四周，地平线上无数山峰拔地而起，交叉重叠，极尽错综复杂。冰川锅穴发出阴沉的咆哮和刺耳的摩擦声，与小溪发出的悦耳低吟和震颤声形成了鲜明的对比。小溪唱响河鸟一般的歌声，异乎寻常的柔和甜美，一路闪着光静静流过。在距离我坚硬的雪橇床板几英尺远的地方就有这样一条小溪。

7 月 17 日，灿烂明媚、万里无云的一天。黎明的天空显现出柔和的黄色和紫色，很快挂在东部山峰的太阳驱散了淡蓝色山峰的阴影，白茫茫的广阔冰原也在阳光下熠熠生辉。昨天晚上，我在冰冷的海水包围中睡得很是安稳。外面寒风刺骨，我的睡袋虽说不是很暖和却也不至于觉得冰冷难耐。我患了三个月的咳嗽终于痊愈了。奇怪的是，像我这样一个长期在户外工作的人，竟全然不知什么是喉咙痛或者所谓的感冒。6 天前，即将开始旅行时，我给那双重重的厚底鞋换了个鞋底，但现在这个鞋底又快坏了，每天晚上我的脚几乎都是湿的，但这并没有给我带来什么伤害。我成功地在床上做熟了一顿热乎乎的早餐。我先伸手到雪橇边上，拿出来一根一直带着的小雪松手杖，从上面削下来许多薄薄的刨花，把它们揣在胸前，然后将一张纸放在一个小罐头里面点着，加了一些刨花，把一直放在我床边的那杯水拿起来举在火上烤，还时不时地加些小刨花维持火候，直到水开了，又把手边的面包袋拽过来，享用了一顿美味温热的早餐。这就是我在床上做饭吃饭的整个经过。饭后，我感觉恢复了体力，审视了一下满是裂缝和圆丘的冰原荒野，最后决定继续拽着小雪橇前进。随后又重新鼓起勇气，坚持不懈地拽着它穿过了无数裂缝和溪流，绕过几座湖泊，跋涉于冰丘之间，最后终于在晚上 5 点多到达了西海岸，此时我已是疲惫不堪。穿过碎裂如此严重的冰川，拉着总重量不少于 100 磅的雪橇，在两天之内走了 15 英里远，从雪穿山来到这里，真是无比艰辛，但我完成得很好。我发现了无数裂缝，其中一些已经灌满了水。我所经过的绝大部分裂缝都是在倾泻物下落后又紧紧压合在一起的冰面，随后又被激流推到一个向上的斜坡上，因而裂缝底部又重新融合，只剩下上面被太阳晒化的斜角等着海水汇集而入。

这一片盆地的排水量相当巨大。阳光照射下蒸发的水量惊人，而恶劣的天气中风雨同样会使冰面融化，在降雨的基础上进一步增加贮水量。虽然气温只有零上一二度，大风也会使冰雪迅速消融，甚至比在晴朗日光照射下融化得更快。困在细密裂缝中的水无疑会在冬天结冰，从而形成了冰川上很多不规则的血管状纹理。有时浸透的白雪也会冻结，和冰混合在一起，但当夏天到来时，只有冰川低处的白雪才会融化。我注意到了这一作用导致的许多痕迹。冰川上最美的事物之一便是散布在溪流、池塘、小湖泊岸边的无数微粒状冰晶体在阳光下融化的情景，如此绚丽夺目、光芒四射，整齐排列着，看上去像是颗颗宝石。这些宝石像星星一样，闪闪发光，没有什么比它更强烈，更耀眼。如此圣洁的光芒洒在晶莹的辽阔大海之上，散发出难以言表的唯美光泽，照着无人能见的阿拉斯加冰川，这场景想想就觉得十分壮丽。我想，要产生这些效果，冰块一定会融化得更快，就像它今天一样。这些水池中的冰并不是融化成光滑的平面，而是像树木的枝叶一样，形成片片美丽的冰森林，空气中还时不时冒出些小气泡。今晚我在一个自己命名为"采石场"的山脉上宿营，之所以起这个名字是因为它原始松散、草木不生的环境，这里比冰川前端高七八英里。我收集了足够的枯枝用来煮茶。从这个帐篷向东望去，景色十分壮丽。太阳已经落山，天边出现了几朵浮云，一条急流从沟壑中匆匆流出，在冰川边缘下发出庄严的咆哮。夜里没有叮咚尖啸的溪水声，只时不时听到有岩石掉落下来。我度过了美妙的一天，收获颇丰，但是极度疲惫，想要赶紧上床睡觉。

　　7月18日，今天早晨我觉得很累，打算休息一天。但上午8点吃完早饭之后，又觉得必须得起床接着忙活，从采石场山顶沿大支流而上去描绘新的景致。这么一想我的疲惫感便消失了，我觉得差不多还可以爬5000英尺。在拖着雪橇穿过裂缝和冰丘后，任何行程都显得容易多了，因为再也不用心惊胆战，唯恐在跃过冰缝时滑倒摔伤了。采石场山是我见过的最赤裸光秃的地方，这是个还未经开采的石矿，里面有无数松散脱落的花岗岩，山脉的斜坡格外陡峭，几片柳叶菜增添了几许艳丽的紫色，它们的种子四处飘落，希望找到一片扎根的土壤。采石场山被席卷而来的冰面切断成了数座平行的山脊。分水岭顶端还有三处地方仍然遭受到一条宽 0.5 英里到 0.75 英里的冰川侵袭，在这里形成了优美的拱形。虽然我的双眼已经发炎，几乎看不到什么东西了，但我还是把眼前的一切勾描下来，画出来的线好像都是双的。我担心明天就不能再像这样自由勾勒我想要的几处风景了，但无论如何还是要试一试。今天一整天都阳光充足，快 5 点的时候，冰川变成了淡黄色，朦胧的天空苍白中带点淡黄，有一种印第安夏季的感觉。此时，湛蓝色的阴影已悄悄爬上了冰原，有的延伸了 10 英里长，黄色的日光像腰带一样系在它们之间。时不时地有岩石滚落下来，声音沉闷生硬，与小卵石撞在一起，吱吱作响。

7 月 19 日，我的眼睛几乎要失明了，无法忍受光线的照射，我担心将有很长一段时间都不能工作。我在床上躺了一整天，拿冰块敷着眼睛。每一样我想要看清的东西似乎都出现了重影，甚至连远处的山脉都是如此，山的上半部分简直就是下半部分的翻版，只是相对暗些。这是我头一次被阿拉斯加的阳光晒过了头。下午 4 点左右，我就开始等着夜幕降临，好让我睁开眼睛，慢慢挪回主营地（在那儿，如果我的眼睛发炎厉害，别人比较容易找到我）。此时，一片薄薄的云彩飘来，给这闪闪发亮的风景投下了一道阴影，我为此感激万分。很庆幸能够凭借这些云朵的遮挡，我可以努力穿过横亘在我和河岸之间几英里宽的冰川。我做了一副护目镜，但是不敢戴。所幸这里的冰川破损并不严重，我把帽檐压低，在 5 点左右出发了。行进十分顺利，在能遥望到主营地的地方，我停下来安了营，从这里到主营地的直线距离只有五六英里远。我登上花岗岩岛，找了一些枯木，用来在冰上煮茶喝。

昨天晚上，我尽可能长时间地把湿绷带扎在眼睛上，今天早上感觉好多了。但抬眼望去，这些山脉似乎还是有重影，给这道风景笼上一层奇怪而不真实的色彩。我把所有的东西都打包装到雪橇上，沿着我想要测量的冰川向下滑动了3英里远。冰上有只蜂鸟被我熊皮睡袋上的红线所吸引，飞来拜访了我两次。

我初步了解了海湾沿岸碎石床的结构形成。不断受到的搬运和冲刷已经把冰川支流边缘的这些物质过滤分类，积聚在这里的物质比其他我到过的任何地方都丰富。冰壁倾斜得并不厉害时，冰川表面的低处就会废弃边缘的一部分，后被冰碛掩埋，也因此避免了阳光的灼晒而得以良好保存。这样便形成了边际河谷，一侧是干净透明的冰块（或者说几乎是透明的）；另一侧是被掩埋的冰块。当冰雪不断融化的时候，这个边缘河槽，或者称之为河谷，就会越变越深，越变越宽，因为两侧都在逐渐融化，陆地上融化速度相对较慢。受到保护的废弃冰块在融化时首先脱落的会是最大块的岩石，因为它们不能在斜坡存留，但小块岩石还可以继续待在那里，接着较大的岩石也随之脱落，而后便是卵石和沙砾，同时，这些物质的运动还要承受急流的作用，它们仿佛是被扔进了一个凹槽之中。当洪水来袭时，根据其力度的大小，泥沙或是大型物质会被席卷冲走，在某处完成层积。此时，这块冰层又有新的表面袒露出来，使融化继续，直到足够多的物质被挖掘出来，在前端形成了一层遮蔽物，随之而来，在任何冰流可以延伸到达的地方是另一轮冲蚀、搬运和沉淀。受到保护的边缘阶地通常就是在融化过程中形成的。或许这些阶地便是冰川冰面系列高度的标识。从一个阶地到另一个阶地，碎石不断散落，继而被筛选走。有些碎石遇到的是孱弱的溪流，流水仅将一些精细的微粒带走，剩下的便沉积在光滑的河床上；还有一些更粗糙的碎石，碰到的是急流，就铺洒遍布在美丽的河床上，毫无疑问，一些大岩石会滚回冰川中去，继续它们的旅程。

今天下午虽然出了太阳，但大部分时间都是阴天，所以我的眼睛好多了。"女王号"轮船过一两天便会抵达，因此我明天必须抓紧时间回到海湾，发出一些信号，好让里德等人划船把我接回去。我得知道家人的消息，给他们写信，好好休息，还要多吃点东西。

冰川峰附近的冰面显然完全没有裂缝，我几乎是毫不担心地走在上面，顺流而下，在大片花岗岩，努那塔克岛的对面停了下来，心想可以到那去避一避风。我朝那座小岛走了不到 10 步，突然掉进了一个隐蔽的裂缝中，里头都是水，从表面上根本看不出这个裂缝的存在。像许多裂缝一样，这一条也是溪流的河道，在某些很窄的地方，那些从冰川上碎裂下来的小冰块拥挤着堆积在一起，又往回延伸出很远很远，直到完全覆盖并遮住了河水。我一下就跌了进去，虽然跨越过上千条真正凶险的冰隙，但从没碰到过隐蔽得如此之好的危险裂缝。我整个没到了水里，当然很快又浮了上来，一番痛苦挣扎之后，终于爬上远处的岸边。然后我急忙把雪橇拖拽到冰原岛峰附近，赶紧脱下衣服，草草堆成一堆，迅速钻进睡袋中，不住地哆嗦，希望能尽我所能快点儿度过这一夜。

7 月 21 日，在这样一个下着雨的早晨，要穿上衣服可真是一件令人痛苦的事情。拧拧湿乎乎的内衣，然后穿在身上真不是什么舒服的事。我的眼疾好多了，没有因为那场冷冰冰的淋雨出什么状况。持续三个月的咳嗽也终于完全康复了。任何低地的流行感冒细菌都无法在这场经历中存活下来。

我查看了生长阿拉斯加云杉的老树林遗址，度过了美好且卓有成效的一天。这些云杉树不久前还郁郁葱葱地生长在冰川西南角一个泥泞的盆地里，由一处突出的山岬保护着。当冰川上涨推进时，只是一些细沙就冲蚀和覆盖了这里，只剩下数以百计 3 英尺到 15 英尺高的树桩，扎根在布满鹅卵石的蓝色泥浆河流之中，树皮还裹在上面。已经腐烂的树皮、树叶、球果和陈旧的树干还在原地。还有一些树桩留在了距海面 125 英尺的砾石土岩石边缘。山谷被现在占据这里的溪流冲刷得干干净净，其中冰川的一条排水溪流有 1 英里甚至更长，0.125 英里宽。

我早早地吃了晚饭，正打算去睡觉，突然有人翻过冰碛石朝我走来，着实吓了我一跳。原来是里德教授，他在主营地那里望见了我，就同卢米斯先生和厨师一起渡河来找我。我本打算明天再向他们发信号，但是很高兴跟他们一起回去。在西山的古老森林里捕捉雷鸟的卡斯先生和同伴也见到了我。我好好休息了一番，睡了一觉，闲下来之后才发现我又学到了这么多新知识，勾描出这么多张画，同时也发觉自己实在是太累太饿了。

第十九章

极 光

　　几天后，我和里德教授一行人又出发了，去探访其他一些流入海湾的大冰川。1879 年 10 月我曾到过那里画了一些草图，现在想去看看它们发生了什么变化。我们发现海湾的上半部分挤满了冰山，要从它们中间开辟出一条路来实在是太难了。在慢慢地沿东岸行驶了几英里后，我们拖着大船和独木舟来到一个优美的花园，晚上在那里舒舒服服地宿营了。

Floating Iceberg，Taku Inlet
漂浮的冰山，塔库湾

　　第二天我们一直都小心翼翼地开冰辟路，试图向前穿行，驶往海湾的西侧。但是由于储备食物奇缺，快要吃光了，而且堆积在北部的冰块看起来根本无法穿越，于是里德的团队决定从一个相对宽阔的地方绕道朝南行驶，返回主营地；而我则划着一只独木舟，带了一点儿食物继续向北进发。历经百般艰难和焦灼后，我终于在日落前后到达了休·米勒海湾，想要在它那巨石环绕的陡峭海岸上找个地方宿营。但是在这个沉寂险峻的地方转悠了一英里左右，我还是没有发现可远离海潮的停泊的地方，此时夜幕已慢慢降临，因此我决定试着在星光下摸索前行，穿过海湾的河口，驶向一片辽阔的沙地，我曾于1879年10月在那里宿营过，距离此处有三四英里远。

我极其小心地在闪闪发光的冰山之间穿行，害怕我那脆弱的独木舟会坏掉，自己也会跟着丧命。我提心吊胆地走了一两个小时，还没完成路程的一半。这时，一片巨大的冰山隐隐约约出现在眼前，咄咄逼人，看不到任何可以通行的航道。我划着船向左走走，向右看看，最终发现一个被陡峭岩石环绕的通道，约有4英尺宽，大概200英尺长，显然是巨大的冰山开裂而形成的。我犹犹豫豫地划入了这条航道，担心一丁点儿潮汐的变化就会使其阻塞合闭，但还是决定冒一次险，揣测着前面不会比我所经历过的更加艰险。但当我往里行驶到三分之一处时，突然发现光滑冰壁包围的航道变得越来越窄，于是赶忙退了回来。就在我的独木舟船头刚刚驶出通道的一刹那，它两侧透明的冰壁就"砰"的一声挤压合拢在了一起。我惊恐万分，赶紧调转船头往回走，焦虑地行驶了一两个小时后，我欣然发现又回到了刚才将我拒之门外岩石环绕的海岸，于是决定要么整晚守着独木舟，要么竭尽全力找到一个远离冰山威胁可以把独木舟拖上来的地方。最终在午夜时分我欢快地完成了这一任务。我躺在床上很是兴奋，全无睡意。

我找来两大块岩石当床，挤到它们中间，蜷缩在凸起的地方，凝视着漫天星辰的夜空，望向闪闪发光的海湾，试图忘记这艰难寒冷的一刻，突然，一道道垂直的华丽光束出现在天际，泛出明亮的七彩光芒，在北边的地平线从西向东，接二连三，快速有序地移动，似乎在辛勤地赶路。这种极光和我从前见过的迥然不同。很久以前，在威斯康星，我曾目睹天空被深紫色的极光所覆盖，柔云般缱绻开合，形态壮美至极。但是这次的光线是如此纯净明亮，变幻多姿，一点儿也不像云彩。从表面上看来，短短的光柱似乎约有 2 度高，虽说五光十色，但是看起来和太阳光谱一样清晰分明。

我不知道这些灿烂热切的光芒战士停留了多久才离开，因为在这样迷人的景致中，我已忘却了时间，这个神圣的夜晚也在无尽的欣喜和激情之中久久挥之不去。

在度过了如此振奋人心的一个夜晚之后，第二天我早早地把独木舟推下水，带着满满的信心和力量起航了。穿过休·米勒海湾河口后，我又沿着海岸开辟出了一条三四英里远的航道，希望能到达费尔韦瑟山前的大太平洋冰川。但是往前走得越远，我发现那些浮冰就越是紧紧挤在一起，根本没有在其他地方呈现出的那种明显的小裂缝。在海岸的某些地方，冰山随海潮向南漂去，互相推挤，甚至超过潮水线浮出了水面，因此，向北继续行驶的计划不得不就此终止。现在我得找到一条路，希望借着有利的潮水，在天黑前回到我的小屋中去。直到日落时分，我才走了不到一半的路程，随后在一座小岩石岛上靠了岸。我虽然很饿，但还是很高兴，因为这个小岛有着平滑的海滩供独木舟搁浅，还有桤木丛，这就意味着我能在那里找些木柴生火，还可以铺张床稍微睡一小会儿。太阳落山后不久，一切都安排妥当，这时，天空中居然又上演了一场极光的盛宴！虽然这次的极光很普通，几乎没什么色彩，从黑漆漆的云彩中射出条条长长的光束，颤抖着直抵苍穹，但在目睹了昨晚那样绚丽的景致之后，一个人的期待或许会高得过分，因此，我十分理智地躺在那里，凝望着这一切。

第三天晚上我终于回到了小屋，吃了些东西。里德教授和他的同伴们走进来，跟我谈论这次远足的收获，就在最后一个访客跟我互道晚安后推开门准备要走的时候，他忽然叫道："缪尔，快来看，这真是太美妙了。"

我预感到是极光，于是兴奋地跑了出去。果然，又是一道极光出现在眼前，就像一条正在升起的彩虹柱一样新奇美妙。只见一弯闪闪发亮的银色弓形光束正横跨在缪尔海湾之上，在天空正下方或是偏南一点儿的地方形成了一道壮丽的拱门，两个末端分别凌驾于山墙之上。虽然它色彩黯淡，又固定不变，但那强烈而又立体感十足的白色光辉，华丽壮美的匀称比例以及结束时的精妙绝伦还是引起人们无尽的赞叹。从形式和规模上看，极光好似一道彩虹，在空中架起一座横跨 5 英里宽的拱桥，辉煌闪耀，精美立体，每一部分都恰到好处。我不禁幻想如果把夜空中所有的星星都搜罗起来排成一列，再放入滚轧机里经过重新熔化、混合和焊接，也许才会建成这样一座闪闪发光的白色巨型拱桥。

我的最后一位访客也回去睡觉了，我独自躺在小屋前面的冰碛石上，凝视着夜空。一小时又一小时，这座美妙的拱桥始终耸立在天边，一动不动，轮廓清晰分明，庞大而精美，仿佛要永久留在那里，点缀苍穹。最后，当整个海湾都沉浸在它宁静不变的壮丽之中时，一簇簇连成串的毛茸浅灰色小圆圈突然跳跃着出现在东边的山顶上，沿着极光下端的弧线和西边的山墙匆匆地上下滑动。它们的长度大约是弓形弧线直径的一倍半，自始至终都与其保持垂直，快速滑跃了过去，好像是一串悬在空中的窗帘挂环一般。如果刚才这些生动活泼的极光精灵是从弓形弧线上方列队而来，而非穿过下面踯躅而行，人们一定可以把它们想象成一群欢快的仙子，在旅途中把这宏伟的弓形极光当作小桥。它们排起队来肯定有几百英里那么长，因为看起来每个小精灵从拱桥这一端到另一端仅需 1 分钟甚至都不到 1 分钟，而从它们最初出现到最后一个匆匆滑过消失在西部的山峦中差不多用了将近 1 小时，最后只留下了那座极光拱桥，同它们来时一样明亮耀眼，立体而坚固地横跨山间。差不多过了半小时后，它开始逐渐变淡，表面开始出现一道道斜斜的裂纹或缝隙，透出几颗星星，随后它渐渐变得稀薄朦胧，看起来就像银河一般，终于消失不见了，没有留下丁点儿痕迹证明它存在过。

我回到小屋，重新把火烧旺，取了一会儿暖，准备上床睡觉，但极光的造访让我感到无限充实和快乐，根本没有睡意。就在我打算睡下的时候，我觉得最好还是再抬头看一眼天空，确保极光的盛宴已全然结束，然而，出乎意料的是，我发现夜空中又出现了浅浅的印迹，明明是在酝酿另一束极光，同刚才那一幕一模一样。这一下刚有的睡意顿时消失得无影无踪，我赶紧跑回小屋拿出毯子，躺在冰碛石上，继续观赏天空，一直到破晓来临。这样就能将天空中的奇景尽收眼底，不会错过什么了。

我之前见过的第一缕极光弧线是它完全显露在天空中时的壮丽景象，还有它逐渐褪色消逝的样子。现在，我即将看到的是一束新的极光从最初开始的生长过程。不到半个小时，这些银色的物质就在天空中的同一地点汇聚、浓缩、结合成了一束同先前一样闪闪发光、比例均匀的圆弧极光。紧接着，东边山墙上出现了另一群兴奋好动的极光精灵，它们极为美丽的浅灰色外衣轻轻彼此摩擦，敏捷地沿着弧线拱桥下端滑过，落向西边的山脉，像前面刚刚经过这里的快乐队伍一样，和着凡人无法听到的音乐节拍，脚步颤抖而轻盈。

当这群欢快的精灵快速滑翔而过之后，我观察着拱桥，看它会有什么变化，却没有任何发现，它们没留下一丝的痕迹。所有精灵都通过之后，熠熠生辉的圆弧拱桥仍然稳稳地耸立在那里，看起来纹丝未动，但最后还是像前一个壮丽的圆弧一样慢慢消逝了。

唯有上面提到过的那次浩瀚的紫色极光，据说整个大陆都看得到，除此之外，这两束宁静超然、至高无上的银色弓形极光，是我见过的最美的极光景致。

出版说明

　　本书原著使用的是英制计量单位，若将其一一换算成我国法定计量单位将使所有数字成为近似值，进而失去原书数值准确性，故为保证原书数值准确性和基本风格，本书的计量单位仍袭原著。具体换算方法如下：1 英里 = 1.6093 公里，1 英尺 = 0.3048 米，1 英寸 = 2.5400 厘米。